域外故事会 第三辑
THE HIGHLIGHTS OF FOREIGN POPULAR FICTION

毒笔

The Poisoned Pen

［美］阿瑟·里夫——著
马庆军——译

上海文艺出版社
上海故事会文化传媒有限公司

名家导读

/尚晓进

尚晓进，上海大学外国语学院教授，博士生导师。主要研究领域为外国文学和比较文学。在《外国文学动态研究》《中国现代文学研究丛刊》和《文学评论》等核心期刊上发表论文30余篇；出版专著《原罪与狂欢：霍桑保守主义研究》《什么是浪漫主义文学》和《走向艺术——冯内古特小说研究》，为《世界文学》杂志翻译作品多篇；译著包括《诗人的生活》和《黑狐迷案》（第二译者）等。

阿瑟·本杰明·里夫（Arthur Benjamin Reeve，1880-1936），美国悬疑与科学探案小说作家，是最早将科学元素融入悬疑小说的作家之一，以“克雷格·肯尼迪”系列探案故事知名，在北美与英国拥有相当数量的读者群。里夫出生于纽约，1903年毕业于普林斯顿大学，随后进入纽约法学院学习，尽管未拿到学位，但其后的小说创作却从中受益匪浅，之后兴趣转向新闻，成为《公共论坛》杂志的助理编辑，开始为刊物撰写科学方面的文章，逐渐对科学与小说创作产生浓厚的兴趣。1910年12月，在《大都会》上发表首篇以“克雷格·肯尼迪”

(Craig Kennedy) 为主人公的故事，从此一发不可收，1910 至 1918 年间，发表 82 篇系列故事，为其迎得了探案小说家的声誉。其系列故事汇编成册再版，从第三册开始，将短篇穿插成小说形式出版，1918 年，包括 12 册的套装版《克雷格 · 肯尼迪探案集》问世。另一方面，里夫为当时的电影技术所吸引，创作了 14 部电影剧本，其中以《伊莱恩的壮举》为蓝本的改编系列堪称早期默片佳作。里夫的电影编剧事业在 1919 至 1920 年达到顶峰，之后又从电影转向文学。在小说创作之外，他也致力于反诈骗等方面的社会工作，1930 至 1931 年，曾主持过一档有关反诈骗的全国性广播节目，并出版了一部关于诈骗史的著作《犯罪的黄金时代》，随着其关注点的变化，肯尼迪故事系列也从“科学探案”转向打击犯罪。

里夫共创作了 26 部以克雷格 · 肯尼迪为主角的作品，1910 年的短篇故事《无声的子弹》为该系列首篇，1936 年的小说《星星叫喊谋杀》为该系列终篇。如今，克雷格 · 肯尼迪已成为探案小说中的经典人物形象，有“美国的福尔摩斯”之称。与福尔摩斯一样，他也有一位如影随形的助手沃尔特 · 詹姆士 (Walter Jameson)。詹姆士为一位新闻记者，和华生一样，不仅陪同肯尼迪出入各种场所，协助他侦查线索追踪罪犯，也充当故事记录者与讲述人的角色，换言之，作为叙事人，“我”的贴近观察与讲述不仅直接将读者带入事件之中，也将肯尼迪探案的方法与过程生动地呈现于读者眼前。此外，本集系列故事均采用了一种套路化的结尾，在每篇故事的最后，所有相关人物汇集一堂，由肯尼迪揭晓案犯身份，同时，也向读者宣讲案件内情与破案证据。

与柯南·道尔笔下的人物原型一样，克雷格·肯迪尼敏于观察，富于直觉，具有强大的推理与分析能力，善于从纷繁的细节中抓住线索，洞悉事件的关键所在，概言之，具备一名优秀侦探的一切非凡品质与能力。比如，《白人奴隶》中，在调查乔吉特·吉尔伯特的离奇失踪案时，肯尼迪认为，侦查这类案子首先需要调查失踪者的爱好和习惯，得知乔吉特唯一的爱好是阅读神秘主义或伪科学方面的书籍时，即以此为线索，追寻乔吉特的足迹，重访她逛过的书店，查询失踪当日上午书店售出的书目，发现其中包括一本关于遥视术的书，断定不能排除正是乔吉特购买了这本书，由此，在一定意义上，证实了少女失踪与其神秘主义兴趣的隐秘关联。之后，少女遇害，肯尼迪又从她的手袋中发现一份剪报，剪报收集的都是关于灵媒、占卜与超自然感应力方面的广告，根据这些信息，肯尼迪最终走入都市幽暗的角落，在对这类从业巫师术士的走访中，从这一边缘群体中锁定了嫌疑犯。

肯尼迪无疑属于探案文学传统中的学者型侦探。他不仅是一名私家侦探，同时也是纽约某所高校的化学教授，其学者身份仍使得该系列体现出浓重的学院派色彩。侦探与学者的智性活动本质上是相通的，不仅需要像猎犬般敏锐地捕捉线索，还需要超常的思维能力，将信息碎片拼贴成完整的叙述图景，正如玛乔丽·尼科尔森（Marjorie Nicolson）所言："史学家回溯历史追溯史实，哲学家跨越时代追寻观念，侦探跨越欧洲追踪罪犯，这些技艺有什么本质的不同呢？……因为，归根结底，学者都是思想的侦探。”如果说在《白人奴隶》中，肯尼迪还只是展示了他对于细节的敏感以及追踪线索的能力，《看不见的光线》则展示了他强大的拼图或叙事重构能力。在此篇故事中，肯尼迪单凭人物的细节特征，就拼贴出案件令人匪夷所思的真相。阴谋环环相扣，然而，肯尼迪慧眼如炬，识破关键的一环后，游离的碎片和线索随即聚合，真相的轮廓清晰浮现。

较之福尔摩斯，肯尼迪似乎更倚重于科学知识与技术发明，他学识渊博，从集子中收录的故事来看，其知识体系跨越多个学科和领域，包罗化学、物理学、生物学、医学、心理学、遗传学、光学以及材料、机械、工程技术等方方面面，正如小说中所言，肯尼迪的超强大脑中有一个巨大的信息宝库，仿佛都分门别类记在卡片上了一样，随时可以调用。可以说，正是仰仗其卓越的学识，肯尼迪作为学者和科学家的侦探形象深入人心，有论者认为他是探案小说中的首位科学家侦探。本集收录的首篇故事《毒笔》可谓一个典型的案例，谜案得以破解完全取决于肯尼迪的化学知识，他津津乐道的各类化学反应，其实已超越一般科普层面，完全属于学科专业知识的范畴了。在该篇的结尾，肯尼迪揭晓谜案时，仿佛为读者上了一堂化学课。当然，肯尼迪也并非单纯地搬用驳杂的学科知识，而是在具体的办案情境中，将学科知识融会贯通，准确地发现疑点与破解的线索，比如《造假之王》中，肯尼迪不仅熟知刑侦科学中的“指纹系统”，同时也能联想到由汉密尔顿医生命名的“海绵培养法”，由此窥破犯罪嫌疑人逃避追踪的伎俩。

作为一名探案作家，里夫显然对于科学有着异乎寻常的执迷，有些篇章读来，科学甚至有压倒探案本身的感觉，案件本身反倒成了展示其广博科学知识的契机。

另一方面，肯尼迪善于利用各种技术手段，甚至自己设计发明装置，以助力取证与侦查工作。他使用的技术装置花样繁多，令人眼花缭乱，比如电话录音设备、手提式测谎仪、鱼眼锁孔窥探器、氧乙炔喷灯，甚至还有一种能复活新近死者的机器等。除个别过于玄幻的特例外，故事中的发明装置大多有着坚实的科学技术依据，有些今天看来或许显得过时，然而，就当时而言，还是相当超前的。毫无疑问，肯尼迪探案系列的成功也在于作家敏锐地捕捉到时代的技术风潮，呈现出科技为人类敞开的无限前景。比如，在《盗贼》里，肯尼迪使用了一种高速快门照相机，快门速度达到两千分之一秒，能捕捉到行动中的影像，通过这台相机，他得以顺利获取案犯作案的证据；此外，他还动用了一台便携式无线电话，信号能穿透墙壁和任何物体，可支持几百英尺范围内的通话。或许，更高科技的是《走私犯》里的光音机或光电话，这种设备将声音造成的空气振动转化成光线振动，以此实现远距离的通讯。显然，小说中描写的高速快门照相机、便携式电话和光电话很像我们这个时代录摄像机和手机的雏形，或许，这些今天都已平淡无奇，但不能忽略的是，早在一个多世纪前，作家就已构想出了这类技术奇迹。的确，不能不赞叹作家出色的想象力与预见能力，尤其令人赞叹的是，这些设想背后又总有科学原理做依据，无论过时有否，作家的科学精神令他站在了时代科技风潮的最前沿，展读这一系列，今天，我们仍能感触到当时技术突破对作家所激发出来的热忱与憧憬。

在科学之外，肯尼迪探案系列折射出作家对于世事人心与社会现实的深切体察，这使得他笔下的科学家侦探富于人间烟火的感觉，肯尼迪深谙人性，洞悉七情六欲，通晓隐秘的情绪与动机，也了解社会生活的方方面面，比如，《隧道挖掘工》将目光投向了围绕城市隧道工程展开的商业阴谋等。这些系列故事中，每一次探案都宛若一次穿越人心、城市空间与社会有机体的旅行，他引领我们穿越城市的大街小巷，深入城市黑暗腹地，走近形形色色的人物。可以说，科学家侦探这个形象呈现了一种将知识与实践、理论与社会完美地结合的契机，或者，这也是科学家侦探这类人物的迷人之处，他为我们衔接知识与社会的裂隙提供了一种富于激情的想象。从这个角度看，作家后期转向反诈骗等社会工作也是有迹可循的，毕竟，这种激情原本就存在于其探案故事系列。

Contents

毒 笔

我收到了来自肯尼迪的紧急消息，急忙从《星报》的办公室出发，离开市中心。进屋的时候，我发现他的手提箱平放在床上，盖子开着，他正把东西一件一件地从五斗橱里取出，扔进去。

“来吧，沃尔特，”肯尼迪高声说着，急速把一包衣服塞进箱子里面，连包装纸都没有撕下来，“我已经把你的手提箱拿出来了，用五分钟的时间把你能拿的东西收拾好。我们必须得乘坐六点开往丹桥的那一列火车。”

我没有等着听下文。仅仅听到古雅而宁静的康涅狄格小镇这个名字就明白是怎么回事了，因为“丹桥”这个词这段日子就挂在人们嘴边。

轰动一时的丹桥毒杀案就发生在那里，案件性质残暴，受害人薇拉·利顿是一位年轻漂亮的女演员。

“我已经受聘于艾德里安·威拉德参议员，”肯尼迪在自己的房间里高声说道，此时此刻，我在自己的房间里忙着整理行囊，“威拉德一家人认为年轻的狄克逊医生是一场阴谋的受害者……或者说至少阿尔玛·威拉德这样认为，其结果是一样的，并且……嗯，那位参议员给我打来长途电话说只要我接手这个案子，我要什么他就给什么。你准备好了吗？那好，走吧！我们得赶上那列火车。”

我们一路狂奔，穿过这座城市，终于赶上了那列火车。我们在卧铺车厢的吸烟室安顿下来。出于某种原因，我们自己必须得这样做。这时，肯尼迪才再次开口说话。

“现在我们想一想，沃尔特，”肯尼迪说道，“关于这个案子，我们已经在报纸上看到了大量的报道。在实际处理这个案子之前，我们争取大致理出个头绪来。”

“曾经去过丹桥吗？”我问道。

“从没有，”肯尼迪答道，“那是个什么地方？”

“有意思极了，”我答道，“那里是传统的新英格兰和现代的新英格兰结合的产物，既有先民的遗风，又有工厂；既有富人，也有穷人。尤其让人感兴趣的是，那里是新约克人的殖民地。我该怎么来形容它呢？一种将文学、美学和艺术融为一体的产物，我想是这样。”

“对，”他继续说道，“我也这样想。薇拉·利顿属于这块殖民地，她也是一位非常聪慧的女子。你还记得上个季度她参演了《现代女子驯服记》吗？好了，还是回到目前已知的事实上来吧。”

“这是一个在舞台上有着光明前程的姑娘。她的朋友，邦库尔太太，发现她在抽搐——实际上，她失去了知觉——她的梳妆台上放着一瓶头痛粉和一小罐氨水。邦库尔太太派仆人去请离得最近的医生，所请之人恰巧是沃特沃思医生。与此同时，她试图恢复利顿小姐的知觉，但没有成功。她闻了闻氨水的味道，接下来只是尝了尝头痛粉，这样做很愚蠢，因为在沃特沃思医生到来之前，他将有两名患者要诊治了。”

“不对吧？”我纠正道，“根据他最新的表述，只有一名患者，因为当他来到的时候，利顿小姐死了。”

“很好，那么——就一个。他到了，邦库尔太太病了，仆人对此一无所知，并且薇拉·利顿死了。他也闻了闻那氨水，尝了尝那头痛粉——只是微量——于是乎他有两名患者了，其中一个就是他自己。我们必须要见到他，因为他的经历一定令人震惊。我无法想象他是怎么做到的，但他挽救了自己和邦库尔太太的生命，没有被氰化物毒死，报纸上如是说，当然，直到我们见到才能相信。沃尔特，在我看来，似乎最近的报纸在诸多谋杀案中定了一条规则：一经质疑，言必称氰化物。”

我不大喜欢肯尼迪幽默地表达他对报纸的真实看法，于是急忙把话题转了回来，问道："你怎样看待狄克逊医生写的字条？"

"啊，整个案件有个关键点，那就是狄克逊医生写的字条。让我们想一想，如果我得到的信息没有错的话，狄克逊医生出身于一个值得尊敬的贵族家庭，尽管不是很富有。我认为他在城里一家医院实习时结识了薇拉·利顿，那时她已经跟画家瑟斯顿离了婚。后来，他调到丹桥，遇到了威拉德小姐，再后来跟她订了婚。大体上说，沃尔特，从报纸上的照片来看，阿尔玛·威拉德从容貌上看跟薇拉·利顿旗鼓相当，只是美的风格不一样。哦，好，我们应该明白。薇拉打算在丹桥她的小说家朋友邦库尔太太的平房里度过春夏两季。这时，一系列事情发生开来。"

"是的，"我插话道，"当你像我一样，在那年夏季以后，逐步了解丹桥——当时你正在国外——你也会明白的。每个人都知道别人的事情。每个稳定的圈子都是这样，八卦的人均产出量所创造的纪录足以刺痛人口普查局的神经。但你还是不能忽略那张字条，克雷格。情况就是这样，那是狄克逊亲笔写出来的，即使他的确否认这一点。'此药能治愈你的头痛。狄克逊医生。'这是一条确凿的证据。"

"非常正确，"他急忙同意道，"不过，那张字条很奇怪，是不是？他们发现它被揉成一团，装在盛氨水的小罐里。哦，有许多问题，报纸看不到其中的意义，更不用说试图跟进报道了。”

我们在丹桥首先拜访了当地的检察官，其办公室离主街上的车站不远。克雷格已经给他发过电报，他人很好，早就等着见我们。显而易见，丹桥人都尊敬威拉德参议员和每个跟他有关系的人。

“只想看一眼在邦库尔太太的平房里发现的那张字条是不是很过分？”克雷格问道。

检察官是一位精力充沛的年轻人，他从公文包里抽出一张揉皱之后又被压平的字条。只见上面赫然用深黑色的墨水写着跟见诸报端的一样的话语：

此药能治愈你的头痛

狄克逊医生

“这笔迹有没有问题？”肯尼迪问道。

这位地方检察官抽出几封信。“我恐怕他们将不得不承认，”他不大情愿地说道，仿佛在他心中很不愿意起诉狄克逊，“我们搜集了很多这样的信，并且没有笔迹专家能够成功地否认笔迹的真实性。”

他把那些信件藏起来，不让肯尼迪看到一丝具体内容。肯尼迪正在仔细查看那张字条。

“我可以把这张字条拿去进一步检查吗？当然在这种时候这种情况下，您都是同意的。”

地方检察官点了点头。“我完全愿意为这位参议员做任何不违法的事情，”他说，“但是，从另一方面讲，我来这里是为国家尽责，无论他是什么身份。”

威拉德的宅子实际上处于一种被包围的状态。来自波士顿和纽约的新闻记者们都带着相机，驻扎在每一个门口，像军队一样骇人。尽管我们被期待着，但还是费了好大劲才进去，因为一些富有野心的人曾假扮执法官员和狄克逊医生的信使骗过那家人。

这是一座真正的、年代久远的殖民地时期的宅邸，有多根高大的白色柱子支撑。穿过修剪得很整齐的黄杨树丛做成的篱笆，靠近门口，只见铜质门环闪闪发亮，夺人眼球。

参议员——或者说是前参议员——威拉德在书房接见了我们。过了一会儿，他的女儿阿尔玛也来到他身边。她个子很高，像她父亲一样，沉着自律。可自从这个事故打破了她平静的生活后，她寝不安席，昼不安宁，尽管她在新英格兰严格自律，接受了长达二十二年的教育，但还是掩藏不住其苍白的脸色。然而，在她那迷人的面部流露出坚毅果敢的神情。我感觉，那个玩弄这个女孩的男人简直就是在玩弄她的生命。我当时想到了这一点，后来我对肯尼迪说：“如果这位狄克逊医生有罪，你没有权利隐瞒而不让那位姑娘知道。任何不符合事实的事情都只会使已经犯下的罪行变得更加丑恶。”

参议员表情严肃，跟我们打招呼，这是他的财富、家庭出身和家族传统使然，但我却把这看作一个好兆头。为了阿尔玛·威拉德，他把一切都和盘托出。显而易见，在这个家庭中，有一个词高于一切，那就是："责任"。

采访没有发现新情况，我们正欲离开，这时一位青年男子登门拜访。来人是哈尔西·波斯特先生。他礼貌地向我们鞠了个躬，我们一眼就看出他来访的原因，因为他的目光在房间里一直追随着阿尔玛。

“这是波斯特和万斯公司已故的银匠哈尔西·波斯特的儿子，在城里拥有大工厂，这一点也许你们注意过，”参议员解释道，“我女儿打小就认识他。小伙子非常优秀。”

后来，我们了解到这位参议员早就煞费苦心想把哈尔西·波斯特引为乘龙快婿，但他的女儿在这个话题上早就有了自己的看法。

波斯特一直等到阿尔玛离开之后才说出他来访的真正目的。为了不让阿尔玛听到，他几乎用耳语般的声音说："有一个故事是关于小镇的，说薇拉·利顿的前夫——一位叫作瑟斯顿的画家——在她死之前来过这里。”

威拉德参议员向前俯下身躯，仿佛期待听到狄克逊被立即无罪释放的消息。我们谁也没想到会听到下面的话。

“并且传言他威胁要大闹一场，因为狄克逊让他蒙冤，为此，他遭了罪。别的我就不知道了。我来告诉您只是因为我认为您应该知道丹桥人私下在议论什么。”

我们摆脱了最后一个缠着我们的记者，肯尼迪花了一小会儿时间去小平房看了一眼邦库尔太太。尽管她遭了很多罪，但现在好多了。她只服下一丁点毒药，但事实证明那点毒药几乎可以致命。

“你认为利顿小姐有什么仇敌吗？比方说嫉妒她的演艺成就或者个人魅力的人。”克雷格问道。

“我总不该说狄克逊医生是仇敌吧。”她避开了克雷格的问题，答非所问。

“但这位瑟斯顿先生，”肯尼迪快速插话道，“离过婚的男人通常不会出于纯粹的友谊拜访人的。”

她敏锐地打量了他一会儿。“是哈尔西·波斯特告诉你的吧，”她说，“别人不知道他来过这里。但哈尔西·波斯特在薇拉和瑟斯顿先生分手前，是他们俩的老朋友了。瑟斯顿先生来这里的那一天，他碰巧来访，后来白天我给他一封信委托他转交瑟斯顿先生，那发生在这位画家离开之后，我笃定没有别人认识这位画家。他是在她死的当天早晨来到这里的，并且……并且……这正是我打算跟你们讲的关于他的一切。我不知道他为什么来，也不知道他去了哪里。”

“此事我们以后再谈，”肯尼迪在我们告别时说，“刚才我想掌握这些事实。我计划下一步是要见到这位沃特沃思医生。”

我们发现那位医生还躺在床上。实际上，他的冒险行为造成了一场灾难。他对到目前为止见诸报端的事实几乎没有什么要纠正的，但很多关于中毒的其他细节，他很愿意坦率地跟我们讨论。

“关于那一罐氨水，是真的？”肯尼迪问道。

“没错，”他答道，“正如报纸上说的那样，小罐就在她的梳妆台上，里面有一张揉成一团的字条。”

“你没有想过它为什么在那里吗？”

“我没有说过。我能猜到。氨气是这种毒药的解药之一。”

“但薇拉·利顿几乎不可能知道这一点。”肯尼迪反驳道。

“是的，当然不知道。但她很可能知道氨对于她服用药粉之后所经历的昏厥有益。也许她想到了碳酸铵，我不知道。但大多数人知道某种形式的氨对这种昏厥有益，即使他们对氰化物一无所知，并且……”

“那是氰化物？”克雷格打断道。

“没错。”医生慢条斯理答道。显而易见，由于对所讨论的毒药过于熟悉，他在身体和精神方面遭受了极大的痛苦。“肯尼迪教授，我会把事情的经过一五一十地告诉您。当我被叫进去看望利顿小姐时，我发现她躺在床上。我撬开她的牙关，嗅到了氰气体散发出的甜味。当时我就知道她服用了什么，这时她死了。我听到隔壁房间有人在呻吟。女仆说是邦库尔太太，病得快要死掉了。我跑进她的房间，尽管她疼得发疯，拼命挣扎想要摆脱我，我还是设法把她控制住了。我穿过利顿小姐的房间，迅速把她扶进浴室。'怎么啦？'我一边搀扶她，一边问道。'我吃了点那个。'她指着梳妆台的那个瓶子，答道。

"我把里面一丁点晶体抹在自己的舌头上，然后我意识到我遭遇了毕生最悲惨的事情。我已经服下了世界上最致命的毒药之一。氰气所散发出来的味道非常强烈。金属的味道和可怕的烧灼感说明里面也有某种形式的水银。在那个可怕的时刻，我的脑子转得飞快，令人难以置信。刹那间，我知道如果在水银里加上苹果酸——水银的过氰化物或升汞——我就会得到氯化亚汞，这是唯一能把我和邦库尔太太体内的毒素排出体外的解药。

"我一把揽住她的腰，急忙跑进了餐厅。餐具柜上有一盘水果，我拿起两枚苹果，让她连核带皮吃了一枚，我则吃了另一枚。这种水果里含有我用来合成甘汞（氯化亚汞）所需要的苹果酸，我就在大自然的实验室里制作了这种化学药品。情势紧急，没有时间停下来，我必须迅速行动来中和氰化物。想到了氨水，我和邦库尔太太急速冲回来，吸入了氨气。然后，我找到一瓶过氧化氢，给她洗胃，然后又洗了我自己的胃。接下来，我在她身体不同部位注射了一些过氧化氢。您知道，过氧化氢和氢氰酸反应会生成草酰胺，这是一种对人体无害的化合物。

“女仆把邦库尔太太抱到床上，她得救了。我回到自己家，身体完蛋了。从那以后，我就没有下过床。我双腿瘫痪，躺在这里，只求速死，希望每一小时都是我生命中的最后一个小时。”

“您还会再次品尝一种未知的药物来发现其可能具有毒性吗？”克雷格问道。

“我不知道，”他慢条斯理答道，“但我想我会的。在这种情况下，一位有责任心的医生不会考虑自我。他是来做事的，并且按照内心最好的一面把事做了。尽管自从致命的那一天起，我还没有连续睡过一个小时的觉，我想我还会那样做的。”

当我们离开时，我评价道：“这是一位科学的殉道者。还有什么比他甘愿为医学献身而受到惩罚更具有戏剧性的吗？”

我们一路默默步行。“沃尔特，你有没有注意到尽管那张字条就在他眼前，可他连一句谴责狄克逊的话也没有？可以肯定，狄克逊在丹桥有很多坚定的支持者，也有一些仇敌。”

第二天上午，我们继续调查。我们发现狄克逊的律师利兰在县监狱的空牢房中跟自己的当事人磋商。事实证明，狄克逊是一位心明眼亮、优雅高尚的年轻人。除了由于信任阿尔玛·威拉德而偏向她以外，他给我印象最深的一点，就是他表现出来的气魄，无论是否有罪，即使是无辜的人，也可能会被对他不利的旁证和高涨的公众情绪所动摇，尽管也有人支持他。我们了解到利兰一直非常积极。在年轻的医生被捕前，由于跟进及时，他已经设法获得了狄克逊医生的大部分私人信件，尽管检察官也拿到了一些，但其内容还没有被披露。

肯尼迪花了大半天时间来追踪瑟斯顿的行踪。没有发现任何重要的线索，甚至走访了附近的城镇，也没有记录表明任何氰化物和溴酸盐被卖给没有资格购买它们的人。同时，在翻阅镇上的八卦时，一位新闻记者偶然发现邦库尔太太住的平房是波斯特家的，并且那位哈尔西·波斯特，作为房产的执行人，经常来访，不只是收取租金时才来。当这位新闻记者暗示房东和房客关系不同寻常，特别要好的时候，邦库尔太太用一种近乎麻木的沉默掩饰住了自己的怒火。

我们这样搜寻了一天，毫无结果，坐在费尔菲尔德大酒店的阅览室里，一筹莫展。利兰进来了。他的脸确实白。他一言不发，挎着我们的胳膊，穿过主街，上了一段楼梯，来到他的办公室，然后锁上了房门。

“怎么了？”肯尼迪问道。

“当我接手这案子的时候，”他说，“我内心深处认为狄克逊是无辜的。我仍然这样认为，但我的信心已经被粗暴地动摇了。我觉得你应该知道我刚刚发现的东西。我曾经跟你说过，我们得到了狄克逊医生的几乎所有的信件。那时我还没有读完，但直到今天晚上，我一直在认真读。这是一封来自薇拉·利顿本人的信，你会注意到写信日期正是她死去的那一天。”

他把信放在我们面前，是一个女人使用一种奇怪的灰黑色墨水写的。只见上面写着：

亲爱的哈里斯：

虽然我们意见相左，但至少还是好朋友，如果不再是恋人的话。我不是出于愤怒写信来责备你刚经历了一段旧的爱情，就迅速开启了一段新的恋情。我认为阿尔玛·威拉德更适合做你的妻子，比你娶一个可怜的小演员要强。在这样一个清教徒的社会里，小演员有点让人瞧不起。但有件事我想给你提个醒，因为这跟我们所有人休戚相关。

如果我们不小心，就会有陷入严重混乱的危险。瑟斯顿先生——我差点说是我的丈夫，尽管我不知道这是否是事实——他刚从纽约赶过来，告诉我说他对我们离婚的有效性存疑。你还记得我起诉他的时候他正在南方吗？判决书是在佐治亚送到他手上的。他现在说送达的证明是伪造的，他可以不理会那份离婚判决。在这种情况下，你可能会因为疏离我的感情而惹上官司。

我写此信，绝非恶意，只是想让你知道具体情况。如果我们结了婚，我想我就犯了重婚罪。无论如何，如果他愿意，他可以制造一桩可怕的丑闻。

啊，哈里斯，如果他问起什么，难道你不能跟他和解吗？不要这么快就忘了我们曾经打算成为最幸福的人——至少我是这样打算的。不要抛弃我，否则连大地都会向你呼救。我无法控制自己的情感，几乎不知道自己在写些什么。我的头很痛，但碎的却是我的心。哈里斯，在我心中，我还是你的人，你不要像脱去旧衣换新衣一样把我抛弃。你知道'妻妾如衣服'这句轻视女人的老话。我恳求你不要背叛。

你可怜的小弃妇

薇拉

我们读完以后，利兰惊呼道："这封信绝不能出现在陪审团面前！"

肯尼迪仔细地检查着这封信。"奇怪，"他嘀咕道，"看看是怎么折叠的。字是写在信纸背面的，或者说字被折叠在外面。这些信在哪里放过？"

"部分时间锁在我的保险柜里，部分时间——今天下午——放在窗户旁边我的书桌上。”

“我想办公室是锁着的吧？”肯尼迪问道，“自从你拿到这些信件，就没有办法再把这封信塞到其他信里了吧？”

“是的。办公室一直锁着，没有证据表明有人进入或是动了其中的东西。”

他急忙复查那捆信件，仿佛想看看信件是否都在那里。突然，他停了下来。

“对了，”他兴奋地叫道，“其中一封不见了。”紧张之下，他又胡乱在其中找了一遍。“有一封不见了。”他看着我们，重复道，惊愕不已。

“是关于什么的？”克雷格问道。

“那是画家瑟斯顿写的一张字条，他给出了邦库尔太太的平房地址——啊，我明白你们听说过他。他请狄克逊推荐某种特许销售的头痛药。我想这可能是证据，就此我问过狄克逊。他解释说他想不起他的全部答复，但就他能记起的，他写道，此药治不了你的头痛，除非以减少心脏活动的危险为代价。他说他没有开出处方。实际上，他认为这是一个既能够索取医生的建议，又不用付诊断费的计划。他回应了，只是因为他认为薇拉又和瑟斯顿和好了。我找不到瑟斯顿那封信了，它不见了！”

我们望着彼此，大吃一惊。

“如果狄克逊盘算不利于利顿小姐的事，那他为什么要留着她这封信呢？”肯尼迪沉思道，“他为什么不毁掉它呢？”

“这正是使我困惑的地方，”利兰道，“你认为有人闯进来把利顿的信换成了瑟斯顿的信？”

肯尼迪仔细看了看这封信，什么也没说。“我可以拿走这封信吗？”他最后问道。利兰很乐意，甚至答应去获取一些薇拉·利顿笔迹的样本。有了这些和那封信，肯尼迪一直工作到深夜，而我早已进入梦乡，在梦里被致命毒药和画家的阴谋疯狂困扰。

第二天上午，我们的老朋友，驻纽约的第一副警长奥康纳发来消息，简短告诉我们说，在一座联合公寓里找到了一位名叫瑟斯顿的画家的房间。瑟斯顿本人好几天没有来过了，说是去缅因州写生去了。他欠了很多债，但离开前，债务都还了——说来奇怪，是由臭名昭著不择手段的克尔和基梅尔开的律师事务所偿还的。肯尼迪回电说要查明克尔和基梅尔的情况，并不惜一切代价锁定瑟斯顿所处的位置。

即使新发现了这封信，也动摇不了狄克逊医生，他的镇定令人称奇。他否认曾收到这封信，并重复了瑟斯顿来信的故事，对此他回答说他曾按要求回过信，是由邦库尔太太转交的。他坚持说，在宣布他和威拉德小姐订婚前，利顿小姐和他的婚约已经解除。至于瑟斯顿，他说这个男子对他而言只是个名字而已。他完全知晓离婚的全部情况，但他跟瑟斯顿没有任何来往，并且也不怕他。他一次又一次地否认曾收到薇拉·利顿的那封信。

肯尼迪没有告诉威拉德一家那封新发现的信一事。阿尔玛已经开始紧张，她的父亲悄悄地把她送到他的乡下农场。为了逃避记者们好奇的目光，一天晚上，哈尔西·波斯特把车窗关得严严的，驱车赶过来了。她和父亲迅速上了车，乘车走了一段路程，而哈尔西·波斯特半路上悄悄地在市郊下了车，那里有另外一辆车等着接他回去。显而易见，威拉德一家完全信赖哈尔西，而且他对他们的帮助非常周到。虽然他从不强迫自己当出头鸟，但是他一直密切地关注着案件的进展。由于阿尔玛已经离开了，他的警惕性越来越高，并且一天写两次长报告寄给她看。

肯尼迪现在正竭尽全力寻找那位失踪的画家。从他离开丹桥的那一刻起，人们似乎已经完全见不到他了。然而，在奥康纳的帮助下，整个新英格兰的警察都在留心此人。

从丹桥的八卦中，我们发现在薇拉·利顿见到狄克逊医生前，瑟斯顿夫妇一直是哈尔西的朋友。至少我得出结论，当发现肯尼迪对瑟斯顿的行踪感兴趣时，也许出于友情，哈尔西正在保护这位画家。我得说，我挺喜欢哈尔西，因为他似乎很关心威拉德一家人，并且从来都不会忙得连一个小时左右的时间也抽不出来去做任何他们想私下里进行的任务。

两天过去了，瑟斯顿杳无音信。肯尼迪显然变得不耐烦了。有一天，有传闻说他在巴尔港，下一个则传说在加拿大的新斯科舍省。然而，最后传来了一则令人高兴的消息：他在新罕布什尔州被发现并逮捕，可能明天就会被押解回来。

肯尼迪立刻精力充沛起来。那位画家一到，他就在参议员威拉德的家里筹备了一个秘密会议。参议员和他的女儿火速赶到城里。关于瑟斯顿的事，他没有跟任何人说，但肯尼迪悄悄地安排了地方检察官带着那张字条和那罐妥善保护好的氨水到场。利兰当然来了，尽管他的当事人不能来。威拉德夫妇一回来亲自处理这个案件，哈尔西·波斯特似乎就失去了兴趣。不过，能和威拉德小姐在一起，哈尔西·波斯特似乎非常高兴。邦库尔太太身体已经好到可以来参会了，就连沃特沃斯医生也坚持要乘坐一辆专门为他从附近一个城市开过来的私人救护车赶过来。会议时间就定在送瑟斯顿的火车到达之前。

这是狄克逊医生的朋友和仇敌之间一次令人焦虑的聚会。他们不耐烦地坐着，等待肯尼迪开始重要的阐述。此阐述将确定那位不动声色坐在离此房间不到半英里的监狱里的镇定的年轻医生是否有罪。在此房间内，他的生死正在被讨论。

“从很多方面来讲，这都是我命中注定要处理的最了不起的案件，”

肯尼迪开口说道，“以前，我从未有过如此强烈的责任感。因此，虽然这个程序有点不正常，权且让我阐明我所看到的事实。

“首先，让我们考虑一下那个死去的女人。问题是，她是被谋杀的还是自杀的？我想大家会在我继续的过程中找到答案的。利顿小姐，如大家所知，两年前是伯吉斯·瑟斯顿夫人。瑟斯顿夫妇都喜怒无常，而这往往是导致离婚的主要原因。此案件中就是如此。瑟斯顿夫人发现自己的丈夫很关心其他女人。她在纽约提出离婚，而他在南方接受了判决书，当时他恰好就在那里。至少瑟斯顿夫人的律师证明如此。

“现在说一下这个案子的显著特点。我发现克尔和基梅尔律师事务所不久前开始调查这起离婚案的合法性。在公证人面前，瑟斯顿写了一份宣誓书，证明利顿小姐的律师从来没有给他提供过服务。她的律师已经死了，但律师在南方的代理人还活着。这个代理人被带到纽约来，并坚称他把文件处理得很好。

“这就是奸诈的律师摩斯·基梅尔的精明之处。他安排代理人指认他送文件给的那个人。为了达到目的，代理人上庭前被安排与一名书记员谈话。基梅尔则表现得很困惑，就好像他在打盹。这位南方律师只见过瑟斯顿一次，因而掉进了圈套，指认书记员就是瑟斯顿，有很多目击者，这是伟大的摩斯·基梅尔的第二点高明之处。现已起草文件来撤销离婚判决书。

在此期间，利顿小姐——或者说是瑟斯顿太太——在纽约一家医院结识了一位年轻的医生，并与他订了婚。婚约后来被解除了，这并不重要。事实是，如果离婚被撤销，狄克逊医生就会因为疏离瑟斯顿夫人的感情而被起诉，而且会引发一桩严重的丑闻。不用说，在丹桥这个安静的小镇，这样的诉讼最能引起轰动。”

肯尼迪打开了一张纸。当他把纸放下时，坐在我旁边的利兰低声叫道：“我的老天爷，他会让检察官知道那封信的事的。你难道没有阻止他吗？”

太迟了。肯尼迪已经开始念薇拉的那封信。加上在氨罐里发现的那一张字条，狄克逊完蛋了。

当他念完时，房间里几乎可以听到心跳的声音。威拉德参议员满脸怒容；阿尔玛·威拉德脸色苍白，疯狂地盯着肯尼迪看；哈尔西·波斯特，一直醉心于她，从桌上递给她一杯水；沃特沃斯医生全神贯注，忘记了自己的疼痛；邦库尔太太似乎惊愕得目瞪口呆；检察官急切地记着笔记。

“从某种意义上说，”肯尼迪心平气和地接着说，“这封信要么是在狄克逊医生的原始信件中被忽略了，要么是后来被加进去的。我很快就会回到这个问题上来。我想说的是狄克逊医生说他在瑟斯顿造访邦库尔租住的平房那天收到了瑟斯顿的信，信中索要一种治头痛的药，

而他的回答很简短，就我所知，是这样的：‘此药治不了你的头痛，除非以减少心脏活动的危险为代价。’

“接下来悲剧发生了。瑟斯顿离开的那天晚上，利顿小姐被发现死了，当时她身边有一个装有氰化物和升汞的小瓶，这大概是瑟斯顿告诉利顿小姐克尔和基梅尔的发现之后。你们都熟悉当时的情况和氨罐里发现的那张字条。现在，如果公诉人能让我看看那张字条——谢谢，先生，这就是同一张字条。你们都听说过关于罐子的各种理论，也看过这张字条。白纸黑字，清清楚楚——乃狄克逊医生亲笔所写，这一点你们知道。上面写着：‘此药能治愈你的头痛。狄克逊医生。’”

阿尔玛·威拉德仿佛瘫痪了一般。她的父亲原本是聘请肯尼迪来为她的未婚夫辩护的，而肯尼迪要证明他有罪吗?

“在我们作出最后结论之前，”肯尼迪表情严肃，继续说道，“我想详尽地说明一两点。沃尔特，请打开通往大厅的那扇门，好不好？”

我这样做了。两名警察带着一个囚犯走了进来，原来是瑟斯顿，但变得几乎辨认不出来了。只见他的衣服破旧，胡子剃掉了，一副被人追捕的模样。

显而易见，瑟斯顿很紧张。很明显，肯尼迪所说的一切他都听到了，而且他也打算听一听，因为他一进门就急于说话，差点从警察手里挣脱。

“苍天在上，”他戏剧性地喊道，“肯尼迪教授，我是无辜的，和你一样。”

“你准备好在我面前发誓了吗？”肯尼迪几乎叫了起来，两眼冒火，“在那场官司中，你妻子的律师从来没有给你提供合适的服务？”

那人往后一缩，仿佛两眼之间猛地挨了一拳。当看到克雷格目不转睛地盯着他时，他知道已经没有希望了。他慢慢地，仿佛一个音节一个音节地从嘴里挤出来似的，压低声音说：“是的，我做了伪证。我被起诉了。但是……”

“你在基梅尔面前发假誓说你没有得到合适的服务？”肯尼迪继续问道。

“是的，”他讷讷地说道，“但是……”

“你现在准备再做一份类似的宣誓书了吗？”

“是的，”他答道，“如果……”

“没有但是或如果，瑟斯顿，”肯尼迪讽刺地高声说道，“你为什么要写这份宣誓书？你到底有什么故事？”

“是基梅尔派人来找的我，不是我主动去找的他。他提出，如果我那样发誓的话，他愿意帮我还债。我没有问为什么，也没有问为了谁。我发了誓，并给他一张我的债权人名单。我一直等到债主们拿到了钱，接着，我的良心——”我一想到他的良心竟如此卑鄙，不禁感到厌恶，他继续说下去，这个词似乎在喉咙里卡住了，他看到自己给我们留下的印象是多么微弱——“我的良心开始使我感到不安。我决定去见薇拉，把一切都告诉她，看看她是否想要这份声明。我见到了她。最后，当我告诉她时，她却对我嗤之以鼻。我可以证实，因为我离开时进来了一个人。我现在知道，听了摩斯·基梅尔的话，真是造孽。我逃走了，在缅因州玩失踪，四处逃窜，兜里的钱一天比一天少。最后，我被赶上并抓住，被带回到这里。”

他停了下来，懊丧地陷入椅子里，用双手捂住脸。

“故事有可能是真的。”利兰在我耳边低声说道。

肯尼迪行动迅速。他示意官员们坐在瑟斯顿旁边，然后揭开了他放在桌子上的一个罐子。这时，阿尔玛的面颊泛起红晕，仿佛心中又燃起了希望。我猜想，哈尔西·波斯特也看到他对她的青睐在逐渐减少。“我要你和我一起检查这封信，”肯尼迪接着说道，“拿着我念过的利顿小姐的信，这是在瑟斯顿的信奇怪地消失后才发现的。”

他把钢笔在一个小瓶里蘸了一下，在一张纸上写道：

对克罗斯的头痛疗法，你怎么看？你会推荐它治疗神经性头痛吗？伯吉斯·瑟斯顿，请S.邦库尔太太转交。

克雷格举起字迹，让我们都能看到他写的内容，那是狄克逊宣称的瑟斯顿在那张已经消失的字条上写的话语。接着，他又把另一支笔伸进另一个瓶子里，又在另一张纸上涂写了一会儿。他把它举了起来，但里面还是一片空白。

“现在，”他接着说道，“我打算做一个小小的示范，我只希望在一定程度上取得成功。在没有遮蔽的阳光下，我要把这两张纸并排放在窗前。这将比我愿意等待来完成演示的时间要长得多，但是我可以做得足够让你们信服。”

我们默默地坐了一刻钟，想知道他下一步要做什么。最后他示意我们走到窗前。当我们走近时，他说：“在第一张纸上，我是用喹啉写的；在第二张纸上，则是用硝酸银溶液写的。”

我们弯下腰，第一张纸上写着“瑟斯顿”，字迹模糊，几乎看不清；第二张纸上，应该是肯尼迪的字迹：“亲爱的哈里斯：虽然我们意见相左，但至少还是好朋友。”

“它就像被替换的信件的开头，而另一个则像丢失的字条。”恍惚之中，利兰倒抽了一口气说。

“是的，”肯尼迪快速说道，“利兰，没人进过你的办公室，没有人偷走瑟斯顿写的字条；没有人替换利顿的信件。根据你自己的说法，你把那些信件从保险柜里拿出来在阳光下晒了一整天。在平常的光线下，这个过程开始得早，但进展缓慢，搁现在的情况，很快就完成了。

换句话说，有些字迹很快就会在纸的一面消失，有些字迹看不见，但很快就会在另一面出现。

“例如，喹啉在阳光下会迅速消失。在淀粉中加入微量的碘，就会形成浅蓝色，继而在空气中消失。这跟瑟斯顿那封信里用的差不多。然后，硝酸银溶解在氨中，在光和空气的作用下会逐渐变成黑色。或者使用漂白剂处理过的红色氨苯染料，如用量仅够脱色，用于书写时是看不见的。但是，当空气中的氧气作用于颜料时，原来的颜色就会重现。我毫不怀疑我对墨水的分析，信纸正面用的是喹啉，而另一面则是硝酸银。这就解释了为什么指控瑟斯顿的证据莫名其妙地消失了，而指控狄克逊医生的证据却突然出现了。隐显墨水也解释了奇怪的情况，利顿的信被折叠起来，显然是写在信纸背面的。折在外面的字是看不见的，直到阳光照射，它才显现出来，同时把里面的字迹也给毁了——我怀疑这是一种化学变化，是为了在它完成之后让警察来检查，而不是让辩护人来见证这种变化的发生。”

我们面面相觑，无不惊骇。瑟斯顿紧张不已，嘴唇开开合合。他反复舔嘴唇，好像想说些什么，但又找不到合适的词。

“最后，”克雷格继续说，完全不顾拼命想说话的瑟斯顿，“我们谈到了薇拉 · 利顿梳妆台上的氨水瓶里发现的那张揉成一团的字条。这里有一个圆柱形玻璃罐，我在里面放了一些氯化铵和生石灰。我要弄湿它，稍微加热一下，这样就会产生刺鼻的氨气。

“在第三张纸的一面，我自己用硝酸汞溶液来写字。你看，我在纸上写字时不留痕迹。我把它折叠起来，扔进罐子里，几秒钟后再取出来。这种方法可以非常快速地来产生某种东西，就像阳光跟硝酸银缓慢发生反应出现的结果一样。氨的烟气形成了黑色硝酸亚汞的沉淀物，一种非常明显的黑色笔迹，几乎擦不掉。在工艺上，这就是所谓的隐形墨水，而不是显影墨水。”

我们俯下身看他写的字，原来内容和指控狄克逊的那张字条一模一样：

此药能治愈你的头痛

狄克逊医生

一个仆人带着一封从纽约发来的电报走进来。肯尼迪刚停下来，就把它拆开了，匆匆读了一遍，塞进口袋，继续说道：“这第四瓶是氯化铁的酸性溶液，已经被稀释到字迹干了以后看不见的程度。现在在第四张纸上划几条痕，瞧，就这样。它不会留下任何痕迹，但它有一个显著的特性，就是在硫氰化氢蒸汽中会变成红色。这是一个盛有气体的长颈烧瓶，气体由硫酸作用于硫氰化钾制成。请退后，沃特沃斯医生，以你现在的状况，碰上哪怕是一丁点都很危险。啊！你看，我在纸上的划痕是红色的。”

然后，他几乎没有给我们时间让我们记住这个事实，就抓起那张纸，把它快速塞进装氨的罐子里。当他取出来时，它又变成了一张浅白色的纸。烧瓶里的气体从虚无中带来的红印，已经被氨抹去了。红印不见了，没有留下任何痕迹。

“这样，我就可以用硫氰化氢和氨水交替地使这些痕迹出现和消失。不管是谁写了这张有狄克逊医生名字的字条，他手上一定有医生对瑟斯顿那封信的回复，上面写着‘这不能治你的头痛’。他仔细地摹写出这些字，把真字条举到灯光下，上面盖了一张纸，去掉‘不’这个字，只使用了他需要的字。这张字条随后被销毁了。

“但是他忘记了一点，在他使用硫氰化氢把红色笔迹弄出来之后，虽然他可以指望薇拉·利顿把这张字条放进装氨的罐子里，从而抹去笔迹，而同时硝酸亚汞写有狄克逊医生名字的看不见的笔迹被氨不可消灭地留在了字条的另一面。”——这时肯尼迪正在热切而大声地讲话——“硫氰化氢蒸汽总能把氨抹掉的那些话显现出来指控他。”

在检察官介入之前，肯尼迪已经在那个溺死姑娘旁边的氨罐里获得了那张字条，并把确凿的证据塞进了那个装有硫氰化氢蒸汽的长颈瓶里。

“别害怕，”他说道，试图安慰此时愤怒的检察官，“这对狄克逊的字迹没有任何影响。现在它不会变了，即使只是一个摹本。”

当他取出那张字条时，只见字条的两面都有字，原来的字条写的是黑字，另一面写的是红字。

我们围了过来，克雷格和我们一样饶有兴趣地读着：“在服用这种头痛药之前，一定要把这张纸里的东西和一点温水放在一个罐子里。”

“嗯，”克雷格评论道，“这显然是写在一张用氯化铵和生石灰处理过并折起来的纸的外侧了。后面的话语是‘把所有的东西都放进去，纸和一切。然后，如果你服药后感到晕眩，氨将迅速使你复原。迅速咽下一勺头痛药就够了’。”

说明书上没有署名，但写得很清楚，“纸和一切”这四个字下面有下画线进行强调。

克雷格拿出几封信。“我这里有与本案有关的很多人的笔迹样本，但我一眼就能看出哪一封与一个几乎没有人性的恶魔写在这张红色死刑执行令上的笔迹相符。不过，我将把这部分留给笔迹专家在审判时决定。瑟斯顿，你离开时看见走进邦库尔太太平房的那个人是谁了吗？是那个常来的人吗？”

瑟斯顿还没有恢复自制力，但他用颤抖的食指指向哈尔西·波斯特。

“是的，女士们，先生们，”肯尼迪喊道，他果断地把刚从纽约来的电报拍在桌子上，“是的，克尔和基梅尔真正的客户其实是哈尔西·波斯特，他达到了让瑟斯顿屈服于自己的目的。一旦秘密情人薇拉·利顿受到丹桥丑闻的威胁——哈尔西，这位技术专业的毕业生用隐形墨水伪造了薇拉·利顿的信和其他的字条。他从事银器制作业，有氰化物的交易。他追求财富，为威拉德先生赚取了几百万，用这些钱补偿波斯特和万斯公司的损失，因此他是追求阿尔玛·威拉德的狄克逊医生的情敌。他就是那个使用毒笔的人。狄克逊医生是无辜的。”

盗　贼

“您好！是的，我是肯尼迪教授。我没听清名字——哦，对了——是标准入室盗窃保险公司的布莱克总裁。您说什么——真的吗？布兰福德珠宝——失窃了？女仆被氯仿麻醉了？行，我接手这个案子。您半小时后起床？好，我会在这里。再见。”

正是通过这段简短而干脆利落的电话交谈，肯尼迪卷入了后来证明是他处理过的最危险的案件之一。

一提到布兰福德珠宝，我就不由自主地停止了阅读，并开始倾听，不是因为我想窥探克雷格的事务，而是因为我实在忍不住。这则消息还没有在报纸上公布，而我的直觉告诉我，比起赤裸裸的抢劫的声明，这则消息中肯定有更多的内容。

“有人发大财了，”我说道，“我记得，去年在巴黎购买布兰福德珠宝的时候，有报道说，布兰福德太太花了一百多万法郎，购买了这批珠宝。”

“布莱克正在培养他最精明的侦探与我合作办案，”肯尼迪补充说，“据我所知，布莱克也是盗窃保险承保人协会的会长。沃尔特，如果我们能把这桩案子办完，这将是一件大事。”

我足足等了长达半个小时，布莱克才到。他到的时候，很明显我的猜测是正确的。

布莱克是当今商界日益普遍的年轻大佬之一。他的态度中有一种庄严和敏锐的神情，这清楚地表明他是多么重视这个案子。他急于谈正事，几乎没有介绍自己及其同伴——一位典型的私家侦探——特别警官马洛尼。

“除了我在电话里告诉您的以外，您当然什么还没听说，”他直奔主题，说道，“我们是今天中午才接到通知的，还没有在报纸上公布，尽管泽西的当地警察现在已经在现场。今晚，纽约警方一定会得到消息，趁他们还没有把事情搞砸，我们必须把事情做好。我们已经得到一条线索，可以秘密追踪。这就是事实。”

他说话简明扼要，直截了当，为我们概述了形势。

“你知道，布兰福德庄园位于蒙特克莱尔后面的山上，占地好几英亩，俯瞰着山谷，四周被更大的庄园环绕着。据我所知，布兰福德正在西部和一帮资本家视察据报道发现的钾盐。几天前，布兰福德夫人把房门一关，去棕榈滩进行了短暂停留。当然，他们应该把贵重物品存在保险信托库里。但是他们没有这样做。他们所依靠的保险柜，的确是市场上售卖得最好的保险柜之一，我可以说，那是一款极好的保险柜。看来当主人和女主人都不在家的时候，仆人们决定到纽约玩个痛快。他们把房子锁得严严实实的——毫无疑问是这样做的——然后就走了。也就是说，他们都去了，只有布兰福德太太的女仆没有去，因为这样或那样的原因，她不肯去。我们找到了所有的仆人，但他们没有提供任何线索。很明显，在警方的突击检查中，他们都跑掉了。他们都承认这一点。

“今天早上他们回来的时候，发现女仆躺在床上，死了。房间里仍然有一股强烈的氯仿气味。床上乱糟糟的，好像有过挣扎。一条在圆锥体里浸透了氯仿的毛巾，被人用力捂住了那位女仆的鼻子。他们发现的第二件事是保险柜以一种非常奇怪的方式被炸开了。我不详述了。在我把整个故事讲完之后，我们会带您去那里看一眼。

“这才是真正的要点。到目前为止，看起来还不错。当地警方表示，那个窃贼或那一伙窃贼，不管他们是谁，显然是打破后窗进入房间的。

这是第一个错误。马洛尼，把那扇窗户的事告诉肯尼迪先生。”

“就是这么简单，”侦探回答道，“当我过来查看破窗时，我发现玻璃掉到外面，碎了一地。如果窗户是从外面打破的，它就不可能这样掉下来。人们还没有看透此事。不管窃贼是谁，肯定是以别的方式进入房子，然后又打碎了玻璃，为的就是给人留下错误的线索。”

“还有，”布莱克总结道，一边用拇指和食指捏着雪茄，使劲摇晃着，以便强调他的话，“今天下午我们在棕榈滩的代理人打了两次长途电话。布兰福德太太根本就没有去棕榈滩，她没有在那里的任何旅馆预订房间，而且，她从来没有打算要到那里去。幸运的是，马洛尼从一个仆人那里得到了暗示，并在这个城市的格拉坦酒店找到了她。换句话说，布兰福德太太偷了她自己的珠宝，为的就是得到盗窃保险赔偿金——这个案子本身稀松平常，但据我所知，从来没有过如此大规模的盗窃。”

保险公司的人倒在椅子上，目光锐利地打量着我们。

“可是，”肯尼迪慢条斯理地打断了他的话，“你认为……怎么样？”

“我认识……那位女仆，”布莱克继续说道，“我并不是说偷东西的人真是布兰福德太太。哦，不是。那是一个经验丰富的盗贼干的。他肯定在平均水平之上，所有证据都表明是盗贼干的。她雇佣了他，但他越界了，给那位女仆使用了氯仿。”

肯尼迪沉默了一会儿。“我们去看看保险柜吧。一定有一些线索。

然后，我想和布兰福德太太谈一谈。顺便说一句，”当我们都起身向布莱克的车走去时，他补充道，“我曾经为大东方公司处理过一桩人寿保险案件。我提出条件，不管这件事对公司有利与否，我都要按我自己的方式来处理。在我接手这个案子之前，你们都明白了吗？”

“明白了，明白了，”布莱克表示同意，“查明真相。我们不是在逃避诚实的责任。只有当我们有充分的理由相信这一点时，我们才想树立一个标志性的榜样。这类冒牌入室盗窃事件实在太多了，弥补不了收取的保险费用，作为保险公司的总裁，我有责任也有意愿制止这种骗保行为。来吧。”

马洛尼使劲地点点头，表示同意自己上司的观点。“别担心，”他低声说道，“真相将有利于公司，对，是她干的。”

布兰福德庄园离火车站有一段距离，因此，虽然乘坐汽车比乘坐火车花的时间更长，但有了汽车，我们就可以不受断断续续的夜间火车服务和当地出租车司机的影响了。

我们发现这所宅子并没有被仆人们遗弃，而是被控制了。女仆的尸体已被转移到当地的停尸房，并且有一名警察在附近巡逻，但我不知道这有什么意义。

肯尼迪主要关心的是保险柜。它是一种所谓的“防盗”产品，呈球形，从整体上看就好像是一个微型的电机。

“我怀疑是否有任何东西能够经受住如此野蛮的对待，就像这个保险柜，”克雷格粗略地检查了一下，总结道，“它对烈性炸药表现出很强的抵抗力，主要因为它是圆形的。但是，面对这种持续不断的攻击，没有什么东西能扛得住。”

他继续检查那个保险柜，而我们却在一旁无所事事。“我喜欢在自己脑海里重建自己接手的案件，”肯尼迪一边仔细检查，一边解释说，“瞧，那个家伙一定把保险柜的所有外皮都剥光了。他的下一步行动是在门与柜身接合处的锰表面弄出一个凹痕。那挺费事，一定花了不少时间。事实上，如果没有一把大锤和一把热凿，我不明白他是怎么做到的。不过，他还是做到了，然后……”

“可是那位女仆，”马洛尼插嘴道，“当时她在房子里。她会听到并发出警报的。”

为了回答这个问题，克雷格径直走到阳台一扇窗户前，升起了百叶窗。他指着路那头很远的另一幢房子的灯光说：“如果你能让他们在像昨晚那样的大风夜里听到你的声音，我就给你买全国最好的雪茄。不，她很可能尖叫了。要么在此时，要么是一开始，盗贼就给她使用了氯仿这种麻醉剂。我给不出其他的解释了。我怀疑他是否预料到会在保险柜里发现这样一件棘手的事情，但显然他准备要干到底，因为他在这里，而且出乎意料地有一块空地，除了那个女佣。他只不过是把她赶走了，或者是他的同伙干的——用的是最简单的办法，真是个可怜的姑娘。”

回到保险柜跟前，他继续说：“嗯，不管怎样，他弄出一道沟，也许有一英寸半长，四分之一英寸宽，我看，不超过八分之一英寸深。然后他开始认真地行窃。在凹痕下面，他做了一个小小的红粘土杯，倒进‘汤’——硝化甘油——让它流进凹陷处。然后，他用电池和火药帽按常规方式将其引爆。我怀疑，一开始，它除了使金属变色之外，是否还有其他作用。不过，由于能真正坚持不懈，他很可能又重复了剂量，‘汤’越来越多，直到连接处绷得更紧了一点，口子越开越大，好让‘汤’能流进去。

“他一定是一遍又一遍地重复，不断增加炸药量。或许他一次用了两到三杯。此时，外面的门一定已经被撑得变形了，这样就很容易把炸药放进去。毫无疑问，他能一次填充十或十二盎司的炸药量。那更像是打靶训练，而不是炸开保险柜抢劫。但这种机会并不经常出现——空房子和充足的时间。终于，保险柜门肯定胀了一英寸左右，然后炸药量够大，外壳被炸开，保险柜被炸翻了。还有两三英寸厚的锰钢保护着里面的东西，那些东西塞得那么紧，好像没有什么能挪动它似的。但他一定一直在努力，直到我们看到这里的残骸。”说完，肯尼迪用脚踢了踢保险柜。

布莱克此时全神贯注，而马洛尼则倒抽了一口气，说："如果我是做撬保险柜生意的，我就让您当公司的头。"

"现在，"克雷格说道，"让我们回纽约去，看看能不能在那里找到布兰福德太太。"

"你当然明白，"当我们马不停蹄往回赶的时候，布莱克解释说，"这些假抢劫案件大多发生在小人物中间，其中许多发生在纽约东部贫民区的小珠宝商或其他商人中间。不过，它们并不局限于任何一个阶级。事实上，当你衣着华丽，坐拥财富，在道德正直的自信光环保护之下，比在不那么幸运的环境下更容易挫败保险公司。恐怕很多时候，我们都善意地承认这起未侦破的盗窃案，并支付保险索赔。这种情况必须停止。在这个案子中，我们认为道德风险是安全的，但我们错了。这是最后一根稻草。"

我们对布兰福德太太的采访，是我遭遇过的最尴尬的一件事。想象一下，你被迫询问一个非常漂亮的女人，她被怀疑策划了如此大胆的行动，而且知道你怀疑她。她并不怨恨我们，而是鄙视我们，厌恶我们。她用尽了非凡的意志力，才没有把旅馆的脚夫叫来，把我们撵出去，那样会显得很难堪，所以她容忍了我们的存在。当然，保险公司保留了投保人在提出索赔之前——如必要，则宣誓——对每个家庭成员进行检查的权利。

"这是一种暴行，"她大声说道，眼睛里闪烁着光芒，胸膛因压抑的情感而起伏着，"这是一种暴行。等我丈夫回来，我打算让他把这整件事交给城里最优秀的律师来处理。我不仅会得到全额保险金，还会得到损害赔偿和律师费用以及法律允许的一切。用这种方式监视我的一举一动——简直是一种暴行！人人都会以为我们是在圣彼得堡，而不是在纽约。"

"等一下，布兰福德太太。"肯尼迪尽量礼貌地插了一句。

"假设……"

"什么也别假设，"她生气地叫道，"我什么也不解释，什么也不说。要是我确确实实选择把郊区那栋孤零零的大宅子锁上门，到城里来住几天——我碍着别人的事了吗？"

"那碍你丈夫的事吗？"肯尼迪继续说道，对她的态度感到恼火。

她轻蔑地瞥了肯尼迪一眼。"我猜想布兰福德先生到亚利桑那去的目的是为我的珠宝投保。"她眼里冒火，讽刺地补充说道。

"我想说的是，"肯尼迪仿佛一台机器，镇定地说，"假如有人趁你不在，抢劫了你的保险柜，难道你不认为最明智的做法是完全坦白吗？"

"为什么你那么想让别人知道你要去棕榈滩，而实际上你在纽约？"马洛尼追问道。他的逼问方式不够老练，肯尼迪听了眉头一皱。

如果她恨肯尼迪的话，那她肯定要发怒了。而一听马洛尼这样问，她就怒起来了。她摇了摇头，冷冷地说："我还不知道你被指定为我的监护人呢，先生。采访到此结束吧！晚安。"说着，她快步走出房间，不理睬马洛尼，并狠狠地瞥了布莱克一眼。事实上，布莱克退缩了，他对这个棘手的过程没有多少兴趣。

我想，当我们慢慢地鱼贯穿过走廊，走向电梯时，都觉得自己就像那些被发现在瓜地偷瓜或犯下其他令人发指的罪行的小学生。一位像布兰福德夫人那样的女人如此轻易地、成功地把人置于错误的境地，所以我很容易理解，为什么布莱克要在一件看起来很平常的案子上求助于肯尼迪。

布莱克和马洛尼走在前面，跟我们有一段距离。这时，克雷格俯身对我耳语道："靠那位马洛尼是不可能的，我得想办法摆脱他。我们要么自己处理这个案子，要么就放弃。"

"好吧。"我断然同意，"他从一开始就把脚伸得太深了。不过，克雷格，做事得体面些。这个案子太大了，你不能让它溜掉。""相信我，沃尔特。"他低声说道。当我们赶上他们时，他又对布莱克说："马洛尼说得对，毕竟，这个案子很简单。但我们必须得想个办法把这件事牢牢地套在布兰福德太太身上。从现在到晚上，让我想个办法。明天见。"

当布莱克和马洛尼乘车消失在大街上时，肯尼迪转过身，又故意走回格拉坦酒店。天色已经很晚了，人们出了剧场，正走进来，一路之上愉快地谈笑着。肯尼迪选定了一张桌子，从那里可以看到客厅和餐厅。

“她穿得那么漂亮，是来接人的——你注意到了吗？”我们坐下来，目光扫视着摆在面前的卡片，上面罗列着一大堆东西，令人眼花缭乱，都吃不得。“我认为值得等一会儿，看看是谁。”他说道。

点完不想吃的东西后，我环顾四周，直到目光落在餐厅另一端的一面大穿衣镜上。

“克雷格，”我兴奋地低声说，“布兰福德太太在写字间里——我可以从你身后房间尽头的镜子里看到她。”

“站起来，咱俩换换位子，尽量安静些，沃尔特，”他快速说道，“我想在她看不到我的时候看到她。”

肯尼迪全神贯注地盯着那面镜子。“有一个男子跟她在一起，沃尔特，”他低声说，“我们交换位子的时候，他进来了——一个漂亮的小伙子。天哪，我以前在什么地方见过他。他的脸和举止我都很熟悉，但我就是想不起来他是谁。你看到她放在椅子里的包裹了吗？没有？喔，他在帮她拿。他们就要出去了。服务员，买单——快点！”

然而，我们已经太迟了，因为我们刚走到门口，就瞥见一辆崭新的大型豪华轿车一闪而过。

“刚才和那位女士一起出去的那位男子是谁？”克雷格向在马车入

口处转动旋转门的黑人问道。

“杰克·德拉鲁，先生——曾出演《离婚男子》，先生，”看门人回答道，“没错，先生，他偶尔来这儿住一段时间。谢谢您，先生。”肯尼迪把一枚二十五美分的硬币扔进了那人的手里。

“那可就复杂多了，”当我们慢慢走向地铁站时，他沉思道，“杰克·德拉鲁——我不知道他是否也卷入了这件事。”

“我听说《离婚男子》并没有大获成功，没赚到什么钱，”我主动说道，“毫无疑问，德拉鲁有一大批债权人。顺便说一句，克雷格，”我惊叹道，“你不觉得去看看奥康纳是个好计划吗？不管怎样，几小时后就得通知警察，也许德拉鲁有犯罪记录。”

“好主意，沃尔特，”克雷格一边表示同意，一边拐进了一家有电话亭的药店，“我给奥康纳打个电话，看看他是否知道些什么。”

奥康纳不在总部，但我们最终在家里找到了他，当我们到达那里时已经是凌晨了。克雷格相信第一副警长的荣誉，这经受了许多考验，他开始展开故事。他还没来得及描述那个被怀疑是雇来的盗贼的工作，奥康纳就抬起双手，狠狠地放在椅子扶手上。

“嘿，”他脱口而出，“怪不得呢！”

“怪不得什么？”我们齐声问道。

“哎呀，一个我最好的密探带回信息说，直到今日，查塔姆广场的一所房子里一直在发生什么事，那所房子我们观察了很久了。那里全是坏蛋，多日以来，他们天天烂醉如泥，这是一个确凿的迹象，表明有人赚了大钱，对其他的人很慷慨。还有一两个职业的‘销赃人’形迹可疑。哦，这就解释得很清楚了。”

我看了看克雷格，想说："我这样跟你说过。”但他全神贯注地听着奥康纳说话。

“你知道，”这位警官继续说，“有一个特殊的‘销赃人’，他伪装成高利贷办事处的人员来经营他的生意。在这个城市里，他认识的大罪犯可能比任何人都多。从他那里，从铁撬棍到撬保险柜的全套装备，坏蛋们可以得到任何东西。这个人一直想在珠宝商那里把一些没有镶嵌的珍珠卖掉。我敢打赌他一直在出售布兰福德的一些珍珠，一颗一颗地卖。我会跟进的。我要逮捕这个‘销赃人’，把他关起来，直到他告诉我盗贼拿着珍珠去找他所为何事。”

“如果你查明真相，你愿意和我一起去查塔姆广场附近的那所房子吗？假如他是那个团伙成员的话。”克雷格急切地问道。

奥康纳摇了摇头。“我还是不插手为好。他们太了解我了。你一个人去吧。我会让那个密探——他的名字叫快乐猫——跟你一起去。我将以任何方式帮助你。你想要多少便衣，我就派多少人准备好，在你拿到证据后立即搜查那地方。但如果他们知道我就在附近的话，你就永远也找不到证据了。”

第二天早上，克雷格自己几乎没吃早饭，而让我狼吞虎咽，无需丝毫客气。我们在通勤的人们开始去纽约之前又到了蒙特克莱尔，尽管我们路上在他的实验室停了一下，拿了他以前小心翼翼地携带的一个包裹。

光天化日之下，肯尼迪把房子从地窖到阁楼彻底搜查了一遍。我不知道他想要找什么，但我敢肯定什么也逃不过他的眼睛。

“现在，沃尔特，”他把房子翻了个底朝天后，说道，“只剩下一个地方了，就是布兰福德太太房间里的那个壁式小保险柜。我们必须得打开它。”

他花了一个小时，甚至更长的时间，听着锁芯里的旋转开关掉下来的声音研究密码。这种事情小菜一碟，业内的老前辈无疑会在短时间内打开它。他心无旁骛，专心致志，额头上冒出了汗。最后密码锁打开了。除了一些家里的银器，保险柜内别无他物。

克雷格注意到照在壁式保险柜上的灯光，他打开了带来的包裹，露出了一台照相机。他把照相机放在保险柜对面的写字台上一点也不显眼的地方，对准保险柜。

“这是一款新发明的带有镜间快门的相机，亮度高，效率高。”他解释说，“实际上，拍这样的照片一直是不可能的，但这种新的快门速度比以前的发明要快得多，因此可以用它来进行侦查。我会使这些细电线像防盗报警器一样运行，只不过我把它们装在相机上，这样我们就能拍照片了。已经证明它的速度可以达到五百分之一秒，这可能行得通，也可能行不通。如果行得通，我们就会在行动中抓人。”

大约中午的时候，我们去了位于自由大街的盗窃保险公司的总部。我觉得布莱克不太喜欢，因为肯尼迪坚持单枪匹马，但他什么也没说，因为这是协议的一部分。马洛尼似乎很高兴。他也一直在梳理自己发现的关于布兰福德太太的一些错综复杂的线索。尽管如此，肯尼迪还是称赞了这位侦探的行动，把事情平息了下来。事实上，他在首先找到布兰福德太太这一方面显示出了非凡的才能。

马洛尼说：“我一开始就设想布兰福德夫妇一定因为这样或那样的原因需要钱，所以我今天就去了几家商业公司，去查布兰福德。我不能说他很成功；这些天没人来过华尔街，这正是导致虚假入室盗窃案增加的原因。还有另一种可能性，”他得意地继续说道，“我在格拉坦酒店接待过一个人，他向我报告说，昨天晚上有人看见布兰福德太太跟演员杰克·德拉鲁在一起。我想他们吵了一架，因为她是一个人乘出租车回来的，非常激动。无论从哪个角度看，那些线索都是有希望的——不管她是需要钱来做投机买卖，还是为德拉鲁这个流氓筹钱。”

马洛尼表现出高人一等的派头，带着一种专家的神气，注视着克雷格,认为他是一位优秀的外行——但毕竟是外行。肯尼迪什么也没说,我当然明白是怎么回事。

“是的,”布莱克表示同意,“你看,我们最初的假设很好。当然,与此同时,警察正陷于一团乱麻之中。”

“如果我们能找到一些布兰福德太太自己藏在某地的被盗的珠宝,那我们办理的这个案子就更有说服力了。”肯尼迪平静地说道。他没有说起自己在房子里搜查一无所获的事,只是继续说:“你认为她把珠宝藏到哪儿了?她一定是在让盗贼打开保险柜之前就把它们放在了什么地方。她几乎不相信他能把珠宝拿到手,但她可能也够傻的。当然,还有一种可能性是她真的带着珠宝跑了。我怀疑她会不会把珠宝放在格拉坦酒店,或者她会不会亲自把它们存入银行保险柜里。也许最后德拉鲁参与其中了。我们必须想尽千方百计,把案子破了。”

“没错,”马洛尼陷入沉思,显然他的脑海里在翻腾着什么,仿佛在思考新的主意,“只要我们有一些证据,哪怕是找到她藏起来的一部分珠宝,就能结案了。这是个好主意,肯尼迪。”

克雷格什么也没说,但我看得出来,或者说我认为自己看出来了,他很高兴自己让马洛尼走上了另一条路,让我们不受阻碍地沿着自己的路走。对布莱克的采访很快结束了,当我们离开时,我疑惑地看着克雷格。

“我想再见到布兰福德太太，”他说道，“我想我们今天单独行动，可以比昨晚做得更好。”

我得说，我多少有点料到她会拒绝见我们。当男侍从请我们上楼到她的套间时，我感到非常惊讶。很明显，她对我们的态度与第一次见面时大相径庭。不管她是对布莱克的正式出现感到恼火，还是对马洛尼的官架子感到恼火，至少她很礼貌，容忍了我们。或者是她终于开始意识到，她被重重困难包围着，形势开始明显地变得黑暗了吧？

肯尼迪很快明白了自己的优势。“布兰福德太太，”他说，“从昨天晚上起，我得到了一些非常重要的事实。我听说有几颗松散的珍珠，可能是你的，也可能不是你的，被波威里街的一个人拿去卖了，那个人就是那个盗贼所称的‘销赃犯’。”

“盗贼——‘销赃犯’？”她重复道，“肯尼迪先生，我真的不想再谈论那些珍珠了。它们的去处对我来说无关紧要。我的第一个愿望是领取保险赔偿金。如果能重新找到一些，我很愿意从总数中扣除。但我必须坚持领取全额保险赔偿金，否则就得把失窃的珍珠还给我。布兰福德先生一到，我就采取其他措施来争取赔偿。”

一个男孩敲门，送来一封电报，她紧张地把电报拆开。“他四天后就到了，”说着，她怒气冲冲地撕扯着电报，似乎收到电报她一点也不高兴，“你们还有什么要说的吗？”

她用脚轻拍着地毯，似乎要急于结束采访。肯尼迪热切地向前探着身子，大胆地打出了他的王牌。

“你还记得《离婚男子》里的那一幕吗？”他慢条斯理地说道，“杰克·德拉鲁在化装舞会上遇见了他逃跑的妻子。”

她微微红了一下脸，但马上又恢复了镇定。“不太清楚。”她一边喃喃地说，一边摆弄着衣服上的花朵图案。

“在现实生活中，”肯尼迪说，他的声音故意泄露出他是出于个人目的，“结了婚的男人们甚至不能原谅……谣言——啊——我们称之为关系密切的谣言，可以吗？——更不用说事实了。”

“在现实生活中，”她回答说，“结了婚的女人们并不像一些报纸和戏剧让我们相信的那样，经常和男人有密切的关系。”

“昨晚演出之后，我看见了德拉鲁，”肯尼迪冷酷地接着说，“他没看见我，但我看见了，他跟——”

她无法抑制自己的激动，在房间里踱来踱去。“你就不能停止监视我吗？”她嚷道，“我的一举一动都要被监视和歪曲吗？我想我丈夫会得到一个歪曲的事实。难道你没有骑士精神，没有正义，没有怜悯吗？”她在肯尼迪面前停下来，恳求道。

“布兰福德太太，”他直言不讳地回答道，“我不能答应我将要做的事。我的职责只是弄清那些珍珠的真相。如果牵扯到其他人，我仍有责任查明真相。你为什么不把你所知道的关于那些珍珠的一切都告诉我，相信我能把案子破了呢？”

她面对着他，脸色苍白，神情憔悴。“我都告诉你了，”她坚定地重复道，“别的我什么也不能告诉你——我什么也不知道。”

她是撒谎吗？我不是研究女性的心理学家，但内心深处，我知道这个女人在强作镇定，背后一定隐藏着什么。她到底在争取什么？我们陷入了僵局。

晚饭后，我在实验室见到了克雷格。他又去了一趟蒙特克莱尔，因为马洛尼在那里，他想避开他，所以才耽搁了时间。他把照相机带回来了，又和奥康纳谈了一次，制定了下一步的行动计划。

“我们九点钟在市政厅和那个快乐猫见面。”克雷格简洁地解释道，“我们要去一个盗贼们出没的地方，沃尔特，很少有外人见过他们。你以为是闹着玩吗？当然，奥康纳和他的人会躲在附近。”

“我想是的。”我慢条斯理回答道，“可是，你利用什么借口进入这个贼巢呢？”

“简单地说，我们假装成两个搜寻素材的新闻工作者，文章不说具体的名字、日期或地点——只是一个关于盗贼和流浪汉的好故事。我有一个小的——好吧，我们叫它——小相机装备，我要把它挎在我的肩膀上。记住，你是记者，我是报社的摄影师。当然，他们不会为我们摆姿势，但那也没关系。说到照片，我在蒙特克莱尔拍了一张很有趣的照片。晚上晚些时候我拿给你看——万一我出了什么事，沃尔特，你会在我桌子最上面的抽屉里找到原始的底片。我想我们最好现在就到市中心去。”

“快乐猫”领我们去的那所房子，就位于一个十字路口，离查塔姆广场只有一两个街区。如果我们在白天随随便便从它面前走过，也不会从街上那些破烂不堪的建筑物中把它分辨出来。其他的房子里都充斥着儿童和婴儿车，而这一所房子空无一人，前门紧锁，百叶窗紧闭。当我们走近时，一个身影鬼鬼祟祟地从地下室通道里摇摇晃晃地走出来，溜进了人群中或二楼去干夜间扒窃的勾当。

我曾对我们是否能被接纳心存疑虑——我几乎可以说是希望——但“快乐猫”成功地在地下室门口得到了响应。如今，这所房子早已经荒废，而在那个上流社会居住在城郊鲍厄里街道的年代，有钱人常光顾这里。台阶上的铁栏杆虽然生锈了，不牢固，但仍然很优美。历经年月，台阶上的石头已经破烂不堪，前门也从来没有开启过。

当我们经过地下室低矮的门时，我觉得进入这里的人确实放弃了希望。在里面，昔日壮丽的景象更加引人注目。原来是客厅的地方，现在成了盗贼们开会的总会场。墙边排列着破旧的椅子，地板上撒满了锯末。屋子正中有一个大腹便便的炉子，旁边放着一盒子被烟草汁熏得完全变了色的锯末。

三四个“客人”——在这个盗贼的旅馆里不用“登记”——坐在火炉周围，用一种只有盗贼们才懂的英语讨论着什么。我注意到，曾经漂亮的白色大理石壁炉架，历经岁月，现在已经沾满污渍，矗立在闲置的炉栅上方。双折叠门通向的地方，我想，曾经是一个书房。到处都是难以形容的灰尘和污垢。空气中弥漫着旧衣服和剩饭菜的气味，还有大都市人熟悉的每个民族的种族气味。我记得有一天晚上，我曾经在鲍厄里街道的一个公寓里过夜，目的是寻找“地方色彩”。不过这里的情况更加糟糕。这所房子是法外之地，这里的气氛很沉闷，半黑的威尔斯巴赫灯罩变得十足恐怖。

我们的向导介绍了我们。气氛一片死寂，八只眼睛狡猾地盯着我们，上下打量。我该怎么说呢？克雷格来营救我们了。对他来说，这次冒险很好玩，它很新颖，这就足够了。

“打听一下行话，”他建议道，“这会使故事生动。”

对我来说，这似乎无伤大雅，所以我就跟“快乐猫”介绍来的业主攀谈起来。很多行话我都是从传闻中知道的，比如警察用“公牛”来表示，在被“抛弃”或逮捕时为其辩护的律师用“喉舌”来表示；事实上，这些词我都匆忙地草草写了下来。我一定收集了一百字左右的词汇，以备将来参考。

“名字呢？”我问道，“你们都有些奇怪的绰号。”

“哦，是的，”那人回答道，“这就是‘快乐猫’——这是我们对发现者的称呼，他比团伙先进城。

然后是‘奇胖’，意思是他来自芝加哥，身体很胖；还有‘皮茨·斯利姆’——他来自匹兹堡，还有——”

“啊，住口，”另一个人打断了他，“‘皮茨·斯利姆’今晚会来。如果他听说你跟记者谈论他，他会狠狠地教训你的。”

这位业主开始谈些不怎么危险的话题。克雷格成功地从他那里得到了制作“汤”的盗贼诀窍。“就在这个暗号里。”那人说着，掏出一张肮脏的纸，“大家都知道，你可以拿走这个。这是关键。这是‘聋子’史密斯写的，被警察没收了。”

克雷格赶忙翻译那份奇怪的文件：

取十或十二条炸药，把它弄碎，细细的，放在一个平底锅或脸盆里，然后倒入足够的酒精，木材水解酒精或纯酒精都行，把它盖好。用手充分搅拌，小心把所有的疙瘩都搅碎。将它搁置几分钟，然后拿几码粗棉布，撕成碎片，把混合物通过布过滤到另一个容器中。把锯末绞干，扔掉。剩下的将是汤和酒精的混合物。接下来，取跟你使用的酒精等量的水，倒进去。把全套装置放几分钟。

“非常有趣，”克雷格说，“在函授学校的一节课上学习用炸药炸开保险柜抢劫。剩下的内容告诉我们如何攻击不同的产品，不是吗？”

就在这时，一个瘦子从地下室重步走上楼来。只见来人穿着一件宽松的旧大衣，衣领竖起，帽檐垂下来遮住了眼睛。绝对有点熟悉，但他的脸和身材隐藏得很好，我说不出自己为什么会这样想。

他瞥了我们一眼，就从房间的另一头退了出去，向业主招手示意，业主在门外撵上了他。我想我听到他在问：“那些人是谁？是谁放他们进来的？”但我听不清答语。

房间里的其他人一个接一个地站起来，侧身走了出去，只留下我们和“快乐猫”。肯尼迪伸手从我的烟盒里抽出一根香烟，凑在我抽的那根烟上点燃了。

“那就是我们要找的人，我想，”他低声说，“皮茨·斯利姆。”

我什么也没说，但我愿意拿出我银行账户里的一大笔钱，就为了在那个时候上伦敦高架广场的查塔姆广场站。

我们身后那扇门半开半掩，我们被偷袭了。突然，我面前漆黑，眼花缭乱，头上一阵刺痛，胃部感觉虚弱；我倒在地板上，神志不清。我的脑子一片空白，但是，朦胧之中，我似乎被人拖拽，重重地摔了下去。

我不知道在那里躺了多久，肯尼迪说不超过五分钟。也许是这样，但对我来说，那似乎有一年时间。当我睁开眼睛时，发现自己正仰面躺在另一个房间里一张脏兮兮的沙发上。肯尼迪俯身看着我，只见鲜血从他头上的一道又长又深的伤口里流了出来；另一个人影在对面半明半暗的黑暗中呻吟着，那人是“快乐猫”。

“他们劫持了我们，”肯尼迪低声对我说，我踉踉跄跄地站了起来，“然后他们把我们从一条秘密通道拖到另一所房子里。你感觉怎么样？”

“还好。”我一边回答，一边靠在椅子上，因为我失血过多，身体虚弱，而且头晕。我的每一个关节和肌肉都很酸痛。我环顾四周，只是一知半解。接下来，我的记忆突然涌了回来。袭击发生后，我们被锁在另一个房间里，留待以后处置。我在口袋里摸了摸，我把手表落在实验室了，但就连我拿的花一美元买来的表和钱包里的一小笔钱也不见了。

肯尼迪仍然把他的照相机挎在肩膀上，他已经牢牢地把它扣紧在那里了。

我们被囚禁在这里，而我们追捕的“皮茨·斯利姆”，不管他是谁，正在逃跑。奥康纳就在街对面的某个地方，如我们约定的那样，在一个房间里等着。我们的房间只有一扇窗户，窗户通向一个小得可怜的升降机通风井。要过好几个小时他才会起疑心，他才会发现我们被关在哪一栋房子里。其间，有什么事情不会发生在我们身上？

肯尼迪平静地支起他的三脚架。他的一条腿在大打出手时断了，但他用手帕把腿捆扎了起来，手帕已经被血浸透了。我想知道他怎么会想到拍照。他的从容不迫使我烦躁和愤怒，于是我低声咒骂他。尽管如此，他还是平静地继续工作。我看见他把黑盒子放在三脚架上，那个东西在黑暗中模糊不清，看上去像一架照相机，但它的侧面却有一个奇怪的装置，包括一盏小灯。克雷格弯下腰，在箱子上接上了一些电线。

最后他似乎准备好了。"沃尔特，"他低声说道，"把沙发轻轻地拖过去顶住那扇门。现在把桌子和写字台也顶上，把椅子塞进去。不惜任何代价把门关上。机不可失，时不再来。"

他停了一会儿，摆弄了一下三脚架上的盒子。"你好！你好！你好！是你吗，奥康纳？"他喊道。

我惊奇地望着他。这个人疯了吗？那一击对他的大脑有影响吗？他就在我面前，试图对着摄像机说话。盒子里面的一个小信号铃开始响起来，好像是幽灵的手把它弄响的。

"房间里的人闭嘴！"门外有个声音咆哮道，"天哪，他们把门封锁了。来吧，伙计们，我们杀了这些间谍。"

肯尼迪苍白的脸上露出了胜利的微笑。"它工作了，它工作了！"小铃继续响着，他叫道，"这是一种无线电话，你可能最近看到过相关报道——几百英尺远都好用——信号能穿越墙壁和一切。发明者把它放置在一个盒子里，包括电池，很容易由人携带，并安装在一个普通的相机三脚架上，这样使用者可能就会被误以为是旅行摄影师了。信号只能单向传播，但是我在这里安了一个信号铃，来自另一端的信号可以通过赫兹电波让它响起来。谢天谢地，它结构紧凑，操作简单。”

“奥康纳，”他继续说道，“正如我告诉你的，就是‘皮茨·斯利姆’。他十分钟或十五分钟前离开这里了——我不知道他走的哪个出口，但我听见他们说他们午夜时分将在中央货场会合。派你的便衣去那里，并派些人来这里，快来，解救我们。我们被锁在街角第四或第五所房子的一个房间里，有一条通往贼巢的秘密通道。‘快乐猫’还没醒过来，詹姆士还昏昏沉沉，我的头皮也受了重伤。他们正试图攻破我们设置的障碍。快点来。”

我想我永远也忘不了接下来那可怕的五分钟，敲门声、咒骂声、外面的扭打声，沙发、写字台、桌子和椅子一齐倒塌时的碰撞声响彻一片——当看到奥康纳那张憨厚诚实的脸和六个便衣擒住那些盗贼的时候，我如释重负。要不是他们及时赶到，那帮盗贼这次肯定会杀了我们，以保护他们逃跑的同伙。事实上，直到我们乘坐奥康纳的车向铁路货场疾驰时，半路上我才想清楚。新鲜空气终于使我恢复了活力，重新兴奋起来，开始忘记自己的伤口和淤青。

我们小心翼翼地走进了货场，几名铁路上的侦探陪着我们，他们还带着几条警犬。我们潜伏在路堤下的阴影里——高高的路堤把院子里一眼望不到头的满载和空载的车厢跟另一侧纽约的圣胡安山区的悬崖分隔开来——这时我们遭遇一伙三人，他们在等着登上午夜那班所谓的“侧门普尔曼豪华火车”——那列驶出纽约的快速货运车。

战斗很快就结束了，因为我们的人数超过他们的三倍。奥康纳亲自为那个看起来像是团伙领袖的瘦子戴上了一副钢手镯。

“你们完蛋了，皮茨·斯利姆。”声音从他紧闭的牙关挤出来。

我们当中的一个人把目标对准了那三个囚犯。我发现自己好像在做梦。

“皮茨·斯利姆”竟然是马洛尼，那位侦探。

一小时过后，在总部，盗贼的谱系搞清楚了，“行凶抢劫”弄明白了，在这三个盗贼身上发现的珠宝从布兰福德珍珠的清单上划掉了，留下价值几千美元的珠宝下落不明，奥康纳带领我们进了他的私人办公室。布兰福德太太和布莱克已在那里等候。

马洛尼闷闷不乐，拒绝抬眼看他从前的雇主，布莱克冲过去抓住肯尼迪的手，急切地问：“您是怎么做到的，肯尼迪？这是我最没料到的事。”

克雷格什么也没说，只是慢慢地打开一个已经皱巴巴的信封，里面有一张没有染色的照片。他把照片放在书桌上。“这就是偷你的贼在干活。”他说道。

我们弯下腰去看，那是一张马洛尼正往布兰福德太太房间的壁式小保险柜里塞东西的照片。在一瞬间就明白了——快门相机，线与壁式保险柜相连；克雷格暗示过马洛尼，如果有一些珠宝被发现藏在房子里某个合适的地方，那就成了对付她的最后一环，马洛尼热切地接受了这则建议；还有去蒙特克莱尔的时候，克雷格费了好大劲才避开他。

“皮茨·斯利姆，又名马洛尼，”肯尼迪转向布莱克说道，“你手下最精明的私家侦探，成功地扮演了两个角色。他是你信任的探员，掌握着你的客户最有价值的秘密，并同时策划了所有那些你认为是假的的抢劫案，然后整理出显示诸多受害者有罪的证据。他使用万能钥匙进了布兰福德家，杀死了那位女仆。这张照片显示今天下午他把盾形胸针插入保险柜——这就是那枚胸针。在这段时间里，他一直是全国最危险的盗贼团伙的头头。”

“布兰福德太太，”布莱克喊道，走上前，深深地朝她鞠了一躬，“我相信你能理解我的尴尬处境吧？我的道歉再谦虚也不为过。我很乐意为您被盗走的宝石开一张保付支票，明天上午首先就做这一件事。”

布兰福德太太紧张地咬着嘴唇。她似乎对保险公司赔付珠宝的钱一点也不感兴趣。

“我也必须为自己曾经错误地怀疑过您而道歉——请相信我，这件事已经被忘记了。”肯尼迪说道，强调了“错误”这个词，并直视着她的眼睛。

她读懂了他的眼神，脸上掠过一丝欣慰的神色。“谢谢您，”她简单地低声说，然后垂下眼睛，压低了声音说道，“肯尼迪先生，我该怎么感谢您呢？如果当初我在家再多待一个晚上的话，死去的就是我自己了。”

死亡的萌芽

到这时，我已经习惯了肯尼迪的奇怪访客，实际上，我已经开始强烈地喜欢上这种不确定的感觉，不知道他们接下来会做什么。尽管如此，有一天晚上，我还是没料到会看到一个身材高大的外国人神情紧张、悄无声息地未经通知就走进我们的公寓，一言不发地把名片递给肯尼迪。

“尼古拉斯·哈尔科夫医生——嗯——呃——詹姆士，你一定是忘了锁门了。哎呀，哈尔科夫医生，您怎么了？显然有什么事使您心烦。”

那个身材高大的俄国人把食指放在嘴唇上，拿起一把结实的椅子，放在门边，然后他站在上面，小心翼翼地从气窗往走廊里看。“我想这次我避开他了，”他惊叫道，一边紧张地坐了下来，“肯尼迪教授，有人正跟踪我。我每走一步都有人跟着我，从我离开办公室到回来，如影随形。这足以使我发疯，但这只是我今晚来这里的原因之一。我相信您是正义的朋友，是俄罗斯自由的朋友。”

他诚恳而又含糊其辞地问了我一声，所以我没有退缩。不知何故，显然他听说过肯尼迪相当自由的政治观点。

“我是来咨询您的，瓦西里·萨拉托夫斯基，俄罗斯革命之父，我们这样称呼他。”他很快接着说道，“就在两周前，他生病了。突然发了高烧，持续了一周时间。这场危机过后，他的病情似乎有所好转，甚至在不久前的一个晚上参加了我们的中央委员会召开的一次会议。但与此同时，个子不高的俄罗斯舞蹈家奥尔加·萨马洛娃也同样病倒了，您也许见过她。您知道，萨马洛娃是一位富有激情的革命家。我家位于东百老汇，家里的仆人也病倒了——谁知道呢？——也许下一个就轮到我了。因为今天晚上，萨拉托夫斯基又发烧了，这次更厉害了，他剧烈地发抖，四肢剧痛，头痛起来神志不清，这和我以前见过的任何东西都不一样。教授，您能在情况变得更糟之前调查一下吗？”

那个俄国人又站到椅子上，从气窗上望过去，以确保他没有被人偷听。

“我非常乐意尽我所能帮助你，”肯尼迪回答道，他的态度表达了他真正的兴趣，在面对科学和犯罪方面的棘手问题时，他从不装模作样，“我有幸在伦敦见过一次萨拉托夫斯基。明天一早我就设法去见他。”

哈尔科夫医生的脸沉了下来。“我本来希望您今晚能见到他的。如果有什么事情发生——”

“有那么急吗？”

“我想是的，”哈尔科夫向前探着身子，恳切地低声说道，“我们可以叫辆出租车——不会花很长时间的，先生。您考虑一下，有很多人的生命可能受到威胁。”他恳求道。

“那好吧，我这就去。”肯尼迪表示同意。

走到临街的门口，哈尔科夫突然停住脚步，把肯尼迪拉了回来。

“瞧——街对面的阴影处，就是那个人。如果我朝他走去，他就会走开消失；他很聪明。他从萨拉托夫斯基家跟踪到这里，一直等着我出去。”

“有两辆出租车在停车处等着。”肯尼迪建议乘车走。

“医生，您跳入第一辆车，詹姆士和我跳入第二辆车，那他就不能跟上我们了。”

刹那间，我们就被匆匆送走了。那人懊丧无力地从阴影里溜出来，徒劳地追赶着，甚至连车牌号都没记上。

“一次充满希望的冒险。”肯尼迪评论道，我们乘车在纽约崎岖不平的柏油路上颠簸前行，“你见过萨拉托夫斯基吗？”

“没有。”我没有把握地回答道，“你能保证他不会用炸弹把我们炸飞吗？”

“说什么呢！”克雷格说，“哎呀，沃尔特，他是最温和、最迷人的老哲学家——”

“曾经割过人的喉咙或弄沉过船的那一位？”我打断道。

“相反，”肯尼迪有点恼火，坚持道，“他是一个大家长，受到革命者各个派系的尊敬，从战斗组织到信奉不抵抗论和托尔斯泰主义的人。我跟你讲，沃尔特，一个能培养出像萨拉托夫斯基这样的人的国家应该得到，而且总有一天会赢得政治自由。我以前也听说过这位哈尔科夫医生。如果在俄罗斯，他很快就会没命了。此人非同凡响，他于一九〇五年起义失败后逃亡在外。啊，我们到第五大道了。我猜他是要带我们去大道下端的一家俱乐部，那里住着许多俄罗斯改革家，他们耐心地等待并计划着他们祖国的伟大‘觉醒’。”

哈尔科夫乘坐的出租车停了下来。我们带着疑问来到了华盛顿广场。在这里，我们走进了一座上一代的老房子。当我们穿过宽阔的大厅时，我注意到高高的天花板、历经岁月布满污渍的旧式大理石壁炉架、又长又窄的房间和脏兮兮的木制品，还有破旧的用黑胡桃木和马尾毛做成的家具。

在楼上的一间小密室里，我们发现值得尊敬的萨拉托夫斯基在一张乱糟糟的床上辗转反侧，发着高烧，神志不清。在如此肮脏的环境中，他格外引人注目。他的额头很高，眼睛深陷，像炭一样闪闪发光。他的眼睛里充满故事，那些人生传奇使他成为俄国所有革命家中最奇特的人物之一，也使他成为文学作品中最勇敢的人物之一。棕色染料——他上次回国的遗存——还没有从他飘逸的白胡子上面完全褪掉。在自己的祖国，他机智地避开了一位伪装成德国体育教授的秘密警察。

我们在他的床边站定，萨拉托夫斯基向我们伸出一只手，那只手发烫，瘦弱无力。肯尼迪当时什么也没说。这位病人虚弱地向我们做手势，要我们走近些。

“肯尼迪教授，”他低声说，“有一些邪恶的行动正在进行。俄罗斯的独裁政权会不择手段。哈尔科夫可能跟您说过，我太虚弱了——”

他呻吟了一声，重重地向后倒去，一股寒气似乎正在折磨着他那可怜的枯瘦的身体。

“卡扎诺维奇可以告诉肯尼迪教授一些事情，医生。我太虚弱了，连话都快说不出来了。带他去见鲍里斯和叶卡捷琳娜。”

我们几乎是恭敬地退了出去，哈尔科夫领着我们穿过大厅来到另一个房间。门半开着，灯光笼罩着一位身穿俄国农民罩衫的人，他正吃力地伏在一张写字台前。他非常专心，直到哈尔科夫说话，才抬起头来。他的身材有些纤弱，脸尖尖的，一副苦行僧的模样。

“啊！”他喊道，“你们把我从梦中唤醒了。我真没想到会和我扮演的一个角色伊万在旧的村舍组织里。你们好，同志们！”

原来这就是俄国著名小说家鲍里斯·卡扎诺维奇，我立刻想到了这一点。起初，我并没有把这个姓名跟那些描写农民生活的阴郁故事的作者联系起来。卡扎诺维奇双手塞在衬衫里站着。

“我最喜欢在晚上写作，”他解释道，“此时想象力能达到最佳状态。”

我好奇地打量着这个房间。似乎到处都有女人的手明显地碰过的痕迹，这是确定无疑的。最后，我的目光落在角落里一把椅子上面随意堆成一堆的衣服上，那些衣服做工很讲究。“涅夫斯基在哪儿？”哈尔科夫医生问道，显然他想起了那些衣服的主人。

“叶卡捷琳娜去排练格尔舒尼逃离西伯利亚和被罗森伯格背叛的小戏了。她今晚要在东百老汇和朋友们住在一起。她走了，把我一个人撂在这里，我正在给一家美国杂志写个故事。”

“啊，肯尼迪教授，这很不幸，”哈尔科夫评论道，“涅夫斯基小姐是一位杰出的女性，她致力于事业。我知道只有一个人和她旗鼓相当，那就是我楼下的病人，个子不高的舞蹈家萨马洛娃。”

卡扎诺维奇说：“萨马洛娃很可靠——涅夫斯基是个天才。”哈尔科夫沉默了一会儿，不过不难看出他对这位女演员评价很高。

“萨马洛娃，”他终于对我们说，“因参与暗杀塞尔吉乌斯大公而被捕，被单独囚禁在圣彼得堡和圣保罗的堡垒之中。他们折磨她，这些畜生用多根香烟烫烧她的身体，惨状无法用语言来形容。但她不肯坦白，最后他们不得不放她走。当冯·普莱夫被暗杀时，涅夫斯基是圣彼得堡大学的学生，主修的是生物学。她被捕了，但她的亲属有足够的影响力确保她获释。她们在巴黎相遇，涅夫斯基说服奥尔加去当演员并来纽约。”

“叶卡捷琳娜对科学的热爱，仅次于她对事业的热爱。”卡扎诺维奇说着，打开了一扇通往一个小房间的门，然后他补充道，“如果她不是女性，或者你们的大学再少点偏见，她作为教授在任何地方都会受到欢迎。瞧，这是她的实验室。这是我们——她能负担得起的最好的了。我也对你们英语里所谓的“有机化学”感兴趣，但我当然不是受过训练的科学家，我是个小说家。”

实验室十分简朴，几乎是空的。墙上挂着科赫、埃尔利希、梅奇尼科夫和其他一些科学家的照片。污渍严重的操作台上散落着烧杯和试管。

“萨拉托夫斯基怎么样了？”当我们好奇地四处张望的时候，作家在一旁向医生问道。

哈尔科夫严肃地摇了摇头。“我们刚从他的房间出来。他太虚弱了，不能说话，但他要求你把我们的怀疑讲给肯尼迪先生听。”

“先生们，我们的处境堪忧，达摩克利斯之剑一直悬在我们头顶之上，”卡扎诺维奇转过身来，激动地喊道，“请原谅我到楼下拿些香烟来。至于他们，我要告诉你们我们所惧怕的是什么。”

与此同时，医生听到萨拉托夫斯基的呼叫声也离开了，只剩下我们俩。

“情况好奇怪啊，克雷格。”说着，我在卡扎诺维奇的书桌前坐下，不由自主地瞥了一眼椅子上那堆女人的服饰。

“对纽约来说奇怪；对圣彼得堡来说不奇怪。”他简短地答道，一面环顾四周，想再找一把椅子坐下。到处都是书和纸。最后，他俯下身来，把衣服从椅子上拿起来，放在床上。在这个家具很少的房间里，这是找座位最容易的办法。

一个笔记本和一封信从裙子的褶裥处掉到了地上。他弯下腰去捡，我看到他脸上呈现出一种奇怪的惊讶表情。

他毫不犹豫地把信塞进自己的口袋，又把其他东西放回原处。

过了一会儿，卡扎诺维奇拿着一大盒俄国香烟回来了。“请坐，先生，”他对肯尼迪说着，把一大堆书和文件从一张大长沙发上扫落下来。“当涅夫斯基不在的时候，房间秩序就会变得很混乱。我没有维持秩序方面的天赋。”

轻烟飘散，空气中弥漫着烟草的芳香气息，我们等着卡扎诺维奇打破沉默。

“也许你们认为俄罗斯总理的铁腕已经折断了俄罗斯革命的脊梁，”他终于开口说话了，“但是，因为杜马是卑躬屈膝的，这并不意味着一切都结束了。绝没有结束。我们没有睡着。在暗处，革命的火焰仍在燃烧，随时准备爆发。政府的特工知道这一点，他们很绝望。他们想尽一切办法来镇压我们，他们的长臂甚至伸到了纽约这片自由的土地上。”

他站起来，兴奋地在房间里踱来踱去。不知何故，此人并没有让我产生好感。是因为我持极端拘谨的态度，反对旧世界道德中流行的事物，从而产生了偏见吗？或者仅仅是因为我发现伟大的小说作家总是以真诚为代价追求戏剧效果呢？

“你到底在怀疑什么？”克雷格问道，他急切地摒弃花言巧语，转而谈事实，“当然，三个人都遭了殃，你一定会有所怀疑的。”

“毒药，”卡扎诺维奇急忙回答道，“毒药，而且是连圣彼得堡善于使毒的医生都没有使用过的毒药。哈尔科夫医生完全困惑了。你们美国医生——有两位被请来给萨拉托夫斯基看病——说是斑疹伤寒，但哈尔科夫知道得更多。没有斑疹伤寒皮疹。此外，”——他向前倾着身子强调自己的话——“人患了斑疹伤寒，不会像萨拉托夫斯基那样，在一周内痊愈，然后再患上斑疹伤寒。”

我看得出肯尼迪越来越不耐烦了。他想到了一个主意，只是出于礼貌，他才继续听卡扎诺维奇讲下去。

“医生，”当哈尔科夫再次走进房间时，他说，“你认为你能从涅夫斯基小姐的实验室里弄到一些完全干净的试管和无菌的肉汤吗？我想我看到桌子上有一架子管子。”

“当然可以。”哈尔科夫答道。

“请原谅，卡扎诺维奇先生，”肯尼迪干脆利落地说，“但我感觉明天我的日子又不好过了——顺便问一下，您在白天抽时间到我的实验室来一趟，继续讲您的故事，可以吗？”

在出去的路上，克雷格把医生拉到一边，他们诚挚地谈了一会儿。最后克雷格向我示意。

“沃尔特，”他解释道，“哈尔科夫医生今晚要在试管里放一些培养物进行培养，这样我就可以对萨拉托夫斯基和萨马洛娃的血液进行显微镜检查，稍后还可以对他的仆人的血液进行检查。明天一大早，那些试管就会准备好了，并且我已经和医生商量好了，如果你不反对的话，你可以打电话来取。”

我同意了，然后我们开始下楼。当我们经过二楼的一扇门时，听到一个女人的声音喊道：“是你吗，鲍里斯？”

“不，奥尔加，我是尼古拉斯。”医生回答道。“是萨马洛娃。”他进门时对我们说道。

过了一会儿，他又回到了我们身边。“她也好不到哪里去，”当我们再次出发时，他继续说道，“我不妨告诉您，肯尼迪教授，现在的情况如何。萨马洛娃深深地爱上了卡扎诺维奇——你刚才听到她在叫他了吗？在他们离开巴黎之前，卡扎诺维奇对奥尔加有些偏爱，但现在涅夫斯基俘获了他的心。她确实很迷人，但对我来说，如果奥尔加同意成为哈尔科夫夫人，明天就可以完成，她就不必再为她与美国剧院经理的合同破裂而担心了。但女人不是这样想的，她更喜欢没有希望的爱情——得不到的才是最好的。好吧，如果有什么新情况我会告诉你的。晚安，非常感谢你们的帮助，先生们。”

在去往市郊的路上，我们谁也没再说一句话，因为天色已晚，至少我也累坏了。

但我发现，肯尼迪根本不想上床睡觉。相反，他坐在自己的安乐椅上，遮住眼睛，显然陷入了沉思。我站在桌旁，装好烟斗，准备抽最后一支烟，这时我看见他正在仔细地端详自己拿起的那封信，翻来覆去地看了又看，显然在盘算该拿它怎么办。

“有些纸可以蒸开而不留下任何痕迹。”他把信放在我面前，算是回答了我想问但没有开口问的问题。

我读了下地址：“法国巴黎 ××× 街亚历山大·亚历山德罗维奇·奥

洛夫先生。”

“在外国特工那里，拆信已经成为一门艺术。”他接着说，“为什么不碰碰运气呢？蒸开一封信，操作简单，然后用骨器重新抛光封盖，不留下任何痕迹。我做不到，因为这封信是用蜡封的。一种方法是在破坏封蜡之前，先弄一个密封的基体，然后用复制品来替换它。不，我不会冒这个险。我要用科学的方法。”

克雷格把信放在两块光滑的木头中间，把它放平，使它的边缘凸出大约三十二分之一英寸。他把信封突出的边缘压平，然后把它弄粗糙，最后把它破开了一道口子。

“你瞧，沃尔特，过一会儿我就把信放回去，在信封上涂上一道一头发丝的白色强力胶，用压力把信封的边缘粘合起来。让我们看看这里面是什么内容。”

他抽出一张很薄的纸，平摊在我们面前的桌子上，好像是手稿。显然，这是一篇不寻常的科学论文，主题是关于“生命的自发生成”。信是手写的，上面写着：

非常感谢第戎的贝塔永教授关于青蛙卵人工受精的论文。我认为这是人工生成生命的一个最重要的进步。

我不会试图复制整个手稿，因为没有必要，事实上，我只是记下部分内容，因为当时它似乎对我来说毫无价值。

上面接着写道：

当贝塔永用铂针刺穿海胆卵并用放电的方法对它们进行培养时，美国的罗卜将海胆卵放在浓海水溶液中，然后将它们置于浴缸中，使之处于丁酸作用之下。最后，它们又被放入普通的海水中，在那里它们以自然的方式生长。罗斯科夫市的德拉齐则使用一种含有镁盐和氨基单宁酸盐的液体来产生同样的结果。

查尔顿·巴斯蒂安博士在他最新出版的《生命起源》一书中谈到了可以使用两种解决方案。一种方案是使用两到三滴稀硅酸钠和八滴液化硝酸铁混合入一盎司蒸馏水中；另一种方案是使用等量的硅酸盐与六滴稀磷酸和六粒磷酸铵。他将无菌试管装满，密封，然后将试管加热到125或145摄氏度，尽管60或70摄氏度就可以杀死残留在试管中的任何细菌。

接下来，他把那些试管放在南窗的阳光下晒了两到四个月。当管子被打开时，巴斯蒂安博士发现里面的微生物与真正的细菌完全不同，它们生长并繁殖。他声称自己已经证明了生命自发产生的可能性。

然后是剑桥大学的约翰·巴特勒·伯克的实验，他声称自己已经在试管中通过镭辐射的方式研制出了“无线电”。法国的丹尼尔·贝特洛去年宣布，他已经利用紫外线来复制了大自然自身的叶绿素同化过程。他使用与植物的绿色细胞完全相同的方式把空气中的二氧化碳和水蒸气分解开来。

法国西部港式南斯的勒迪克用一种由某些化学物质组成的人造“鸡蛋”培育出了晶体。这些晶体显示出所有明显的生命现象，但实际上并没有生命。他的工作很有趣，因为它会显示出可能控制微小生命细胞的势力。这种势力，一旦微小细胞被创造出来，就会出现。

“对此，你怎么看？”肯尼迪注意到我读完后脸上的困惑表情，问道。

“嗯，最近对关于生命起源问题的研究可能很有趣，”我回答说，“这里提到了许多化学物质——我想知道是否有毒？但我认为这份手稿不仅仅是一篇科学论文。”

“完全正确，沃尔特，”肯尼迪半开玩笑地说，“我想知道的是，你建议如何解决这个问题。”

尽管冥思苦想，我还是什么也弄不明白。与此同时，克雷格正忙着用一支铅笔在一张纸上进行计算。

“我不想这个问题了，克雷格，”我最后说，“天色已晚，也许我们俩最好都上床睡觉去，明天早上再谈这个问题。”

作为回应，他只是摇摇头，继续在纸上匆忙地写着。我依依不舍地道了一声晚安，关上了房门，决定明天早起，去拿哈尔科夫准备的那些试管。

但第二天早上，肯尼迪不见了。我匆忙穿好衣服，正要出门，他却匆匆进来了，显然是一宿没睡。他把一份早期的报纸扔在桌子上。

“太迟了，”他叫道，“我试图跟哈尔科夫取得联系，但已经太迟了。”

“东区又一次发生炸弹爆炸事件，”我在报纸上看到，“昨晚深夜从病人那里回来时，东百老汇的尼古拉斯·哈尔科夫医生被放置在走廊里的炸弹严重炸伤。哈尔科夫医生是东区的一位著名医生，他说过去的一两周里，他一直被一个不认识的人跟踪。他认为之所以能逃过一劫，是因为自从被跟踪以来，他一直非常小心。昨天他的厨师中毒了，现在病情凶险。哈尔科夫医生在俄罗斯公社中地位很高，警方认为炸弹是由俄罗斯政治代理人放置的，因为哈尔科夫一直活跃在革命队伍中。”

“可是，什么使你预料到的呢？”我疑惑地问肯尼迪。

“那份手稿。”他答道。

“手稿？你怎么知道？它在哪里？”

“我发现已经来不及救哈尔科夫了，并且他在医院里受到了很好的照顾。然后，我急忙赶到萨拉托夫斯基那里。幸运的是，哈尔科夫把那些试管留在了那里，我得到了它们。在这儿呢。至于信里的原稿，我本来打算让你今天早上去取那些试管的时候，想办法溜到楼上，把它放回原处。卡扎诺维奇出去了，我自己给还回去了，所以你现在不必去了。”

“他今天要来见你，是吗？”

“我希望如此。我留了张字条让他把涅夫斯基小姐也带来，如果可能的话。来，我们吃早饭，然后去实验室。他们随时都可能到达。此外，我很想知道这些试管揭示了什么。”

卡扎诺维奇没有在实验室等我们，然而，我们找到了涅夫斯基小姐，发现她憔悴而疲倦。她身材高挑，妩媚动人，外表更像高卢人，而不是斯拉夫人。她的嘴部曲线稍显性感，但总的来说，她的脸很标致，一看就充满智慧。我觉得，如果她愿意，她可以让男人神魂颠倒，为了她什么都敢做。我以前一直不明白为什么俄罗斯警察如此害怕女革命者。这是因为她们不光是自己革命，而且能影响每一个人。

涅夫斯基显得非常兴奋。她语速很快，灰色的眼睛里闪着火焰。“俱乐部里的人告诉我，”她开始说，“您正在调查发生在我们身上的可怕的事情。哦，肯尼迪教授，这太可怕了！昨晚我和几个朋友住在东百老汇。突然，街上传来爆炸声，我们都吓坏了。就在哈尔科夫医生家门前。谢天谢地，他还活着。但是，我却焦躁不安，睡不着。我想下一个被杀的人可能就是我。

“今天一大早，我急忙返回第五大街。当我走进房间的门时，我不禁想起了哈尔科夫医生的可怕命运。不知什么原因，我正要把门进一步推开时，我犹豫了一下，看了看——我差点晕过去。就在里面，还有一颗炸弹。如果我把门再往前推动一点点，就会引爆它。我尖叫起来，奥尔加虽然病了，但还是跑过来帮我——也许她以为鲍里斯出了什么事。炸弹还在那里，我们谁也不敢碰它。肯尼迪教授，这太可怕了，太可怕了。我找不到鲍里斯，我的意思是说卡扎诺维奇先生。萨拉托夫斯基对我们大家都像父亲一样，他几乎不能说话了。哈尔科夫医生在医院里很无助。唉，我们该怎么办，该怎么办？”

她颤抖着站在我们面前，不断地哀求。

“别激动，涅夫斯基小姐，”肯尼迪用安慰的口吻说道，“坐下来，让我们好好想想。我认为这是一枚化学炸弹，而不是有引信的炸弹，否则你就会有不同的故事了。首先，我们必须把它弄走。这不难做到。”

他给附近的汽车修理厂打电话订了一辆汽车。“我将自己开，”他命令道，“马上派人开过来！”

“不，不，不，”她边喊边跑向他，“您不能冒这个险。我们冒着生命危险已经够糟糕的了。我们素昧平生，你们一定不要冒这个险。肯尼迪教授，您想一想，假如炸弹一碰就炸！我们最好叫警察来，让他们去冒这个险，就算这事会上报纸，好吗？”

“不，”肯尼迪坚定地回答道，“涅夫斯基小姐，我很愿意冒这个险。况且，汽车到了。”

“您真是太好了！”她叫道，“卡扎诺维奇自己无能为力。我该怎么感谢您才好呢？”

肯尼迪在汽车的后座上放了一个特别的椭圆形盒子，盒子在两个同心的环上晃动，两个环在枢轴上保持着平衡，就像一个极精致的罗盘。

我们驱车快速往城里赶，肯尼迪冲进屋里，叫我们往后站。他用一把长火钳紧紧地钳住了那枚炸弹。空气立即紧张起来。假设他稍不留神，手颤抖一下，或者稍微倾斜一下——可能就会引爆炸弹，把他炸成碎片。他让炸弹完全保持水平，小心翼翼地把它拿到外面等候的汽车上，战战兢兢地放进盒子里。

“把盒子装满水不是很好吗？”我建议道，因为我在什么地方读到过，这是通常打开炸弹的方法，在水下进行。

“不，”他一面盖上盖子，一面回答说，“你说的方法对这种炸弹一点用也没有。它在水下和在空中一样，会爆炸。这是一个安全的炸弹架，美其名曰“万向悬挂”，是由意大利人卡多诺教授发明的。你看，无论你如何震击它，它总是保持在一个完美的水平位置。我现在要把这枚炸弹带到一个安全且方便的地方，我可以在闲暇时检查它。同时，涅夫斯基小姐，我把詹姆士先生交给你照管。”

“非常感谢，”她说，“我现在感觉好多了。门旁有炸弹，我不敢进自己的房间。我只想让詹姆士先生知道卡扎诺维奇先生怎么样了。你猜他发生了什么事？他也受伤了还是病了？”

“很好，那么，”克雷格回答道，“沃尔特，我委托你去找卡扎诺维奇。中午前不久，我还会回来检查一下哈尔科夫办公室的残骸。在那里见我。再见，涅夫斯基小姐。”

这已经不是我第一次受命去寻找在纽约失踪的人了。我开始打听每一个可能找到他的地方。住在第五大道那幢房子里的人谁也不能告诉我任何确切的消息，尽管他们能告诉我许多认识他的地方。在东区，我几乎花了整个上午，到处搜寻。革命者的一些住所风景如画，本身就可以作为一个故事的素材，但他们没有任何关于卡扎诺维奇的消息，直到我拜访了一位正在为他的故事画插图的波兰画家，他曾经去过那里，看上去非常疲惫，而且还茫然地谈论着画家给他看的草图。在那之后，我又一次失去了他的踪迹。快中午了，我匆忙赶到哈尔科夫的办公室去见克雷格。

想象一下，当看到卡扎诺维奇已经在那里时，我有多么惊讶！他坐在那间被毁坏了的办公室里，疯狂地抽着烟，明显地表现出有什么令人不安的事情在困扰着他。他一看见我，就急忙向前跑来。

“肯尼迪教授马上就要来吗？”他急切地问道，“我正打算去他的实验室，但我给涅夫斯基打了电话，她说他中午会来。”然后他把手放在我耳边，低语道：“我已经查出是谁跟踪了哈尔科夫。”

“谁？”我问道，不提我上午长时间在寻找他。

“他的名字叫作里瓦连科——费奥多·里瓦连科。昨晚你走后，我看见他站在街对面的房子前面。哈尔科夫离开时，他也跟着他。我悄悄地出了门，跟在他们俩后面，然后爆炸发生了。这个人一看到哈尔科夫摔倒，就顺着一条狭窄的街道溜走了。当人们听到哈尔科夫求助，跑向他时，我还做同样的事。他看见我跟踪他，扭头就跑，我跟在他后面跑，追上了他。詹姆士先生，当我看到他的脸时，简直不敢相信，原来是里瓦连科——我们组织之中最热情的成员之一。他不愿告诉我为什么要跟踪哈尔科夫。我什么也不能让他招认，但我确信他是俄罗斯政府的密探，他在秘密泄露我们正在制定的一切计划。我们现在有一个阴谋——也许他已经告诉他们了。当然，他否认安放了炸弹，也不承认想毒死我们，但他非常害怕。一有机会，我就揭发他。”

我什么也没说。卡扎诺维奇敏锐地注视着我，想看看这个故事给我留下了什么印象，但我的神色除了适当地表示惊讶外，没有流露出任何其他表情，他似乎很满意。

我越想就越觉得这也许是真的。我听说俄国总领事在这个城市建立了一个非常广泛的间谍系统。事实上，就在那天上午，在观察俄罗斯年轻人在读什么书时，我还认出了一些在公共图书馆工作的间谍。我没有怀疑过在革命者内部的核心圈子里会有奸细。

肯尼迪终于出现了。卡扎诺维奇滔滔不绝地讲述他的故事，我猜想，他会时不时地阐述一个特别富有戏剧性的观点。与此同时，肯尼迪快速用他的放大镜检查了那间被毁坏的办公室的墙壁和地板。当搜寻完毕后，他转向卡扎诺维奇。

“能不能，”他问道，“让这个里瓦连科相信他可以信任你，让他相信他今晚到萨拉托夫斯基家来拜访你是安全的？你一定会想到办法让他放心的。”

“是的，我想可以安排，”卡扎诺维奇说道，“我要到他那里去，要让他以为我误解了他，让他以为我并没有丧失对他的信任，只要他能把一切都解释清楚就行了。他会来的，请相信我。”

“很好，那么，今晚八点我就到。”肯尼迪答应道，这时小说家和他握了握手。

“你觉得里瓦连科的故事怎么样？”当我们又开始去往市郊的时候，我向克雷格问道。

“在此情形下，一切皆有可能。”他简洁地答道。

“好吧，”我大声说道，“这都是真正的俄罗斯人。就搞阴谋而言，他们无疑是当今世界的领袖。我真正信任的只有一个人，那就是老萨拉托夫斯基本人。有人在扮演叛徒，克雷格。会是谁？”

“这就是今天晚上科学要告诉我们的。”他简短地回答道。在克雷格完全确信他的证据已经无法抗拒地积累起来之前，谁也不能从他那里得到任何信息。

八点钟，我们在第五大道的老房子里碰头。事实证明，哈尔科夫的伤势并不像起初我们猜测的那么严重。在从休克中恢复过来之后，他坚持要用私人救护车把他从医院转运出来，这样他就能离朋友们近一些。虽然萨拉托夫斯基发着高烧，却吩咐让他的房门开着，移动他的床，以便他能听见和看见大厅那边房间里发生的事情。涅夫斯基和卡扎诺维奇都在那里，甚至连勇敢的奥尔加·萨马洛娃也在那里，她那漂亮的脸蛋烧得通红，不把她抬上楼，她是不会满意的，尽管哈尔科夫医生极力抗议说，这样做可能会有致命的后果。里瓦连科，一个神秘的人，呆呆地坐着。我只注意到他一点：当认为没有人注意到他时，他偶尔向涅夫斯基和卡扎诺维奇投来恶意的目光。

这群人确实奇怪，这所老房子在过去迎来送往，住过很多人，但从来没有聚集过这样多的人。当肯尼迪把一个装着一些试管的小铁丝篮放在桌子上时，每个人都很警惕。每个试管上都塞着一小团棉花。还有一个容器，里面装着一打玻璃手柄的铂金线、一台显微镜和若干载玻片。炸弹被一台巨大的水压机压碎，现在已经没有什么危害了，箱子里只剩下碎片。

“首先，我希望你们考虑一下炸弹的证据，”肯尼迪开始说道，“我坚信，没有一种犯罪行为是不留下任何线索的。只要有一点蛛丝马迹，哪怕是一滴血，也足以给一个杀人犯定罪。手枪撞针在弹壳上留下的痕迹，或在嫌疑犯衣服上发现的一根头发，都可以作为犯罪的有效证据。

“然而，直到最近，科学对投掷炸弹者还是无能为力的。一颗炸弹爆炸成上千个部分，它的成分突然变成气态。你不能收集和研究气体。然而，如果投掷炸弹的人相信炸弹不会给科学侦探留下任何痕迹，那他就受骗了，这是很可悲的。化学家很难找出一颗破碎的炸弹的秘密。但这是可以做到的。

“我检查了哈尔科夫医生家的墙壁，幸运的是，找到了一些在火焰点燃前扔出去的炸弹碎片。我对它们进行了分析，发现它们是一种特殊的甘油炸药。这个国家只有一家工厂生产这种炸药，我有一份以前的采购商名单。名单中有一个名字，或者说是一个假名字，与我所收集到的其他证据一致。此外，炸药被放置在铅管中，铅管很常见。然而，不需要进一步的证据。”

他停顿了一下，革命者们目不转睛地盯着他们面前这枚现如今已没有杀伤力的炸弹的碎片。

“爆炸的炸弹，”克雷格总结道，“是由同样的材料组成的，我在涅夫斯基小姐的房间门口发现了未爆炸的材料——同样的铅管，同样的甘油炸药。导火索是一根浸透了硫磺的长粗线，它不过是一根引线。真正的爆炸方法是在炸弹装好后，用玻璃管插入一种化学物质。最微小的震动，比如打开一扇门，使炸弹稍稍偏离水平方向，就足以引爆它。已爆炸的炸弹和未爆炸的炸弹在所有方面都是一模一样的——同一个人造的。”

围成一圈的人群里传来一阵惊讶的喘息声。会不会是他们自己的人在背信弃义？至少在这种情况下——在化学家和炸药使用者的冲突中，化学家是领先的。

“但是，”肯尼迪急忙说道，“这个案子最让我感兴趣的不是炸弹的证据。毕竟，炸弹是一种常见的武器。在铲除你们喜欢称之为革命之父的努力中，已经显示出了近乎恶魔般的狡诈。”

克雷格清了清嗓子，像猫玩弄老鼠一样玩弄我们的感情。“奇怪的是，最致命、最阴险、最难以捉摸的谋杀机构不受法律限制。任何医生都可以购买大量足以导致成千上万人死亡的病菌，而不需要对其目的作出任何充分解释。不仅如此，任何自称是科学家或对科学和科学家有一定了解的人通常都可以毫无困难地获得细菌。每个病理实验室都储藏着病菌，整齐地密封在试管里，足以使整个城市甚至整个国家人口减少。几乎不费什么力气，我自己就培养出了足够杀死华盛顿拱门区方圆一英里内所有人的细菌。它们就在这些试管里。”

我们几乎都屏住了呼吸。假如肯尼迪释放了这个致命的敌人——这些致人死亡的细菌，不管它们是什么——会出现什么情况？然而，这正是某个魔鬼的化身干的事，而那个魔鬼正和我们一起坐在房间里。

“我这里有一台最新式的暗场显微镜，”他继续说道，“在这个载物玻璃片上，我放了一丁点萨拉托夫斯基的血液培养物。我要污染这种培养物。现在——呃——沃尔特，在这种强光下透过显微镜，告诉我们你在玻片上看到了什么。”

我弯下腰。“在暗场之中，我看到许多细菌，就像舞动的彩色光点，”我说道，“它们正奇特地扭动着。”

“就像一个螺旋形开瓶器。”肯尼迪打断了我的话，迫不及待地想继续说下去，“他们属于被称为螺旋菌的物种。这是另一张载玻片，培养物来自萨马洛娃的血液。”

“我也看到它们了！”我惊叹道。

我一抬头，发现每个人都争相挤过来看一眼。

“这是什么病菌？”门口一个低沉的声音问道。

我们抬眼观看，吓了一跳，原来是萨拉托夫斯基，他站在那里，与其说他是个活人，倒不如说他是个鬼。肯尼迪飞身向前，在他摇晃的时候扶住了他，我为他搬了一把扶手椅。

“这是奥伯迈尔氏螺旋体，”肯尼迪说，“是回归热的病菌，但也是亚洲最致命的毒株。发现它的奥伯迈尔染上了这种疾病并因此而死，他是科学的殉道者。”

萨马洛娃发出一声惊恐的尖叫。我们其余的人脸色苍白，但仍压抑着自己的感情。

“等一下，”肯尼迪急忙补充说，“不必惊慌，我还有话要说。再冷静一会儿。”

他打开一卷蓝图，把它放在桌上。

“这，”他接着说道，“是一则消息的照片，我想，这则消息现在正在送往驻法国巴黎的俄国公使那里。除了詹姆士先生和我之外，这个房间里还有人见过这封信。传阅的时候我会举着它，让每个人都看到。”

肯尼迪在极度沉默中从我们每个人面前走过，他举着那张蓝图，扫视着每个人的面孔，意在搜寻。没有人暴露出自己认得它。最后轮到里瓦连科本人了。

“棋盘格，棋盘格！”他叫道，盯着它时，他的眼睛半睁半闭。

“没错，”肯尼迪低声说，“是棋盘格。我花了一些时间才弄明白。

这是一个连爱伦·坡都会感到困惑的密码。事实上，除非你碰巧知道其秘密,否则是没有办法破译它的。我碰巧很久以前在国外听说过此事，可是我的记忆很模糊，我费了好大的劲才把它回忆起来。我花了一整夜才做完。它是个密码，然而，却是俄国官方阶层都熟知的密码。

“幸好我还记得最关键的一点，不然我还在苦苦思索呢。信息是完全无辜的，其表面可能隐藏着秘密的信息。组成单词的字母不是像我们通常写的那样连续地写下去，如果你再看一遍，你会发现，这些字母到处都有停顿。这些字母中的停顿代表数字。

“因此，第一句话就是‘非常感谢’(Manythanks)。第一个停顿是在字母‘n’的末尾，在它和字母‘y’之间。在这之前有三个字母，它代表数字3。

“当你读到一个单词的末尾时，如果笔画落在最后一个字母的末尾，那就意味着没有停顿；如果它是向上的，意味着中断。字母‘y’末尾的笔画明显向下，因此，直到‘t’之后才有停顿。结果是2;然后是1，然后是1，然后还是1；然后5，然后还是5；然后1；等等。

“现在，把这些数字分成两组，比如3-2；1-1；1-5；5-1。通过查看这张表，你可以找到隐藏的信息。”

他举起一张硬纸板，上面写着下面的字母：

123451ABCDE2FGHIJK3LMNOP4QRSTU5VWXYZ

“因此，”他继续说道，“3–2 是指第三列和第二行。这是‘H’。那么 1–1 是 A；1–5 是 V，5–1 是‘E’——我们得到了‘Have’这个词。”

	1	2	3	4	5
1	A	B	C	D	E
2	F	G	H	IJ	K
3	L	M	N	O	P
	Q	R	S	T	U
5	V		X	Y	Z

肯尼迪揭示密码时，没有一个人动。我头一天晚上绞尽脑汁却没有弄懂的那篇科学论文里有什么可怕的秘密呢？

“即使是这样，也会因为选择一系列固定的数字一次又一次地加到实际的数字上而变得复杂。或者字母表的顺序可以改变。然而，我们这里要对付的只是连续的密码。”

“看在老天爷的分上，这揭示了什么？”萨拉托夫斯基问道。他向前倾着身子，忘记了正在折磨他的热病。

肯尼迪拿出一张写有暗号的纸，读道：

“已经成功地让 S. 发烧了。美国公众舆论谴责暴力。认为最好的死亡应该是自然死亡。萨拉洛娃也感染了。不幸的是，库克吃了本来给哈尔科夫的食物。现在有三例感染了。暂时到此为止，危险激起卫生当局进一步的怀疑。”

克雷格读的时候，我的脑海里迅速地排除了上述这些人。萨拉托夫斯基当然是无罪的，因为阴谋是以他为中心的。小巧可爱的萨马洛娃和哈尔科夫医生也是无罪的。我注意到里瓦连科和卡扎诺维奇互相怒视着对方，于是我急忙想自己更怀疑哪一个。

“会得到 K。”肯尼迪继续说，“认为炸弹也许就行了。K 案与 S 案不同，没有公众情绪。”

“如此说来，哈尔科夫已经被盯上，要被屠杀了。”我想。或者“K”指的是卡扎诺维奇？我更仔细地看了看里瓦连科，他莫名其妙地闷闷不乐。

“必须要有更多的资金。立即给俄罗斯总领事电汇一万卢布。会建议你密谋反对沙皇，细节在此完善。预计纽约乐队会随着 S 的死亡而解散。”

即使肯尼迪自己扔了一枚炸弹，或者是散布了试管里的东西，其效果也不会比他最后那句平静的话更令人吃惊——那句话有两层意思。

“署名了，”说着，他故意把纸折了起来，“叶卡捷琳娜·涅夫斯基。”

就好像一根缆绳断了，重物掉了下来。里瓦连科跳起来，抓住卡扎诺维奇的手。“请原谅我，同志，我怀疑是你干的。”他喊道。

"请原谅我怀疑你，"卡扎诺维奇回答道，"你怎么会去跟踪哈尔科夫呢？"

"我命令他秘密跟随哈尔科夫并保护他。"萨拉托夫斯基解释说。

奥尔加和叶卡捷琳娜恶狠狠地看着对方。奥尔加激动得浑身发抖；涅夫斯基冷冷地站着，一副挑衅的模样。如果说世上有一位完美的女演员，那就是她，她把炸弹放在了自己的家门口，然后匆忙离开，误导肯尼迪走上了一条歧路。

"你这个叛徒，"奥尔加激动地叫道，她义愤填膺，为了爱情，把一切都忘了，"你用你那虚伪的美貌从我这里横刀夺爱——然而你却一直想得到沙皇的黄金而像杀死一条狗一样杀死他。你终于原形毕露了，你这匹披着羊皮的狼，虚伪的朋友——你会把我们都杀了的——萨拉托夫斯基、哈尔科夫——"

"安静，小傻瓜，"涅夫斯基轻蔑地喊道，"螺旋体热已经影响了你的大脑。呸！我不会和那些仅凭一个江湖骗子的一面之词就怀疑一个老同志的人在一起。鲍里斯·卡扎诺维奇，你就站在那里，保持沉默，任凭她羞辱我吗？"

作为回应，卡扎诺维奇故意转过身去，不理睬刚才的情人，穿过房间。"奥尔加，"他恳求道，"我真是个傻瓜。也许有一天我也配得上你的爱。不管你是不是在发烧，我都必须请求你的原谅。"

女舞者高兴地叫了一声，张开双臂搂住鲍里斯，鲍里斯在她温暖的嘴唇上印上了一个忏悔的吻。

“笨蛋，”涅夫斯基噘着嘴唇，生气地低声说道，“现在你也要死。”

“等一下，叶卡捷琳娜·涅夫斯基，”肯尼迪插话道，一边拿起桌上的几根真空管，里面装满了金黄色的粉末，“科学家们现在知道，这种螺旋体和引起我们委婉地称之为‘黑死病’的螺旋体同属于一个家族。它跟非洲昏睡病和菲律宾雅司病属于同一个物种。去年，一位著名的医生，法兰克福的欧利希医生发现了一种治疗所有这些疾病的方法。我就在隔壁房间看到了欧利希医生的照片。他的治疗方法能在四十八小时内清除受害者血液里的亚洲回归热细菌。在这些管子里，有现在著名的撒尔佛散（治疗梅毒的特效剂）。”

看到她那致命的工作这么快就彻底完蛋了，涅夫斯基发出了一声刺耳的愤怒的尖叫，猛冲进她身后的小实验室，拴上了门。

当肯尼迪轻轻地从她胸前取出一把锋利的手术刀时，她的脸上仍然带着同样冷漠而轻蔑的微笑。

“既如此，也许这样最好。”他平淡地说道。

纵火犯

一天下午晚些时候，当我走进公寓时，一辆巨大的大功率红色房车正停在我们公寓门前的路边，车前挂着一个铜铃，闪闪发光。它是人们经常看到的那种在卡车和有轨电车之间鲁莽地进进出出的汽车，违反所有的规章制度，不顾一切地停车，铃声兴奋起来叮当作响，警察阻止交通让其通过而不会试图逮捕其司机——换句话说，这是一台消防部门的汽车。

我好奇地打量了一会儿，因为与现代消防有关的一切都很有趣。然后，当我被迅速带入电梯时，我忘记了这件事，但当看到一位体格健壮、头发斑白、身穿红色衬里的蓝色制服的男人时，这件事又被我清晰地回忆了起来。他向前探着身子，诚挚地向肯尼迪讲了一个故事。

“先生,这一切的背后,”我听见他把硕大的拳头放在桌子上说,“有一名纵火犯——记住我的话。”

我还没来得及关门，克雷格就引起了我的注意，我从他的表情中看出他接手了一个新案子，一个他非常感兴趣的案子。“沃尔特，”他喊道，“这是消防队长麦考密克。没关系，麦考密克，詹姆士先生在我的侦探案件中是案前和案后的得力助手。”

纵火犯！——最危险的罪犯之一。这个词立刻唤起了我的想象力，因为最近报纸大肆报道了一系列奇怪而令人震惊的明显的纵火事件，这些事件使城市的商业区域陷入了恐慌。

“你凭什么认为有纵火犯？——有一个纵火犯，我的意思是说——在这离奇的盛行火灾背后。”当消防队长介绍他的案件时，肯尼迪靠在他的大安乐椅上问道。询问时，他的指尖聚在一起，眼睛半闭着，仿佛期待从某种潜意识的思考中得到启示。

“嗯，通常纵火犯纵火是毫无规律可循的，”麦考密克衡量着自己的话回答道，“但这次我觉得纵火犯的疯狂之中有某种条理。你知道斯泰西百货公司和它们在纺织品和服装贸易方面有联合利益吗？”

克雷格点了点头。当然，我们知道这个巨大的纺织品业合并。几个月前，它刚成立时就成了媒体的话题，尤其是它的组织者中有一位非常聪明的女商人丽贝卡·文德小姐。业内曾有相当多的人反对那次合并，但斯泰西完全凭借他的人格力量打破了这一局面。

麦考密克倾身向前，摇着食指强调自己的观点，慢条斯理地回答道：“实际上，每一场火灾都是针对斯泰西的子公司或他们控股的公司的。”

“可是，如果事情已经发展到如此地步，”肯尼迪插话说，“那么，正规的警察对你的帮助肯定比我对你的帮助要多。”

“我已经叫了警察，”麦考密克疲倦地回答道，“但他们甚至还没决定到底是一个纵火犯干的还是一伙纵火犯干的。与此同时，我的上帝，肯尼迪，纵火犯可能会引起一场无法控制的火灾！”

“你说警方没有任何线索，他们找不到任何可能对火灾负责的人？”我问道，希望这位队长谈起他的怀疑来，能畅所欲言，比他接受报纸采访时表达的观点更加坦率。我读过报纸对他的专访。

“一点线索也没有——除非这些线索是荒谬的。”麦考密克回答道，同时他狠狠地扭了扭自己的帽子。

谁也不说话。我们在等麦考密克继续讲下去。

“第一场火灾，”他开始为我重复他的故事，克雷格听得很认真，就像他没有听过一样，“发生在琼斯的大商店里，格林公司的多位领导人被逮捕了，但我不能说我们对他们中的任何一个有意见。不过，这家公司的经理马克斯·布鲁姆坚持说，这场火灾是为了报复，事实上，它看起来和琼斯－格林火灾一样，都是为了报复。”说到这里，他用隐秘的语气低声说，“目的是为了骗取保险公司的保费。接着，斯劳森大楼失火了，这是第四大道附近新建的一栋带阁楼的建筑。除了斯泰西的利益集团为这栋楼提供了资金之外，似乎根本就没有发生火灾的原因了。据说这座建筑的投资回报率很高，我无法解释发生这场火灾的原因。我没有因此逮捕任何人——就只当这是一个纵火狂干的，他放火烧楼就是为了好玩，就是渴望听到消防车在大街上尖叫，并可能有机会在‘拯救’房客时表现出一点英雄主义。但是，保险公司的理算员拉扎德和被保险人的理算员哈特斯坦已经达成了协议，我想该付保险费了。”

“但是，”肯尼迪插话道，“到目前为止，我还没有看到有组织纵火的证据。”

“等等，”消防队长回答说，“你要知道，这只是个开始。不久以后，着了一场大火，看起来很像是企图通过烧毁大楼来掩盖抢劫。大火发生在泉水街附近的一家丝绸店里。但经过一场争论，理算员们就该案达成了协议。我提到这些火灾是因为它们实际上展示了各种纵火犯的所作所为——骗保、复仇、抢劫和纯粹的疯狂。但自从泉水街火灾以来，火灾的性质变得更加一致了，全都发生在商业场所，或者说几乎都是这样。”

在这里，消防局长列出了一系列有纵火嫌疑的火灾，总共至少有八起。我连忙把它们记下来，打算在《星报》上刊登文章的时候，放在带边框线的标题里。当他把名单列完后，我匆匆地数了一下火灾中死亡的人数。有六个人，其中两个人是消防员，还有四个人是雇员。金钱损失达数百万美元之巨。

麦考密克用手擦了擦额头上的汗珠。“我想这件事已经把我搞得心烦意乱。”他嗓音嘶哑地咕哝道，“无论我走到哪里，他们都不谈别的。如果我去餐厅吃午饭，服务员就会跟我说起这件事；如果我遇到新闻工作者，他会谈论这件事；为我理发的人会谈论这件事——我遇到的每个人都会谈论这件事。有时我会梦到它；其他时候，我躺在床上，醒着想这件事。先生们，我告诉你们，我在这个问题上已经绞尽了脑汁，拼命工作了。”

“但是，”肯尼迪坚持说，“我还是不明白你为什么把所有这些火灾都归咎于一个纵火犯。我承认近来火灾频现，但你凭什么这么肯定这是一个人所为呢？”

“我正要说呢。首先，他根本不像一般的纵火犯。一般的纵火犯通常用细刨花和石油生火，或者在木头上涂上石蜡，或者使用汽油、挥发油，或类似的东西。这家伙显然蔑视这种原始的方法。我不知道他是怎么点火的，但在我提到过的每一个案例中，我们都发现了电线的残遗。火灾和电有关——但是怎么弄的，我不知道。这就是我认为这些火灾都有关联的一个原因。这是另一起火灾。”

麦考密克从口袋里掏出一张脏兮兮的纸条，放在桌子上。我们急切地读了一下：

你好，头儿！你还没找到纵火犯吧？等我死了，火灾也就不会再发生了，那时候你才会知道纵火犯是谁。我想你甚至都没有意识到那个纵火犯几乎每天都跟你说要抓住他。那个人就是我。我是真正的纵火犯，正在给你写这封信。我来告诉你我为什么要纵火。纵火能搞到钱——过轻松的生活。他们从来没有在芝加哥或其他地方抓到过我，所以你还是别再找我了，好好吃药吧。

火花

“哼！”肯尼迪脱口而出，“还挺有幽默感——落款是火花！”

“这幽默感好奇怪，”麦考密克咬紧牙关，咆哮道，“这是我今天收到的另一封信：

我说，头儿：我们又要忙活起来了，下一次就要点燃一家大百货公司。这样合适吗，陛下？等到好戏开始时，纵火犯又要开工了。

火花

“嗯，先生，当我收到那封信的时候，”麦考密克高声说，“我几乎要立刻敲响双九的警报了——他们虚张声势，愚弄了我。但我对自己说，‘只有一件事可以做——见这个姓肯尼迪的人。’所以我来了。你明白我的意思了吧？我相信那个纵火犯是这方面的专家，纵火仅仅是为了乐趣和现金。但更重要的是，他背后一定还有人。上面的那个人是谁——我们必须抓住他。明白了吗？”

“一家大百货公司，”肯尼迪若有所思地说，“那是肯定的——他们只有几十个人，而斯泰西家族控制着几个。麦克，我告诉你我会怎么做。让我今晚在总部陪着你，直到我们接到警报。天哪，我一定把这件案子办到底！”

闻听此言，这位消防队长一跃而起，跳到肯尼迪坐的地方。他把一只手搭在克雷格的肩膀上，另一只手抓住克雷格的手，开始说话，但他的声音哽住了。

“谢谢！”他低沉沙哑的声音脱口而出，“我在局里的声誉、我的晋升、我的职位、我……我的家庭……呃……呃……全靠您了！”

“什么也别说了，先生，”肯尼迪说道，他的面部表情充满了同情，“今天晚上八点钟，我和你一起去放哨。顺便说一句，火花的这些字条留给我吧。”

麦考密克已经恢复了镇定，亲切地说了声再见。他离开了房间，仿佛十年的光阴从他的肩膀上飞逝了。过了一会儿，他又把头探进门里。“先生们，我会用科里的一部电话来呼叫你们。”他说道。

消防局长走后，我们默默地坐了几分钟。肯尼迪反反复复把这些字条看了又看，愁眉不展，好像它们提出了一个问题，令人特别困惑。我什么也没说，脑子里却一直在思索。最后，他非常果断地把那些字条放在桌上，厉声说道：“是的，一定是这样。”

“什么？”我问道，与此同时，手仍然在打字机上敲击着，针对案件办结而故事见报的时间节点，把纵火清单用打字机敲出来。

“这张字条，”他拿起第一张，慢条斯理地说，“是一个女人写的。”

我迅速在椅子上转过身来。“滚！”我满腹怀疑，大声喊道，“女人从不这样说话。”

“我没说起草内容的人是女人——我说的是它是由女人用笔写出来的。”他回答道。

“哦。”我说道，对口不择言感到有点懊恼。

“在一百个案例中，大概有八十个可以通过笔迹来确定作案者的性别，”肯尼迪继续说，他喜欢看我的尴尬样，“为了使自己满意，有一次，我检查了几百份字迹样本，来确定这一点。为了验证我的结论，我把这些样本交给了两位笔迹专家。我发现我们的结果略有不同，但我平均每五次中有四次是正确的。人们发现，所谓的性别符号在很大程度上受书写量、年龄以及实践和专业要求的影响，比如教师的传统书写和会计员的快速书写。在这个案件中，第一张字条写得不很好。因此，性征很可能是准确的。是的，我准备在证人席上发誓，这张字条是一个女人写的，第二张则是一个男人写的。”

“那么这个案子中有一个女人，她替纵火犯写了第一张字条——你是这个意思吗？”我问道。

“没错。不管怎样，这个案子中几乎总有一个女人，这个女人和纵火犯关系密切。至于纵火犯，不管他是谁，他冷酷地预谋着多起犯罪，正如德·昆西所说，纯粹是出于艺术精神。纵火的欲望驱使着他，他用自己的艺术来获得财富。然而，这个人可能是别人手中的工具。但根据我们现在掌握的有限事实来概括是不安全的。嗯，我们现在也无能为力。我们去散散步，早点吃晚饭，在汽车到来之前赶回来。”

在我们散步的时候，甚至在去市中心消防总部的路上，肯尼迪都没有就案件再多说一句话。

我们发现麦考密克正焦急地等待着我们。在总部沙石建成的高楼上，我们和他坐在一起，周围都是错综复杂的精密机械，在纽约，这些机械被用来监控火情。大玻璃柜里放着闪闪发光的黄铜和镍制机器，上面有圆盘、杠杆、铃、自动收报机、纸张和多台不带编码的信号器。这就是火警电报，有人恰如其分地称之为“火魔的轮盘”。

麦考密克向我们解释说：“所有各区的火灾警报，包括来自普通的报警箱和辅助系统，都首先通过贯穿整个城市的三千英里或更多的电线神经网络到达这里。”

一台蜂鸣器发出嘶嘶的声响。

“现在有警报了。”他大声说道，全神贯注地听着。

“三”“六”“七”，数字出现在信号器上。办公室里的职员们走动起来，仿佛他们是机械装置的一部分。警报重复了两次，传遍了全城。麦考密克从全神贯注的神情中恢复过来。

“警报不是来自购物区，”他解释道，松了一口气，“现在，发生火灾的那个地区的消防站立即收到了警报。四台汽车、两台云梯消防车、一台水塔消防车，一名消防大队长和一名副队长正赶往火灾现场。嘿，又来了一个。”

蜂鸣器又响了。在信号器上出现“一”“四”“五”。

职员们还没反应过来，麦考密克就已经把我们拽到了门口。转瞬间，我们就驱车向富人区狂奔，汽车前部的警铃像消防车一样叮当作响，汽笛不停地响着，发动机充满能量，不停地震响着，直到散热器里的水沸腾了。

“把警笛关掉，弗兰克！”麦考密克对他的司机喊道。与此同时，我们拐进了一条宽阔的、几乎空无一人的大道。

如同黑夜里的一道红光，二轮马车载着我们沿着那条大道飞驰而去，转到第十四街大街，最后到了第六大道。车猛地颠了一下，又打了一个滑，我们停了下来。那里有汽车、消防水管车、消防云梯车、救援队、架设防火带的警察——什么都有。可是火灾在哪里呢？

那群人指出它应该在什么地方——那是斯泰西大楼。消防队员和警察正在进入这座巨大的建筑物。麦考密克跟在他们后面，我们也随后跟着。

“是谁报的警？”当我们和其他人一起上楼梯时，他问道。

“是我，”三楼一个值夜班的人回答说，“我看见三楼后面的办公室里有一道光——有东西在燃烧。但现在似乎已经灭了。”

我们终于到了那间办公室。房间里一片漆黑，空无一人，但借助于灯笼，可以看到最大的那一间屋子的地板上散落着好几本书和账簿，都撕破了。

肯尼迪的脚被什么东西绊住了，原来是地板上一根电线松动了。他顺着电线望去，发现电线连接在一个电灯插座上。

"你不能把灯打开吗？"麦考密克对巡夜者喊道。

"这里不行，在楼下才能打开，并且晚上不开灯。如果你要我去开，我可以下去并——"

"不，"肯尼迪怒吼道，"待在原地都别动，直到我顺着电线找到另一端。"

最后，我们来到一间与正厅隔开的小办公室。肯尼迪小心翼翼地把门打开，吸一口里面的空气就足够了。他砰的一声把门又关上了。

"拿着灯笼退后，伙计们。"他命令道。

我用鼻子嗅了嗅，以为会闻到发光的煤气味。相反，空气中弥漫着一种奇特的甜甜的气味。片刻间，这让我想起了医院的手术室。

"是乙醚，"肯尼迪说道，"往后退一点，把灯举起来，别让灯靠近地板。"

他犹豫了一会儿，似乎不知道下一步该做什么。他是应该打开门，把这种易燃的气体放出去呢，还是应该耐心地等着，等到小办公室的自然风把它驱散了呢?

正在思忖之际，他偶然向窗外瞥了一眼，看到街对面有一家药店。

"沃尔特，"他对我说，"赶快到那里去，把那个店里所有的硝石和硫磺都买来。"

我抓紧时间做了这件事。在主办公室中间，肯尼迪把这两种化学品倒进了一个平底锅里，我想有大约五分之三的硝石和五分之二的硫磺。然后他点燃了混合物。这团东西燃烧着明亮的火焰，但没有爆炸。那烟雾令人窒息，于是我们向后撤退，在远处好奇地观察了一会儿。

“这是很好的灭火剂，”当我们嗅到其气味时，克雷格解释说，“它会产生大量的二氧化碳和二氧化硫。现在——在情况变得更糟之前——我猜，打开门把乙醚放出来是安全的。你看，这是让一间充满易燃气体的房间变得安全的最好办法。来吧，我们在主办公室外面等几分钟，直到气体充分混合。”

似乎过了好几个钟头，肯尼迪才认为拿着灯再次进入办公室是安全的。当我们这样做的时候，我们冲向另一头的小办公室。地板上有一小罐乙醚，当然是蒸发尽了，旁边有一个显然是用来产生电火花的小装置。

“原来，他就是这么做的，”肯尼迪若有所思，用手指着那个小罐子，说道，“他让乙醚在房间里蒸发一段时间，然后用这种小小的电火花在安全距离处引爆。麦考密克，你的电线就是从这里进来的。喂，伙计，现在你可以从楼下把灯打开了。”

在我们等巡夜者开灯时，我惊呼道：“这次他失败了，因为电源被切断了。”

“正是这样，沃尔特。”肯尼迪表示赞同。

“但是巡夜者看到的火焰是怎么回事？”麦考密克相当困惑，说道，“他一定看到了什么。”

就在这时，灯光闪烁起来。

“哦，那发生在那家伙试图引爆乙醚蒸汽之前，”肯尼迪解释道，“他必须首先确定他的破坏工作——从周围烧焦的文件来看，他做得很好。看，他从账本上撕下很多页，然后在地上点燃。这一切都有一个目标。是什么？嘿！看看角落里这堆烧焦的纸。”

他弯下腰仔细地查看。

“我想是某种备忘录吧。我把这张烧过的纸保存起来，以后再仔细看。别动它。我要亲自把它拿走。”

我们尽了最大的努力，还是找不到纵火犯的其他踪迹，最后我们离开了。肯尼迪小心翼翼地把烧焦的纸放进一个大帽盒里。

“今晚不会再有火灾了，麦考密克，”他说，“但我会每天晚上和你一起值班，直到我们抓住这个纵火犯。同时，我要看看能从这张烧焦的纸上看出些什么来。”

第二天，麦考密克又来见我们了。这一次，他又收到了一张字条，上面是伪装过的潦草字迹，赫然写着：

头儿：我没有得手。然而，我会再进一家店。这次我不会失手了。

火花

克雷格看了看字条，皱起了眉头，把它递给了我。“那人这次写得——就像第二张字条一样。”他只说了这么一句话，“麦考密克，既然我们知道闪电会击中什么地方，你难道不认为把我们的总部设在那个地区的一个消防车车库里比较明智吗？”

消防队长同意了。那天晚上，我们在离百货公司最近的消防站进行监视。

肯尼迪和我分别被指派到消防软管车和消防车上，肯尼迪在消防软管车上，这样他可以和麦考密克在一起。我们被教导一只手置于另一肘下，一把接一把，顺着四根铜杆中的一根从二楼的宿舍滑下来。他们向我们演示如何快速穿上消防衣——一条连体裤，开口在高筒靴上方。他们给了我们头盔，我们按照规定把头盔套在橡胶外套上，橡胶外套里面朝外，右袖孔朝上。因此，克雷格和我暂时加入了消防队，这对我们俩来说是一次新奇体验。

“沃尔特，”肯尼迪说，“既然我们已经就此案件深入调查这么久，干脆我们就要像正规军一样，‘滚’到每一处火场去。无论白天还是黑夜，我们都不能冒险错过这个纵火犯。”

事实证明，这是一个非常安静的夜晚，只有第七大道上的一家糖果店亮着一盏小灯。大多数时间，我们坐在一起，努力让那些人讲出他们在火灾中激动人心的经历。但要说有什么消防员不懂的话，那就是在谈论自己时不懂英语这门语言。当我们躺在楼上那张整洁的白色行军床上时，天色已经很晚了。

在这陌生的环境中，我们刚打了个盹，楼下的锣声就响了。这是我们的信号。

我们能听到马蹄声急促而响亮，因为它们被自动地从马厩里释放出来，项圈和马具机械地锁住了它们。现场一片骚动，所有的马匹都动了起来，嘶叫起来。克雷格和我一听到声音就笨拙地穿戴起自己的装备，很不优雅地从杆子上滑下来，被人推入自己的位置，因为纽约消防局的科学管理已经达到了百分之百的效率，我们不能耽误。

消防车已经点火启动，滚滚向前，喷出了熊熊的火焰。我拼命坚持，不时看见驾车者像现代宾虚赛马中的车夫一样催着他那奔腾的马匹向前。克雷格和麦考密克乘坐的煤水车在我们身后的烟雾和火花中消失了。我们一路狂奔，一直拐进第六大道。耀眼的天空告诉我们，这一次纵火犯得手了。

“我发誓这次还是斯泰西的商店。”我旁边一个坐在消防车上的男人喊道。这就像一场战争游戏，每一步行动都是由消防战略家们计划好的，甚至在给定的火灾中消防栓的布置都是如此。

有几层楼已经着火了，窗户像平炉一样发着光，玻璃鼓了起来，噼啪作响，火焰向上舔着，射出长长的彩带。水管立刻被人连接起来，水打开了，柔软的橡胶和帆布在水的高压下变得像柱子一样坚硬。在主管嘶哑粗嗓的催促下,一群又一群的消防员冲进了熊熊燃烧的“防火”大楼。

大概有二三十个人消失在警察撤退的隐蔽处。没有匆忙，也没有犹豫，一切都像钟表一样平稳地进行着。然而，我们没有看到一个消失在燃烧的大楼里的人，可以说，他们已经被吞没了。因为这就是纽约消防员的行事方式，他们直接去了火灾的中心。一根根水柱不时地从窗户里喷出，表明那些人还活着，还在工作。在地面上，戴着红头盔的营救队正忙着用防水布把货物尽可能地遮盖起来，以免被水浸湿。身着白色裤子的医生们正在提着黑色的包抢救伤员。肯尼迪和我忙着修车，我们有很多事要做。

尖厉的哨声要求更多的煤。一个比哨声还高的声音喊道：“这始于爆炸——没错，是纵火犯干的。”我抬头观看。原来是麦考密克，只见他浑身湿淋淋、脏兮兮的，正兴奋地跟肯尼迪说话。

我一直在努力使自己相信我真能帮上忙修车，而没有花时间去看火灾本身。现在火灾受到了控制。这次救火方法科学而猛烈，消防队员们扑灭了一场也许可以载入纽约史册的大火。

“你敢进去吗？”我听见麦考密克问道。

作为回应，肯尼迪只是点了点头。至于我，克雷格去哪儿我就去哪儿。

我们三个驱车穿过灼热的大门，经过一堆扭曲的钢筋，那堆钢筋仍然在烟雾和蒸汽中发出暗红的光芒，同时，水嘶嘶作响，到处乱溅。烟雾仍然让人窒息，我们时不时地靠近地板和墙壁以寻求可呼吸的空气。我的手、胳膊和腿像灌了铅一样沉重，但我们还是继续前行。

我们又咳又呛，跟着麦考密克来到火灾的中心——办公室。人们拿着镐头、斧头和各种设计巧妙的工具，对着墙壁和木器挥舞，扑灭了最后的火苗，同时，一千加仑的水正喷向大楼的各个角落，那里的火苗还在燃烧。

办公室的地板上有一堆烧焦了的东西，形状不明，无法辨认。房间里那股可怕的气味是什么？烧焦的人肉？我对曾经的女人形象感到畏缩。

麦考密克大叫一声，当我把目光移开时，我看到他拿着一根已被烧毁的带有绝缘皮的电线。那是他从地板的残骸中捡起来的，它连接着一个已变形并发黑的罐子——那曾经是一个乙醚罐。

我的脑子飞快地运转着，我的词还没有想好，可是麦考密克已经脱口而出了："终于落入她自己的陷阱了！"

肯尼迪什么也没说，但当一名消防队员粗暴而又虔诚地用橡皮布盖住那具遗体时，他弯下腰，从那名女子的胸前抽出了一个长长的信夹。"来，我们走吧！"他说道。

回到公寓后，我们默默地洗了洗还在疼痛的头，漱了漱干渴的喉咙，擦了擦充血的眼睛。整个冒险经历，虽然还在脑海里历历在目，却像一场梦，似乎不真实。那令人窒息的空气，嘶嘶作响的蒸汽，油布下面那个可怕的东西——这一切意味着什么？她是谁？我努力想把此事想明白，但找不到答案。

天快亮的时候，门开了，麦考密克走了进来，疲惫地倒在椅子上。"你知道那个被烧死的女人是谁吗？"他喘着气说，"是文德小姐本人。"

"谁认出了她？"肯尼迪平静地问。

"哦，有几个人。斯泰西立刻认出了她。后来，被保险人的理算师哈特斯坦和公司的理算师拉扎德认出了她，这两个人都或多或少地在其他火灾的赔偿中与她有过联系。文德小姐是一个非常聪明的女人，是斯泰西企业中的一个重要人物。想想看，她竟然是纵火犯，我简直不敢相信。"

"为什么要相信呢？"肯尼迪平静地问。

"为什么要相信？"麦考密克重复道，"由于她所在部门的运作，斯泰西发现他的账本中有一些不足之处。她那个部门负责记账的簿记员道格拉斯失踪了。她一定是想通过纵火和篡改账目来掩盖她的行动，但失败了，她两次试图毁掉斯泰西的商店。她是为数不多的能不被人发现就进入办公室的人之一。哦，现在情况很清楚了。在我看来，乙醚蒸汽很重——你知道，比空气还重——一定是昨晚沿着地板表面溢出的，然后在离她预期的相当远的地方被点燃了。她受困于逆向气流，或被类似的东西呛住了。谢天谢地，纵火犯的案子已经结束了。那是什么？”

肯尼迪把那信夹放在桌子上。“没什么，只是我在文德小姐的胸部发现了这个，就插在她的心脏上方。”

“如此说来，她是被谋杀的？”麦考密克惊呼道。

“这个案子还没有结束，”克雷格含糊其辞地回答道，“恰恰相反，我们刚刚得到了第一个很好的线索。不，麦考密克，你的理论站不住脚。关键是要不惜一切代价找到那个失踪的簿记员。你必须说服他坦白他所知道的一切。给他豁免权吧——他不过是那些高层手下的一个小卒。”

麦考密克并不难说服。尽管已经很累了，他还是抓起帽子，开始启动最后一台机器，对纵火犯进行漫长的追捕。

“我得睡两小时，”他离开时打了个哈欠，“但首先我要着手去找道格拉斯。我尽量在中午前后去见你们。”

我太累了，不能去办公室了。事实上，我怀疑自己是否本来可以写一行，但我打电话讲了一个关于斯泰西火灾事件的个人经历，告诉他们，他们可以按照自己的意愿安排，甚至还可以签上我的名字。

大约中午时分，麦考密克又来了，看上去精神抖擞，好像什么事也没发生过。他已经习惯了。

“我知道道格拉斯在哪里。”他上气不接下气地宣布道。

“很好，”肯尼迪说，“你能在必要的时候把他带过来吗？”

“让我告诉你我都做了什么。我从这里去找地方检察官，把他从床上叫起来。他承诺让他的会计师去审计理算员哈特斯坦和拉扎德的报告，并对斯泰西剩下的账本进行粗略检查。他说今天晚上会准备好一份初步报告，但是详细的报告当然还要过几天时间。

“不过，道格拉斯的问题比较棘手。我还没有看见过他，但是中央办公室的一个人通过跟踪他的妻子，发现他躲在东区。他在那里是安全的；他不可能在不被逮捕的情况下逃走。问题是，如果我逮捕了他，他上面的人就会知道，在我向他出示逮捕令并让他招认之前，他就会逃走了。我宁愿把整件事立刻做完。难道我们就不能把斯泰西那一群人召集起来，然后逮捕道格拉斯，并逮捕涉及这个案子的所有罪犯，不给他们逃跑的机会，也不给真正的纵火犯提供庇护吗？”

肯尼迪想了一会儿。“是的，”他慢条斯理地回答道，“有了。如果你今晚能把他们都叫到我的实验室来，比如说，八点钟，我就给你两个小时的时间来逮捕道格拉斯，让他招供，并发出逮捕令。你所需要做的就是让我今天下午和法官谈几分钟，他今晚将在夜间法庭开庭。我要在法庭他的桌子上安装一台小机器，我们就能抓住真正的罪犯——他永远不会有机会越过州界或以任何方式消失。你看，我的实验室将秉持中立。我想你可以叫他们来，因为他们知道簿记员是安全的，而且死人是不会泄密的。”

我在实验室里再次见到肯尼迪时已是下午晚些时候。他正在布置平顶书桌最上面抽屉里的东西。似乎是两个由很多杠杆、圆盘和磁铁组成的仪器，每个仪器都有一卷大约五英寸宽的纸。在其中一个上面有一种尖笔，上面有两根丝线，它们以直角连接在一起；另一个上面，在两个铝臂的连接处有一根毛细玻璃管，铝臂也是彼此成直角。

看到肯尼迪在实验室里为“会议”做准备，就像回到了过去。我好奇地看着他，他什么也没说，我也没问什么。每台仪器都连着两组电线，他小心翼翼地把这些电线藏起来，然后将它们引向窗外。最后，他把椅子摆放在他正对的桌子对面。

“沃尔特，”他说，“当我们的客人开始到达的时候，我要你当司仪。只要把他们安排在桌子的另一边就行了，不要让他们左右移动椅子。

最重要的是，让所有的门都敞开，我不想让任何人起疑心，也不想让任何人觉得自己被关在里面。给他们创造这样的印象：他们想去就去，想来就来。”

斯泰西乘坐一辆豪华轿车先到了，他把车停在化学大楼门口；布鲁姆和沃伦一起乘坐在沃伦的车后到；拉扎德乘坐一辆出租车来了，他让车开走了；哈特斯坦乘坐地铁来了，他是最后一个到的。每个人的心情似乎都很好。

我按照肯尼迪的指示安排他们就座。肯尼迪拉出放在桌子左边的分机，用胳膊肘支撑着，开始为在如此关键的时刻占用了他们的时间而道歉。在我所能看到的最接近的地方，他悄悄地拉开了右边桌子最上面的抽屉。我曾看到他把那个复杂的仪器放在这个抽屉里，但是，由于没有进一步的事情发生，我听着他的话，几乎把这件事给忘了。他开始翻阅他在办公室里发现的那些被烧过的文件。

“有时候，”他继续说道，“如果人仔细的话，是可以破译在烧过的纸上写的字的。彩色摄影技术最近被用于获得被烧毁手稿上的字迹，照片可以拍得很清晰，这些手稿用任何其他已知方法是无法读懂的。只要这张纸没有被完全分解，每次都能得到可观的结果。被烧过的手稿被小心翼翼地排放在一块玻璃上，尽可能接近它的原始形状，上面覆盖着一层干燥的清漆，然后再用另一片玻璃做衬垫。

“通过使用精心挑选的彩色屏幕和正色底片，即使烧焦的残留物上可能没有肉眼可见的痕迹，也可以拍摄出字迹清晰可辨的照片。在许多情况下，这是唯一已知的方法。斯泰西先生，我这里有些被烧过的纸片，是在有人第一次试图火烧你的商店之后我收集起来的。”

斯泰西咳嗽了一声表示承认。至于克雷格，他毫不掩饰自己的发现。

“有些是给丽贝卡·文德的，由约瑟夫·斯泰西签名，”他平静地说，“总的来说，它们代表了一大笔钱。还有一些是文德小姐的备忘录，还有一些是另一个人写给文德小姐的亲笔签名信。文德小姐，与多起火灾有关，显示有罪。”

说到这里，他把署名为“火花”的几封信放在他面前的桌子上。“现在，”他补充说，“有个人在不同的时间把这些字条寄给了消防队长。奇怪的是，我发现第一个人的笔迹与文德小姐的笔迹出奇的相似，而第二个和第三个人的笔迹虽然也经过伪装，却很像文德小姐的通信人。”

没有人动，我却听着惊呆了。她毕竟参与了阴谋，不是一个棋子。这公平吗？

“接着看这一连串引人注目的火灾，”肯尼迪接着说，“这个案件呈现出一些独特的特点。简而言之，这显然是所谓的‘纵火犯信托’。何为纵火犯信托？嗯，据我所知，这是一群不诚实的商人和保险理算员为了牟利而故意纵火成立的组合。从事纵火信托的人并不是普通的纵火犯，消防员们坚信四分之一的火灾是由纵火犯引起的，因而对他们严加谴责。这样的‘信托’遍布全国。他们在芝加哥经营，据说一年就赚了七十五万美元。另一个组织据说总部设在堪萨斯城，其他人在圣路易斯、匹兹堡、克利夫兰和布法罗工作过。伊利诺斯州、肯塔基州、田纳西州和俄亥俄州的消防队长已经调查了他们的工作，但直到最近，纽约还没有这种有组织的工作，这令人费解。当然，我们有很多小的纵火犯和纵火狂，但以前，我个人从来没有注意到这个大阴谋。

“嗯，琼斯格林火灾、方庭火灾、斯劳森大厦火灾以及其他的一切都是为了一个目的而发生的——那就是索取保费。我不妨在这里说，在这种情况下，有些人的情况很糟，而另一些人的情况更糟。文德小姐最初是这项计划的参与者。文德小姐的问题是，她太精明了，谁也愚弄不了她。她坚持说她要得到这笔不义之财之中所有属于自己的那一份。既然如此，似乎所有的人都反对文德小姐，这事并不光彩，也没有遵守‘盗亦有道’的箴言。

“某个人，坦率地说，我不知道其名字——想要破坏斯泰西公司对文德小姐的承付款项和她持有的‘纵火犯信托’的罪证，这一次她是这一组织的成员。这个计划只取得了部分成功，而且，主要的妙招，就是把斯泰西的店给毁了，但失败了。

“结果如何？文德小姐过去一直与‘信托基金’密切合作，如今却成了他们的死敌，也许会成为污点证人。还有什么比通过实施妙计来完成阴谋，同时除掉同谋者的危险敌人更自然的呢？我相信文德小姐是在发生火灾的那天晚上，以这样那样的借口被引诱到斯泰西的商店去的。就是第二封信和第三封信署名为‘火花’的人干的。她是被这个致命的工具谋杀的！”——克雷格那个信夹放在桌子上——“他们计划通过声称她所在部门的账簿短缺，把所有的嫌疑都推到她身上。”

“呸！”斯泰西大叫，沾沾自喜地抽着雪茄。“在那些火灾中，我们受到了伤害，那些人对我们、对工会和其他人心怀怨恨。关于纵火信托基金的讨论是低俗的新闻报道。不仅如此，我们还被一个值得信任的部门主管有组织地抢劫过，而斯泰西家的火灾就是那个贼用来掩盖盗窃的方式。在适当的时候，我们将请簿记员道格拉斯来证实这一点。”

肯尼迪在书桌的抽屉里摸了摸，然后抽出了一张上面写满数字的长纸条。他说：“斯泰西的所有公司都受到了目前行业萧条的影响，资不抵债。看一下，斯泰西，这是地方检察官的会计们今天检查过您的账簿后，给出的初步报告。”

斯泰西倒抽了一口气，说：“你是怎么得到它的？报告直到九点钟才写好，现在才刚过了一刻钟。”

“别管我是怎么得到它的。跟理算员们看一下，谁都行。我认为你会发现文德小姐所在的部门账目上没有短缺，你正亏钱，你亏欠文德小姐钱，如果纵火犯按计划行事，她会得到最多的保险收益。”

“我们坚定地认为这些数字是虚构的！”斯泰西在匆忙磋商后，愤怒地转向肯尼迪说。

“也许,那么,你会喜欢这个,”克雷格答道,从桌子上抽出另一张纸,“我来读一下。‘亨利·道格拉斯，在正式宣誓后，宣誓说那个人’——我们暂且叫他‘布兰克’——‘用武力和武器，邪恶地、任性地、故意地杀害了丽贝卡·文德，同时说布兰克成心放火焚烧——’”

“等一下，”斯泰西打断了他，“让我看看那张纸。”

肯尼迪把它放下,只露出签名。名字是用圆润的字体签的:“亨利·道格拉斯。”

“这是伪造的，”斯泰西愤怒地叫道，“我来这儿不到一小时，就看见了亨利·道格拉斯，那时他还没有签署这样的文件。既然他不可能在上面签字，那么你也不可能得到它。我断定这份文件是伪造的。”

肯尼迪站起身来，把手伸进他桌子右边打开的抽屉里，把我在傍晚看到他放在那里面的两台机器拿了出来。

“先生们，”他说，“这是你们正在上演的这出戏的最后一场了。你可以看到桌子上有一个很多年前发明的仪器，但直到最近才真正投入使用。这就是电报传真机——远程执笔人。在这种新的形式下，它可以被放在书桌的抽屉里，供任何可能要咨询的人使用，比如说，职员们不认识呼叫者是谁。在这种情况下，你可以写一封邮件，并收到坐在你身边的人关于个人的性格或事务的回答，从而不必离开办公桌或不用看上去要进行咨询。

“我用一支普通的铅笔在发射机的纸上写了字，附在铅笔上的丝线可以调节电流，控制线路另一端的铅笔，接收铅笔和我的铅笔同时移动。它的原理是分成两半的比例绘图仪，一半在这里，另一半在线路的末端，两根电话线在这种情况下连接两半。

“当我们坐在这里的时候，我一直把右手放在半开的抽屉里，用铅笔记下这间屋子里发生的事情。这些笔记和其他证据，已经被同时呈现给夜间法庭上的地方法官布伦纳。与此同时，在这一端，会计人员在法庭上所写的数字也被复制在这里。你已经看到了。与此同时，道格拉斯被捕了，并被带到地方法官面前，他被控犯有纵火罪的一级谋杀罪，你也看到了。它是在你看数字的时候传送来的。”

那些阴谋家似乎晕头转向了。

“现在，”肯尼迪继续说道，“我看见接收仪器的铅笔又在写字了。让我们看看写的是什么。”

我们弯下腰。文字的开头是：“纽约郡。以纽约州人民的名义——”

肯尼迪没有等我们看完，他把远程传真机上的字撕下来，在头上晃了晃。

“这是一张逮捕令。你们都因纵火罪被捕了。但你,塞缪尔·拉扎德,也因涉嫌纵火杀害丽贝卡·文德和其他六人而被捕。你才是真正的纵火犯，也许你是约瑟夫·斯泰西的工具，但这一切会在庭审中大白于天下。麦考密克，麦考密克！”克雷格喊道,“好了，我拿到逮捕令了。警察在吗？”

没有回应。

拉扎德和斯泰西突然冲到门口，一眨眼的时间，他们就上了等候斯泰西的汽车。司机松开刹车，拉动操纵杆。突然，克雷格的手枪闪了一下，司机的手臂无力地垂在方向盘上，动弹不得了。

麦考密克和警察赫然出现，时间稍晚了一点。经过短暂的搏斗，斯泰西和拉扎德在斯泰西的豪华车里被铐上了镣铐。我对肯尼迪责备道:“但是,克雷格,你打中了无辜的司机。难道你不去照顾一下他吗？”

“哦,”肯尼迪若无其事地回答道,“别担心，那些只是岩盐子弹，不会深入身体，只会刺痛一段时间，但它们是防腐的，会被身体溶解和吸收得很快。”

造假之王

“跟特勤局的伯克先生握一下手吧，肯尼迪教授。”

这是我们的老朋友第一副警长奥康纳，他以他那直率豪爽的方式介绍了一个衣冠楚楚看上去很富有的人。有一天晚上奥康纳把他带到了我们的公寓。

礼节很快就结束了。“伯克先生和我是老朋友了，”奥康纳解释说，“只要有可能，我们就会努力合作，市政部门经常会让政府搭便车，然后又是另一种方式——就像在后备箱谋杀案谜团中那样。汤姆，给肯尼迪教授看看那张‘伪币’。”

伯克从口袋里掏出一个皮夹，慢吞吞而从容不迫地从里面选了一张挺括的黄背百元美钞。他把钞票平摊在我们面前的桌子上，只见从左上角到右下角，斜面上用不褪色的墨水画有两个平行的记号。

由于不了解“付给伪币”这门文雅艺术的秘密，也就是花假钞，我想我那充满疑问的眼神出卖了我。

“是假钞，沃尔特，”肯尼迪解释说，“当他们想把钞票作为特勤局的记录保存起来，却又想让它们变得毫无价值时，他们就会这么做。”

伯克一言不发，递给肯尼迪一个袖珍放大镜。肯尼迪仔细地端详着这张钞票。他刚想说点什么，这时伯克又打开了他那只大皮夹，放了一张英格兰银行的五英镑钞票，这张钞票也被同样处理过。

肯尼迪再次透过镜子看了看，越来越明显的惊讶表情写在脸上，但他还没来得及说什么，伯克就拿出一张国际快递公司的特快汇款单。

“我说，”肯尼迪放下杯子，喊道，“住手！这样的东西你还有多少？”

伯克笑了。“就这些，”他回答道，“但还不是最糟糕的。”

“不是最糟糕？天哪，伙计，接下来你会告诉我，政府在伪造自己的钞票！你猜一下这种东西有多少已经入市流通了呢？”

伯克若有所思地咬着一支铅笔，在一张纸上草草写下几个数字，又想了一会儿。“当然，我不能确切地说，但是从我得到的各种线索来看，我想，我敢打赌有人已经兑换了五十万美元以上。”

“唷，”肯尼迪吹着口哨说，“真不错。我想这些都是以某种便于携带的形式秘密储存起来的。这份清单一定很丰富啊——票据、黄金、钻石和珠宝，一应俱全。这是个值得一压的赌注。”

“是的，”奥康纳插话道，“但从我的职业角度来看，我的意思是说，这个案子比那更糟糕。困扰我们的不是假钞。没错，我们理解这一点。但是，”他向前倾着身子，一脸严肃，冷不丁一拳重重地砸在桌子上，嘴里发出响亮的爱尔兰式咒骂声，“指纹系统，绝对可靠的指纹系统已经崩溃了。我们刚刚从巴黎和伦敦引进的新型“人物肖像描述法”——它是由贝迪永等人发明的——也毫无成效。这是一个很好的案子，没有任何科学或非科学的抓捕证据可以依靠。对了——关于此，你知道些什么？”

“你得先把事实告诉我，”肯尼迪说道，“在知道你的症状之前，我不能为你诊病。”

“情况是这样的，”伯克解释道，此时，他的身上流露出侦探气质，根本掩饰不住，“大约三个月前，一个男子，显然是一个英国人，走进市中心一家银行的办公室，要求把一些英国钞票兑换成美国钞票。他走后，银行柜员开始起了疑心，他感觉这些钞票有点假。透过眼镜，他注意到‘Five（五）’这个词最后一个字母‘e’上的小弯曲不见了。这是保护标志。水印和真钞无异——也许更好。把那张钞票对着灯光，您自己看看。

“嗯，第二天，有一个人来到我的事务所所在的海关大楼，他在富人区经营着一家豪华的赌场。他在我桌上放了十张崭新的钞票。一个英国人一直在玩轮盘赌，他似乎并不在乎输赢，每次都换一张新的百元美钞。他当然不在乎输赢，他关心的是兑换——换成了就赢了。摆在桌上的这张钞票是最初的十张钞票之一，不过从那以后又有几十张钞票入市流通。我断定这两起案件都是同一个英国人干的。

“不出一个星期，莫桑比克旅馆的经理走了进来——他被假的国际快递汇款单给敲了竹杠——我想还是那个英国人干的。”

“你没有找到他的踪迹吗？”肯尼迪急切地问道。

“我们曾经通缉过他——我们想抓住他。当然，给所有的银行和银行办事处都发出了警报。但是这个人很聪明，他不再那样出现了。在一家女人们经常光顾的赌场里，有一位可能是公爵夫人或——唉，她输得很惨，总是拿一百元钱来付账。现在，你知道那个女人不是输得很惨的人了吧。此外，百元美钞的故事已经在各大赌场里传开了。这帮人觉得值得冒一下险，所以他们给我打电话，让我保证公平行事，不让奥康纳拿走他们的钱，但我开出的条件是让我看一眼那位持有黄钞票的女人。我当然是欣然前往了。果然不出所料，都是同样的假钞。我能看出来，因为上面的丝线是用彩色墨水画的。但我没有逮捕她，而是决定跟踪这位女士。

“现在，蹊跷之处到了。让我想想，这肯定是两个多月前的事了。我跟踪她到了一个郊区小镇，是一个沿着哈德逊河的小镇，名字叫作河木镇。那里有一所漂亮的乡村别墅，俯瞰着河流，有私人车道、石门、树篱、老树，以及诸如此类的东西。一个相貌堂堂的英国人开着一辆大型进口观光车在门口迎接她，然后他们兜了一圈。

“我等了一天左右，但什么事也没发生，于是我开始焦虑起来。

“也许我太草率了。不管怎样，我抓住了机会，在他们来纽约购物时把他们两个都逮捕了。你真该听听那个英国人发誓。我不知道会有这样的语言，但在他的口袋里，我们又发现了二十多张百元大钞——仅此而已。你认为他爽快承认了吗？一点也不。他发誓说，这些钞票是他离开轮船时在码头上的一个皮夹子里捡到的。我不禁大笑。但当他在法庭上被传讯时，他跟地方法官讲了同样的故事，并声称他当时已将捡到钱的事情公之于众了。果然，我们在当天的报纸失物招领栏里发现了那则广告。广告的内容跟他所说的一样。我们甚至无法证明他花过那笔钱。地方法官拒绝拘留他们，于是他们都被释放了。但我们跟踪他们的时间已经足够长了，获取了他们的指纹，并根据他们的描述反复衡量，特别是通过这个新的‘人物肖像描述法’系统。我们觉得可以派一个陌生的侦探去，让他在人群中辨认他们——我猜你知道这种方法吧？”

肯尼迪点了点头，我心里想，以后还会有更多关于“人物肖像描述法”的发现。

伯克停顿了一下，这时，奥康纳催促道：“汤姆，跟他们说说苏格兰场的事吧。”

“哦，好的，”伯克接着说道，“当然，我把几套指纹的复印件寄给了苏格兰场。两周后，他们回复说其中一套属于威廉·福布斯，一个著名的货币伪造者。据他们所知，他曾乘船前往南非，但从未到达那里。听说他在美国，他们很高兴，并建议我好好关照他。这个女人也是一位著名人物——哈丽特·沃尔斯通，一个女冒险家。”

“我想你从那以后就一直在跟踪他们吧？”肯尼迪问。

“是的，就在他们被捕的几天后，那人的汽车出了故障。据说他当时正在用摇把发动引擎，结果引擎反冲，把他前臂的骨头打裂了。不管怎样，他的手和胳膊都用绷带吊着。”

“那后来呢？”

“那天晚上，他们在快速观光车上溜掉了，把我的人给甩开了。你知道，现在的汽车使盯梢这种事很难办。大门紧锁，据邻居们说，威廉姆斯夫妇——他们自己这样称呼自己——到费城拜访一位专家去了。还有，因为他们把那所房子租了一年，所以我派了一个人时时刻刻盯着它。他们确实去了费城，有些伪钞在那里出现。但是我们没看见过。

“就在不久前，我听说那所房子又有人居住了。不到两个小时，电话铃就疯狂地响了起来。第五大街的一家珠宝商刚刚把一串珍珠卖给了一个英国女人,这个女人自己用崭新的百元美钞买的。就在那天下午,银行拒收了她那些假币。我不失时机地在河木镇的神秘之家再次逮捕了他。我让县当局扣留了他们——现在,奥康纳,把剩下的故事讲一下,你在那里取到了指纹。”

奥康纳清了清嗓子，好像有什么东西卡在他的喉咙里。“河木镇当局拒绝扣留他们，”显而易见，他很懊恼，“我一听说他被捕了，就开始着手收集指纹记录来帮助伯克。是同一个人,我敢对着《圣经》发誓,伯克也敢。我永远不会忘记那个狮子鼻——那个凹鼻子，鼻子是‘人物肖像描述法’中辨认身份的第一个点。还有他的耳朵——是同一个人,没错。伦敦的指纹与我们在纽约提取到的指纹相吻合——信不信由你,但这是事实——却与在河木镇提取到的指纹根本不相符。”

他把提取到的指纹放在桌子上。肯尼迪仔细检查了一下，脸上蒙上了阴影。很明显，他被难住了。“有一些共同点，”他说道，“但还有更多的不同点。任何不同之处通常都被认为是指纹理论的致命弱点。”

“我们不得不放这个人走，”伯克总结道，“我们本可以拘留那个女人，但我们也把她放了，因为她不是本案的主犯。我的人从那时起就一直盯着这房子。但就在上一次被捕的第二天，一个看起来像医生的纽约人来拜访了他。执行任务的特勤局人员不敢离开房子去跟踪他，由于他再也没有来过，也许就无关紧要。从那以后，这所房子就一直锁着。”

电话铃响了，是伯克的办公室打来的。他说话的时候，我们猜想河木镇一定发生了什么不幸的事，我们迫不及待地等他接完电话。

“那边出事了，”说着，他相当暴躁地挂了电话，“他们今天下午开车回来的，后座上放着一个大包裹。但他们没待多久，天黑以后，他们又乘汽车出发了。事故发生在河木镇上游一个糟糕的铁路交叉路口。就在布法罗特快列车到达的时候，‘似乎’威廉姆斯的车在轨道上抛锚了。没有人看到，但是一个坐在马车里的男人听到了一个女人的尖叫声。他急忙从马车下来，结果发现火车把汽车撞得粉碎。那个女人死里逃生真是个奇迹，但他们在铁轨上发现了男人的尸体，血肉模糊。他们说死者是威廉姆斯。他们根据他衣服口袋里的信件认出了他。但是我的人告诉我，在他身上发现了一块刻有‘W.F.’的手表。我想，火车撞向他的汽车时，他的手、胳膊和脑袋一定就在火车下方。”

“我想这案子到此为止了，是吗？”奥康纳惊叹道，显然懊恼不已，“那个女人在哪里？”

“他们说她在当地一家小医院，但伤势不重，只是受到了惊吓，还有几处擦伤。”

奥康纳的问题似乎给伯克出了一个主意，他又拿起了电话。“请接河木镇297号，”他命令道，然后他边等边对我们说，“我们必须抓住这个女人。你好，是297号吗？是医院吗？我是特勤局的伯克。你能不能告诉我的人，他一定就在附近，我想让他抓住撞车的那个女人，直到我能……什么？出院了？活见鬼了！”

他愤怒地挂上了电话。“一个半小时前，有个男人打电话找她，她和那个男人一起离开了，”他说道，“肯定是一个团伙作案。福布斯死了，但我们必须找到其余的人。肯尼迪先生，很抱歉打扰了您，但我想我们还是可以单独处理这个案子的。我们被那些指纹给愚弄了，可是既然福布斯半路上死了，这就只是一宗老式的侦探案件了，您是不会感兴趣的。”

“恰恰相反，”肯尼迪回答说，“我才刚刚开始感兴趣。你有没有想过，福布斯可能还没死呢？”

“没死？”伯克和奥康纳异口同声地说道。

“一点不错！我就是这么说，没死。现在停下来想一想，伟大的福布斯会不会愚蠢到带着一块标有‘W.F.’的手表到处招摇呢？如果他知道（他一定知道），您会跟伦敦方面联系，通过指纹来了解他的一切情况呢？”

“是的，”伯克表示同意，“我们唯一的依据就是在威廉姆斯身上找到了他那块手表。我想福布斯可能还活着。”

“第三个进来的人是谁，哈丽特·沃尔斯通心甘情愿地和他一起离开的？”奥康纳问道，“你说那所房子已经关了——完全关了？”

伯克点点头。“自从上次抓捕以后就一直关着。有个仆人偶尔进去一下，不过不管那辆车曾经到过哪里，今天晚上以前，它都没来过。”

“我真想亲自去看看那幢房子。”肯尼迪若有所思地说道。

“我想你不会反对我这样做吧？”

“当然不反对。去吧，”伯克说道，“如果您愿意，我可以和您一起去，或者我的人可以和您一起去。”

“不行，”肯尼迪说，“我们人太多会把事情搞糟的。今晚我一个人去观察，明天早上再来找你。你甚至不必把我们的事告诉你那边的人。”

“沃尔特，今天晚上有什么事吗？”他们离开后，他问我道，“你准备好去河木镇一趟了吗？”

“说实话，我和几个同学在大学俱乐部有个约会。”

“哦，取消了吧。”

“我正打算要这样做。”我回答道。

那个夜晚很阴冷，我们把自己裹在旧的足球毛衣里，外面又罩上了大衣。半小时后，我们踏上了去河木镇的路。

“顺便说一句，克雷格，”我问道，“我不想在这些人面前说什么，他们会以为我是新手，但我不介意问你。他们说的‘人物肖像描述法’到底是什么？”

“哦，是文字照片——‘用话语描述的照片’，照字面意思来说。我在巴黎的时候在贝迪永的学校上过几堂课。它是对罪犯进行科学抓捕的一种方法，是对罪犯被捕后进行科学鉴定方法的必要补充和完善。例如，根据描述，在试图辨认一个罪犯时，你从他的鼻子开始。鼻子无外乎凹的、直的或凸的。伯克说，这个福布斯的鼻子是凹的。假设你被派去找他，在你遇到的所有人中，大概有三分之二的人不会让你感兴趣。直鼻子和凸鼻子的人你都不会选。接下来要观察的是耳朵。耳朵一般有四种类型——三角形、正方形、椭圆形和圆形，除此之外，在你研究了耳朵之后，你就会清楚地看到一些其他的区别。此人脸色苍白，长着一对方耳朵，耳朵上有一个特别的耳垂。你不会再看四分之三的方耳人一眼。通过消除各种特征，眼睛、嘴巴、头发、皱纹等等，你就能从一千个人中选出你要找的人——如果你受过训练的话。”

“那么，管用吗？”我有点怀疑，问道。

“哦，是的，所以我才接这个案子。我相信科学真可以用来侦查犯罪，任何犯罪，在目前的情况下，我足够自豪地坚持这一点，直到——直到他们开始在冥河上凿冰。哟，可是今天晚上乡下户外会很冷的，沃尔特——说到冰。”

我们到达河木镇时已经很晚了。肯尼迪沿着灯光暗淡的街道匆匆赶路，避开了干道，唯恐有人在监视或跟踪我们。他按照伯克给他的指示继续前进。这所房子很大，是新建的混凝土建筑，周围有树木和树篱，可以直接俯瞰河流。西风凛冽，寒意袭人，但肯尼迪在一棵常青树的阴影和树篱下安排了我们的岗哨。

在所有徒劳无功的差事中，对我而言，这似乎是顶点。这所房子空无一人；这是显而易见的，我心里这样想，嘴上也就这么说了。我刚说完就听到狗叫。然而，这声音不是来自这所房子，我断定一定是从隔壁的人家传过来的。

“声音来自车库，”肯尼迪低声说，“我很难想象他们会离开，而把一只狗锁在里面。他们至少会把它放掉。”

我们等了一个又一个钟头。午夜过去了，还是什么也没发生。最后，当月亮消失在云层之下时，肯尼迪拉着我往前走。在这所房子里，我们没有看到一丝生命的迹象，但他说，如果这所房子被严密监视的话，他就会十分小心。我们迅速穿过空地，向房子走去，尽量在离河最远的那一侧的阴影里靠近。

肯尼迪蹑手蹑脚地走过门廊，试着把窗户打开。窗户关得很严，他毫不犹豫地拿出一些工具，其中一个是橡皮吸盘，他把它固定在窗玻璃上，然后，他用一个非常精致的玻璃刀切割出一大块。玻璃很快掉了下来，绳子和吸盘阻止它摔碎在地板上。肯尼迪把手伸进去，打开窗户，我们就进去了。

四处静悄悄的。很明显，这所房子空无一人。

肯尼迪小心翼翼地按下口袋里充电灯的按钮，在房间里慢慢地照射。这是一间陈设华丽的书房。最后那束光落在对面的一张大桌子上。肯尼迪似乎对它很感兴趣，我们蹑手蹑脚地走过去。他一个接一个地把抽屉打开，其中一个抽屉上了锁，他一直把它留到最后。

他尽量悄无声息地把它撬开，并用放在桌上的一块毛毡布压低撬棍的声音。大多数人没有意识到一个简单的撬棍所具有的破坏性力量，直到这个结实的抽屉连同它那沉重的锁头发出一点声响，我才明白过来。肯尼迪等了一会儿，侧耳倾听。什么也没有发生。

抽屉里是一堆毫无特色的无用物品。有几块精致的海绵，有些很薄，切成扁平的椭圆形，有强烈的来苏水的气味；有几个瓶子，一套锋利的小刀，一些石蜡、绷带、消毒纱布、药棉——事实上，这看起来就像一个急救箱。看到这些，肯尼迪似乎很惊讶，但并没有不知所措。

“我原以为他会把这种事留给医生去做，但我想他自己也参与了。”他嘟囔道，继续在抽屉里摸索着那些刀。不是问问题的时候，我也没问。

肯尼迪迅速把东西塞进口袋里。他打开一瓶，凑到鼻子上，我能立刻分辨出那是乙醚挥发出来的气味。他迅速盖上瓶盖，把瓶子装进了他的口袋，说道："一定有人知道如何给人注射麻醉剂——可能是沃尔斯通家的那个女人。"

肯尼迪一声压抑的惊叫引起了我的注意，原来这个抽屉的背面有端倪。里面安安稳稳地放着一个锡盒，就是所谓的保险柜的一种。这种保险柜家庭常备，窃贼不必花很多时间和精力到处寻找他所追寻的贵重物品。肯尼迪把它取出来，放在书桌上。它是锁着的。

即便如此，肯尼迪似乎也不满意，他继续仔细查看房间的墙壁和角落，好像在寻找一个保险柜或类似的东西。

"让我们看看对面的房间。"他低声说道。

突然，楼上传来一个女人刺耳的尖叫声："救命！救命！屋里有人！比利，救命！"

我感到有一只胳膊紧紧地抓住了我，有那么一会儿，因担心在夜里破门而入被抓住而感到一阵寒意。但抓我的人只是肯尼迪，他已经把那个珍贵的小锡盒夹在腋下了。

他一跃而起，把我拖到开着的窗户前，越过窗户，跨过门廊，我们便朝庄园一侧毗邻的那丛树林跑去。房子里的窗户一下子都亮了起来。那里一定有一种可以瞬间点亮的电灯系统，作为"驱除窃贼"的工具。

不管怎样，我们总算逃出去了。

我们在树林里迷了路，我往后又瞥了一眼，看见一盏提灯被从房子里提到了车库。当门打开的时候，我看到，在月光下，一只大狗跳了出来，舔着那人的手和脸。

我们很快就穿过了结冰的灌木丛。显然，肯尼迪去车站的路线是直接穿过乡村，而不是迂回经过公路和城镇。我们能听到身后一阵低沉的吠叫声。

“上帝保佑，沃尔特，”肯尼迪大声说道，这是他有生以来一次彻底的震惊，“那是一条侦探猎犬，而我们走的是一条新路。”

那条狗越来越近。尽管步步紧逼，我们都不能指望打败那条狗。

“啊，到小溪那边去，”肯尼迪叹息道，“可是它们全都结冰了——连河也冻住了。”

他突然停住了脚步，在口袋里摸了摸，掏出了那瓶乙醚。

“把你的脚抬起来，沃尔特。”他命令道。

我照做了，他先把乙醚抹在了我的鞋上，又抹在了他自己的鞋上，然后我们沿着原路折回一两次，又继续跑。

“这条狗永远不可能通过乙醚找到我们的踪迹。”肯尼迪气喘吁吁地说，“也就是说，如果它是条好狗，并受过训练的话，就不会去做徒劳无功的追逐。”

我们匆匆离开树林，来到小镇。小镇现在一片漆黑，万籁俱静。我们的确很幸运，那条狗被我们留下的气味甩掉了。车站门紧闭。如果车站门开着，我敢肯定，车站工作人员也会把门锁上，不给我们开门，因为我们两个仿佛是流浪汉，手里提着一个锡盒子，后面追着一条狗。我们所能做的就是挤到一个角落里，直到成功地跳进一列早班火车。很幸运，那列火车在经过河木镇站时放慢了速度。

我们俩迫不及待地想到公寓里打开那个锡盒子，于是肯尼迪决定不去市郊，而是去车站附近的一家旅馆。不知何故，我们成功地订到了一个房间，而没有引起别人的怀疑。侍者的脚步声在走廊里还没有停止回响，肯尼迪就开始干活，在这个设施简陋的房间里，撬盒子的盖子。

终于撬开了，我们好奇地往里看，希望能找到某种形式的巨大财富。里面有几百美元和一串珍珠。这是一笔不错的"收获"，但造假币的那伙人积累的大量赃物到哪里去了呢？我们没有捕获。到目前为止，我们完全懵了。

"也许我们最好抓紧时间睡上几个小时。"抑制住自己的懊恼，克雷格说道。

我一遍又一遍地思考他们到底把赃物藏在哪里。我打了个盹，心里仍然在想，即使把他们抓住了，他们也可能藏匿了一百万美元，等刑期结束后还可以拿回去花。

去纽约的时间还早，肯尼迪在房间里打电话，把我唤醒了。事实上，我怀疑他是否睡过觉。

电话的另一端是伯克。他的手下刚刚给他报告了那天晚上在河木镇发生的事，但讲得不够详细。克雷格颇为愉悦地把昨晚的经历当成笑话讲给伯克听。

我听到的最后一句话是："好吧。派一个人到车站来——一个知道所有这些人的特征的人。我敢肯定他们今天非进城不可，而且他们得乘火车来，因为他们的汽车坏了。最好在市郊的车站也留神。"

匆忙吃过早饭后，我们遇到了伯克的人，大家在站台的出口处选好自己的位置。显然，肯尼迪已经知道造假者会因为这样或那样的原因进城。因为当时正在修建一座新车站，进站的旅客络绎不绝地从我们身边经过。这座临时车站出口很大。

"这就是'人物肖像描述法'应该发挥作用的地方，如果有的话。"肯尼迪一边热切地注视着，一边评论道。

但是没有一个男人或女人符合我们的描述。一列又一列的列车清空了车厢里的人，但那个长着凹鼻子和奇怪耳朵的苍白男子，也许还带着一位女士，并没有从我们身边经过。

人流终于开始减少了。如果造假币者是乘火车出发的，他们早该赶到了。

“也许他们没来这里，到蒙特利尔去了。”我大胆地说。

肯尼迪摇了摇头。“不，”他回答道，“我认为我对他们把钱藏在河木镇的事判断有误。倘如此，那就太冒险了。今天早上回来的路上我就想好了，他们很可能把钱存放在这里的银行保险库里了。我原以为经过昨晚的事，他们会来取走它，然后离开纽约。我们失败了——他们在我们面前溜走了。

“恐怕，无论是‘人物肖像描述法’，还是普通的摄影，或任何其他系统，都不足以单独对抗这背后的罪魁祸首。沃尔特，我感到恼火和厌恶。我本应该接受伯克的提议——如果有必要的话，昨晚派一队人包围那所房子，用武力抓住那些造假者。我太自信了。我以为我能巧妙地做这件事，但我失败了。我真想知道他们把那些假钞存放在哪个保险库里了。”

我们走开了，我什么也没说，只留下伯克的人抱着一线希望，继续观察。肯尼迪闷闷不乐地穿过车站，我跟在后面。他在候车室一处僻静的地方坐下来，一副愁眉不展的模样，他这种表情我从未见过。显然，他厌恶自己——只厌恶自己。这不是伯克或其他任何人干的蠢事。造假者又一次逃脱了法律的制裁。

他的手指在上衣口袋里不安地摸了摸，心不在焉地掏出了那一小块海绵和乙醚瓶。他毫无兴趣地看着它们。

“我知道它们是干什么用的。”说着，他又从口袋里掏出了其他东西，并从盒子里拿出了那几把锋利的小刀。我什么也没说，因为肯尼迪正在深入研究。最后他把东西放回口袋里。当这样做的时候，他的手碰到了什么东西，他带着困惑的神情把它抽出来。原来是那块石蜡。

“喂，你猜这是干什么用的？”他问道，也有点自言自语的意思，“我忘记了。一块石蜡有什么用？唷，闻一下防腐剂的味道。”

“我不知道，”我不耐烦地回答道，“如果你能告诉我其他的东西是干什么的，也许我能启发你，但是……”

“天哪，沃尔特，我真是个笨蛋！”肯尼迪喊道，跳了起来，一时间他又充满了活力。“为什么我忘记了这块石蜡？呃，当然——我想我能猜出他们在干什么——当然。哎呀，老天，他从我们身边走过，而我们却一无所知。小孩，小孩，”他朝一个走过的报童喊道，“你们最新的体育版写的啥？”

他急切得几乎要撕开报纸，浏览体育版。“明天在（肯塔基州的）列克星敦市开赛，”他念道，“是的，我打赌就是这样。毕竟，我们不需要知道保险库。无论如何，这已经太迟了。快，让我们查询一下开往列克星敦的火车。”

当我们匆匆走向问讯处时，我倒抽了一口气，思想一片混乱，说：

“喂，听我说，肯尼迪，你这闪电般的计算是怎么回事？一块石蜡和这个国家少数几个还在赛马的地方有什么可能的联系？”

“没有联系，”他回答说，一刻也没停下来，“没有联系。石蜡给我提供了一种可能的方法，让我知道我们要的人是如何在我们眼皮底下溜走的。这使我再次下定决心工作。我突然想到：他们接下来最有可能去哪里花那些伪钞？银行在营业，珠宝店在营业，赌场在营业。哎呀，当然是去赛马场了。就是这样。造假者都利用庄家，只是自从赛马业在纽约被禁后，他们不得不在这里采取其他手段。如果在纽约突然被警方盯上，还有什么比离开它更自然的呢？喏，让我想想——明天有一班很早开往那里的火车，也是最合适的一班。喂，一百四十四号订好了吗？”他在问询桌前问道。

“一百四十四号再过一刻钟就好了。第八通道。”

肯尼迪向那人道了谢，突然转过身去，朝第八号通道仍然关闭着的闸门走去。

“请原谅——咦，嘿——原来是伯克。”当我们突然撞见一个茫然张望的人时，他惊叫道。

他既不是昨天晚上那个绅士般的农民，也不是那个所谓的大学毕业生。这个人是西部的牧场主；他的宽边帽子、长胡子、礼服和飘逸的领带表明了这一点。然而，他身上也有一种说不清的熟悉。原来是伯克化了妆。

“干得不错，肯尼迪，”伯克点点头，把抽的烟从下巴的一边移到另一边，“喂，告诉我，你要找的人今天早上是怎么从你鼻子底下逃走的，而我穿着这身衣服，你一眼就认出来了。”

“你的容貌又没改，”肯尼迪简单地解释道，“我们的白脸、塌鼻子、长耳朵的朋友则不然。既然他觉得留在纽约太危险了，你觉得他去列克星敦赛马场的可能性有多大？”

伯克打量着肯尼迪，眼神有点犀利。“喂，你难道有心灵感应这项技能吗？”

“不，”克雷格笑着说，“但我很高兴看到我们两个独立工作得出了相同的结论。来吧，我们向八号通道慢慢走吧——我想火车快到了。”

闸门刚一打开，人群鱼贯而人。似乎能让伯克或肯尼迪满意的人一个也没出现。列车广播员作了最后一次广播。就在这时，一辆出租车在站台的街尾停了下来，离八号通道不远，一个男子从车里跳了出来，搀扶着一位蒙着厚厚的面纱的女士，付了车钱，拿起手提包，转身向我们走来。

我们期待着。他转过身来，我发现来人皮肤黝黑，长着鹰钩鼻。我厌恶地对伯克说 ：“唉，我们要找的人来不及搭这辆火车去列克星敦了，那两个人是最后能赶上这趟火车的人。”

然而，肯尼迪继续注视着这对夫妇。那人发现有人在注视他，就轻蔑地对我们说："真没礼貌！"然后对妻子说，"来吧，亲爱的，我们会赶上的。"

"恐怕我得麻烦你给我们看看那手提包里是什么东西。"肯尼迪说着，平静地把手放在那人的胳膊上。

"那么，你听说过这种该死的厚颜无耻吗？先生，马上给我让开，否则我就叫人把你抓起来。"

"得了，得了，肯尼迪，"伯克打断他的话，"你肯定搞错了。这不可能是那个人。"

克雷格果断地摇了摇头。"伯克，你可以自由选择是否逮捕他。如果不，我就完了；如果是，我愿意承担全部责任。"

伯克不情愿地屈服了。那个男子抗议；那个女人哭起来；一群人围观。

火车门砰的一声关上了。这时，那人的举止立刻变了。"瞧，"他生气地喊道，"你害我们误了火车。我会让你进监狱的。现在到最近的地方法院去。我将拥有作为美国公民的权利。你的小玩笑开得太过火了。我叫奈特，约翰·奈特，奥马哈人，在猪肉加工厂工作。现在来吧。如果我要在纽约待一年，我一定让那人为此受罪。这是一种暴行——一种暴行。"

伯克现在显然有点惊慌失措——他担心的不是别的，而是特勤局的人犯了这样的错误，可能会引起幽默的宣传。然而，肯尼迪并没有软弱，并且在一般原则上，我支持肯尼迪。

“现在，”那人粗暴地说，一边让“奈特夫人”坐在法官办公室里他能找到的最舒服的椅子上，“这一切争吵是为了什么？告诉法官，我是一个来自‘血腥谷’的坏蛋。”

奥康纳来了，在从总部过来的路上，他打破了所有的速度规定，也许还打破了一些纪录。肯尼迪把苏格兰场提取的多个指纹放在桌子上，旁边是奥康纳和伯克在纽约提取的那些指纹。

“这里，”他开始说，“我们有一个人的指纹，他是英国最著名的造假钞者之一。旁边是一个人的照片，他最近在纽约成功地花掉了几种假钞。几周后，第三组指纹被认为是提取自同一个人。”

法官正在检查三组指纹。当检查到第三组的时候，他抬起头，好像要说话，这时肯尼迪迅速打断了他。

“等一下，先生，你正要说指纹是永远不会改变的，从来不会显示出这样的变化。这一点没错。有些人五十年前留下的指纹和今天留下的完全一样，它们不会改变——它们是永久的。木乃伊的指纹即使在数千年后也能被破译。但是，”他慢慢地补充道，“你可以换手指。”

他的想法是如此令人震惊，我几乎不能明白他的意思。我读到过洛克菲勒研究所的外科医生在移植不同的组织甚至整个器官方面的出色工作，在适当的条件下进行皮肤移植并人工维持肌肉存活数日。有没有可能一个人故意切断自己的手指并嫁接新的呢？对这样一场游戏来说，赌注够大吗？这样的移植手术肯定会留下一些疤痕。我拿起各组指纹。第三组是真不清楚，但肯定没有疤痕。

“虽然指纹天生不会改变，”肯尼迪接着说，“但正如维也纳的保罗·普拉杰医生所证明的那样，通过酸和其他试剂、嫁接和损伤可以引起这种变化。那么，有没有什么方法可以修复失去的指尖呢？我知道一个例子，一个手指的末端被切掉了，只剩下了十六分之一英寸的指甲。医生切开肉芽表面的边缘，然后用医学界所谓的‘海绵移植’来引导肉芽生长，于是乎，他长出了一个新的指尖。

“海绵移植包括使用部分优良的土耳其外科海绵，我这里有。我在河木镇的一张书桌里找到了这些碎片。病人被麻醉了。在手指的残肢上从一边到另一边做一个切口，切掉皮肤的皮瓣，然后把它翻出来，让新的手指末端生长——一种有生命的皮肤外壳。里面放着海绵，不是很大的一块，而是很薄的一块，切成手指残肢的形状。在所有的石质颗粒被盐酸清除后，它在水中完全消毒，并在绿色肥皂水中清洗，然后把手指包扎起来，用普通的盐溶液保持湿润。

“结果是，手指末梢没有愈合，而是在毛细血管的吸引下长进了海绵碎片的细网中。当然，即使是这样，几天后也会愈合，但医生不让它愈合。三天之后，他轻轻地把海绵扯下来。手指的末端只长了几分之一英寸，然后再加一层薄薄的海绵。日复一日，这个过程重复着，每次手指都长一点。如果基质留下了，就会长出新的指甲。我想，一个聪明的外科医生将表皮移植到这样的残肢上，就会产生非常合格的指纹。”

我们谁也没说一句话，但肯尼迪似乎意识到了我们心中的想法，并详细说明了方法。

“它被称为‘海绵培养法’，最早是由爱丁堡的D.J.汉密尔顿医生于一八八一年命名的。从那时起，它就在美国频繁使用。海绵确实以一种机械的方式在新形成的手指组织中起作用。网状物被不断生长的组织填满，随着它的生长，组织会吸收部分海绵，而海绵本身也是一种动物组织，其作用类似于肠线。它的一部分也被丢弃了。事实上，海绵模拟了普通血凝块的多孔网络中自然发生的情况。它引导组织生长，刺激它——新的血管和神经以及肌肉。

“在我所知道的另一个病例中，一个手指的第一个关节几乎整个被压断了，医生被要求切除突出的残骨。相反，他决定让组织长出来，覆盖它，使其看起来像一个正常的手指。在这些病例中，医生们都取得了令人钦佩的成功，他们使病人的指尖焕然一新，不留下疤痕，而且，除了最初的损伤和手术以外，相对来说没有什么不便——除了需要绝对休息的手。

“事情就是这样，先生们，”肯尼迪最后说，“这就是为什么福布斯先生，又名威廉姆斯，去费城接受治疗的原因——他治疗的是被压碎的指尖，而不是来治疗汽车引擎的撞击。他可能把假钞付给了医生。事实上，这个人是在玩一场赌注很大的游戏。他制造假币，两国政府都在搜捕他。几根手指的指尖与生命、自由、财富和美女相比又算得了什么呢？前两组指纹与第三组不同，因为它们是由同一个人的不同指尖留下的。指纹的核心部分被改变了。这个天才非常聪明，他设法去击败指纹系统，然而该系统的正确性恰又因此而得到佐证。”

“真有意思——对一个感兴趣的人而言，”陌生人说，“但这与我和我的妻子被扣留，使我们误了火车，侮辱我们有什么关系呢？”

“这样，”克雷格回答道，“劳驾您把手指放在印台上，然后轻轻地摁在这张纸上，我想我可以给您一个答案。”

“奈特”不同意，他的妻子因这个想法而变得歇斯底里，但没有别的办法，只能顺从。肯尼迪看了看第四组指纹，又看了看一周前提取的第三组，笑了。谁都没说话。是奈特还是威廉姆斯？他若无其事地点燃了一支香烟。

“如此说来，你说我就是那个威廉姆斯，那个造假币的人？”“奈特”

傲慢地问道。

“是的，”肯尼迪重申道，“你也叫福布斯。”

“我想苏格兰场不会忘记给你提供一些照片，以及对这个福布斯的描述吧？”

伯克不情愿地从口袋里掏出一张贝迪永的卡片，把它放在桌上。上面有这位著名造假币者的正面和侧面，以及他的身高体态。

那人把它捡了起来，好像它确实是一件奇怪的东西。他的冷静几乎让我深信不疑。当然，他在要求这最后一项证据时应该犹豫一下。然而，我曾听说，贝迪永的测量系统往往取决于测量者的人为误差，也取决于被测量者。他是依靠于前者呢，还是依靠他的容貌差异呢？

我越过肯尼迪的肩膀看了看桌上的卡片。就像给我们描述的那样，根据“人物肖像描述法”，福布斯长的是凹鼻子。我没有再看他，却不由自主地瞥了他一眼，尽管我没有必要这样做。我知道这人的鼻子和福布斯的鼻子完全相反。

“尽管你在辩论方面很有天赋，”他平静地说，“你很难否认，奥马哈的奈特和伦敦的福布斯正好相反。我的鼻子极像犹太人——我的肤色和阿拉伯人一样黑。不过，我想我就是这里描述的那个面色蜡黄、鼻子坍塌的福布斯，因为我偷了福布斯的手指，又用一种最荒谬的方法把它们弄丢了。”

“脸的颜色很容易改变，”肯尼迪说，“用一点苦味酸就可以改变。巴黎的那个机灵的流氓萨西非常成功地逃脱了警方的追捕，直到沙可医生揭穿了他，并展示了他是如何改变眉毛的弧度和脸上的皱纹的。今天可能发生的事情，会使弗兰肯斯坦和莫罗医生显得笨拙和过时。”

一个女人刺耳的声音打断了他，是那个一直保持沉默的女人。“但是，我今天早晨在报纸上看到，昨天在哈德逊河上游的一场车祸中发现了一位姓威廉姆斯的先生的尸体。我记得看过这则报道，因为我自己也害怕发生意外。”

所有的目光都集中在肯尼迪身上。“那具尸体，”他很快回答说，“是你在一个医学院买来的，用你的车运回了河木镇，为尸体穿上威廉姆斯的衣服，戴上手表，显示他就是福布斯，然后把车停在铁轨上火车头前面，而你们两个看着火车跑过来，并发出尖叫。虽然你诡计多端，但这些事实不说谎。”

他把伯克测得的尸体尺寸和伦敦警察给的卡片上的尺寸放在一起比对，两个尺寸只是以最粗略的方式相互近似。

“大人，我恳求您的正义感，”我们的嫌疑人不耐烦地叫道，“难道这场闹剧还不够严重吗？有什么理由让这个假警探愚弄我们，让我妻子在法庭上待更久吗？我不打算就此罢休。我想指控他非法逮捕和恶意起诉。今天下午我将把整个事情交给我的律师处理。赛马会见鬼去吧——我要求公道。”

这个人这时已经把自己的愤怒情绪提高到一种明显是正当的高度，他气势汹汹地向肯尼迪走去，肯尼迪耸了耸肩膀，双手深深插在口袋里，脸上露出半开玩笑的表情。

“至于你，侦探先生，”那人又说，“只要十一美分，我就可以把你揍个半死。‘人物肖像描述法’，确实！这是一个优秀的科学体系，为了证明自己，不得不否认自己的主要原则。呸！拿着，你这个恶棍！”

哈丽特·沃尔斯通伸出双臂搂住了他，可是他挣脱了。他的拳头直击过来。然而，相对来说，肯尼迪速度太快了。我在“健身房”看到克雷格和最好的拳击手较量过几十次。他只是把头向旁边一扭，那一击就从离他的下巴一英寸的地方过去了，但仿佛像在一码远的地方干净利落地过去了。

这名男子失去了平衡，当他向前倒下并抓住自己时，肯尼迪冷静地故意拍了一下他的鼻子。

这个时刻非常严肃，但我真的笑了。即使受到这样轻微的撞击，这人的鼻子连关节都脱臼了，在他脸上以最滑稽的姿态扭来扭去。

“下次你试试这个，福布斯，”肯尼迪说着，从口袋里掏出那块石蜡和其他展品放在桌子上，“不要忘记将凹鼻子注入石蜡改成鹰钩样的凸鼻子，正如美容医生到处做的广告那样，这样渺茫的希望好可怜！”

伯克和奥康纳都抓住了福布斯，但肯尼迪把注意力转向了福布斯那个更大的手提箱，那个叫作沃尔斯通的女人大声宣称这是她的。他迅速一扭，把它打开了。

当他把它放在桌上时，我的眼睛瞪得大大的。福布斯的手提箱可能是把金伯利、克朗代克和铸币局的旅行推销员的手提箱集于一身了。克雷格把财物倒在桌子上——一堆堆的真钞、两个王国的金币、钻石、珍珠，以及所有可携带的有形资产，全都堆在一起，最上面是成批的假币，等待着这位迈达斯大师的魔法点化，把它们变成真金。

“福布斯，你逃不掉了。”克雷格得意地说，“先生们，你们面前是一位造假大师，肯定是——一位造假大师，不仅造假币，连容貌和手指都造假。”

隧道挖掘工

“这个故事很有趣，讲的是五区和跨河运输之间的斗争。”我在为《周日星报》草拟一篇揭露高级金融的文章时对肯尼迪说。

“那么你也会对这个感兴趣的。”说着，他把一封信扔在我的桌上。他刚进来，正在查看邮件。

信的抬头是五区公司的名字。信是杰克·奥顿写来的，他是我们大学时的一个好朋友，负责修建一条新的河底隧道。信很简短，杰克的信总是这样。信上写道：“我在隧道里遇到一个案子，你一定会感兴趣的，这也是我自己的案子。你可以想调查多久就调查多久，但要弄清事情的真相，不管它会涉及到谁。正在发生一些邪恶活动，显然没有人是安全的。这件事一个字也不要对任何人提起，你要尽快来见我。”

“是的，”我同意道，“这确实使我感兴趣。你什么时候过去？”

“现在，”肯尼迪回答说，他还没有脱下帽子，“你能一起来吗？”

当我们乘坐出租车穿越这座城市时，克雷格说：“我想知道是什么麻烦？今天早上，在社会新闻中，你有没有看到杰克和薇薇安·泰勒订婚的消息？薇薇安是五区董事长的女儿。”

我看到了，但无法将它与隧道里的麻烦联系起来，不管它是什么，尽管我确实试图将隧道之谜与我所知道的联系起来。

我们在建筑工地停了下来，一个身材魁梧的爱尔兰人迎接了我们。“是肯尼迪教授吗？”他问克雷格。

“是的。奥顿先生的办公室在哪里？”

“恐怕，先生，要过很长时间奥顿先生才会再回到他的办公室。医生刚把他从高压医疗室里带出来，他说如果您在他们把他送到医院之前到来，我就直接把您带到高压医疗室那里去。”

“天哪，发生了什么事？”肯尼迪惊叫道，“快带我们去见他。”

没等回答，爱尔兰人就领着我们走过一个粗糙的木板平台，最后来到一个类似于横放着的巨大钢瓶的地方，地上有一张小床和一些奇怪的器具。杰克·奥顿躺在小床上，身子扭曲到变了样，连他母亲都认不出他来了。一位医生俯在他身边，按摩着他的双腿的关节和身体两侧。

“谢谢你，医生，我觉得好些了。”他呻吟着说，“不，我不想再回到高压治疗室里去了，除非我疼得更厉害。”

他的眼睛闭着，但听到我们的声音，他睁开眼睛，点了点头。

“是的，克雷格，”他吃力地低声说，“我是杰克·奥顿。你觉得我怎么样？我还说得过去。你好吗？沃尔特，你好吗？握手不要太用力，伙计们。在这事发生之前你们还没赶过来，真是遗憾啊！”

“怎么了？”我们茫然地看了看奥顿和医生，问道。

奥顿强颜微笑。他解释说：“只是在压缩空气中工作时碰到了一些‘减压’。”

我们望着他，但什么也说不出来。至少我还在想着他订婚的事。

“是的，”他痛苦地补充道，“我知道你们在想什么，伙计们。看着我！你们认为像我这样一个废人，还有权利跟世界上最亲爱的姑娘订婚吗？”

“奥顿先生，”医生插话道，“如果您保持安静，我想您会感觉好些的。您今晚可以在医院见您的朋友，但我想您最好休息几个小时。先生们，如果你们能把和奥顿先生的谈话推迟一阵子进行，情况会更好。”

“那么今晚见。”奥顿有气无力地对我们说。他转向一个瘦高而结实的小伙子，他的身体正好适合做隧道挖掘工作，在那里肥胖是致命的，他接着说："这是卡普斯先生，我的第一个助手。他会带你上街的。"

"该死！"我们离开卡普斯后，克雷格叫道，"这件事你怎么看？我们还没来得及找到他就出事了。我们还没深入了解，情节就变得复杂起来。我想我不乘出租车，也不乘汽车。在我们再次见到奥顿之前，你愿意出去走走吗？"

我可以看出，对我们的朋友发生的意外，克雷格很受影响，所以我理解他的心情。我们走了一个又一个街区，几乎没说一句话。我记得他唯一的评论："沃尔特，我不认为那是意外，在那封信之后，这么快就发生了。"至于我，我简直不知道该怎么想。

最后，我们走到了奥顿所在的那家私立医院。正当我们要进去的时候，一个非常漂亮的姑娘正要离开。显然，她去拜访了一个她很重视的人。她的长裘皮大衣在夜晚的寒风中松开了，漫不经心地飘着。只见她脸色苍白，目光呆滞，仿佛一个只看到悲伤的人。

"太可怕了，泰勒小姐，"我听见和她在一起的那个人安慰她说，"您要知道，我非常同情您。"

我迅速抬起头，看见了卡普斯，便鞠了一躬。他向我们鞠了一躬，轻轻地把她扶进一辆等在那里的汽车里。

"他至少可以把我们介绍一下。"我们进医院时，肯尼迪嘟囔道。

奥顿躺在床上，脸色苍白，精疲力竭，靠在枕头上，护士不断地为他整理枕头，以减轻他的痛苦。我们在隧道里看到的那个爱尔兰人毕恭毕敬地站在床脚旁边。

“护士，一个新病人引来这么多人看望，”奥顿一边说，一边欢迎我们，“先是卡普斯和帕迪从隧道里出来，然后是薇薇安，”他指了指旁边桌子上花瓶里漂亮的玫瑰，“现在轮到你们了。我让她和卡普斯一起回家了。这个时候她不应该一个人在外面，卡普斯是个好人，她认识他很久了。不，帕迪，把帽子放下，我要你留下来。顺便说一下，伙计们，帕迪是我管理‘隧道工人’的得力助手。自从第一条隧道顺利建成以来，他一直是这个城市每一项隧道工作的隧道挖掘工。他的真名叫作弗拉纳根，但我们都叫他帕迪。”

帕迪点点头。“如果我能康复，重回隧道，”奥尔顿接着说，“帕迪会一直跟我在一起，我们要让我未来的岳父泰勒，以及我签约的那家铁路公司的老板知道，我们在隧道里遇到的所有麻烦都不是我的错。老天爷知道……”

“哦，奥顿先生，你还不错，”帕迪插话道，丝毫没有过分的亲切感，“先生，想想我得减压病时，您来看我，我当时是什么样子。”

“你这个调皮鬼，”奥顿容光焕发，回答道，“克雷格，你知道当时我是怎么找到他的吗？我从地板上爬到水槽，把医生开的药给他灌了下去。”

"想想我会吃那种药，"帕迪急忙解释道，"不用多想，难道我不知道，治疗减压病的唯一办法，就是像他们对待您那样，被关进高压医疗室，然后再慢慢地放出来吗？这样才能治愈，再加上勇气、耐心和时间。听我说，先生们，他会挖完那条隧道，请原谅，奥顿先生，也会娶那个姑娘。在这个房间里，他不睁眼的时候，我不是看到她眼里含着泪水吗？他睁眼的时候，我不是看到她在微笑吗？当然，您会好起来的，"帕迪拍着他身体一侧和大腿继续说道，"我们或多或少都会得减压病——我们都是隧道挖掘工。那时，我弯着腰，感觉自已像把大折刀。就在他刚才提到的那个时候，我的胳膊、身体两侧和腿弯成了折刀的形状。再过两周，他就会好起来的，当然，他也会和他手下的人一起下到隧道里去呼吸那里的空气。他脑子里想的是别的事。"

"如此说来，这个案子跟你的麻烦，跟减压病没有关系？"肯尼迪问道，急切地表示他很想帮助我们的老朋友。

"嗯，可能有，也可能没有，"奥顿若有所思地回答道，"我开始这么想。我们这儿有许多人得了减压病，许多可怜的人也死了。当然，你知道报纸是如何严厉批评我们的。我们被说成没有人性；他们要调查我们；也许要起诉我。哦，真是一团糟！现在有人想让泰勒相信是我的错。"

"当然，"他继续说道，"我们现在工作气压很高，有些时候高达四十磅。你看，我们遭遇到工作中最难干的一部分，就是河床上的一段流沙，如果我们能穿过这段流沙，很快就能打通到鹅卵石和岩石，然后就没事了。”

他停顿了一下。帕迪平静地插了一句：“再次请求您原谅，奥顿先生，当我们在低压下工作时，在岩石中，在我们碰到沙子之前，我们也有太多的人得减压病。出事了，先生，否则你自己也不会在这里。工程师们不会得减压病，因为他们不干重活，先生，而且很小心，正如您所知——不经常得。”

“是这样，克雷格，”奥顿接着说道，“当我签下五区交通公司的这份合同时，他们同意给我丰厚的报酬，如果我提前完成，就会有一大笔奖金；如果我超时了，就会有一大笔罚款。你可能知道，也可能不知道，在隧道还没有准备好运营的情况下，在某一日期之后，他们的特许经营的有效性就会有人质疑。好吧，长话短说，你知道还有一些竞争对手希望看到这项工作失败，特许经营权回到城市，或至少在法庭上纠缠不清。我这样理解，人不为己，天诛地灭。”

肯尼迪问道：“你自己有没有看到任何妨碍这项工作的敌对势力的迹象？”

奥顿仔细斟酌了一下。“首先，”他终于回答道，“当我在推进建设的时候，五区正在与州议会合作，争取通过一项提案，把特许经营的期限再延长一年。当然，如果通过了，对我们来说也没什么。但一些无形的影响时时刻刻阻碍着公司的发展。这很微妙，它从不公开。他们利用公众舆论，这是只有高级金融的蛊惑者才能做到的，当然说得跟真的似的，却是出于最自私和不可告人的动机。提案被否决了。”

我点了点头。我对这部分内容了如指掌，因为我在给《星报》写的文章里就写到了。

“但无论如何，我没有指望能延期一年，”奥顿继续说道，“所以我没有失望。我制定的计划从一开始就打算要在较短的时间内完成这项工程。我在河里建了一个岛，这样就可以从河的两岸和岛的两端这四个点同时出发。如果一切进展顺利，我们实际上以这种方式把速度提高了一倍,这些令人困惑的事故,”——他兴奋地向前倾着身子——“诉讼、延误和死亡开始发生。”

伴随着兴奋，奥顿往后一倒，一阵减压病发作了。

“我很想到隧道里去看看。”肯尼迪简短说道。

“说到做到。”看到肯尼迪如此感兴趣，奥顿几乎高兴地回应道。

“这很容易安排。我不在这里的时候，帕迪会很高兴替我照看这个地方的。”

“确实，我会这样做，先生，”忠实的帕迪回答道，“这是对您为我所做一切的小小回报。”帕迪说话时，爱尔兰口音很明显。

“那好吧，”肯尼迪表示同意，“明天早晨我们就到。杰克，相信我们，我们会尽最大努力帮你摆脱困境的。”

“我知道你会的，克雷格，”他回答道，“我读过你和沃尔特的一些壮举。你们是一对好搭档，真的。再见，伙计们。”他的双手机械地寻找那瓶鲜花，这让他想起了送花的人。

我们在家里默默地坐了很长时间。“天哪，克雷格，”我终于惊叫起来，在纷乱的事件中，我的思绪又回到了在离开医院的女孩那张娇嫩的脸上所看到的痛苦，“薇薇安·泰勒长得很美，不是吗？”

“卡普斯也这么认为。”他回答道，外表又陷入沉默。然后，他突然站起来，戴上帽子，穿上外套。我可以看出，每当他有一件比平时更感兴趣的案子要办时，他的眼睛里就会出现一种不安分的工作狂热。我知道肯尼迪在完成这件事之前是不会休息的，而且，我知道跟他争辩是没有用的，所以我保持了沉默。

“不用等我了，”他说道，“我不知道什么时候能回来。我要去实验室和大学图书馆。准备好明天一早帮我探究这个隧道之谜。”

我醒来时，发现肯尼迪正坐在椅子上打盹，衣衫不整，但和刚睡过的我一样精神抖擞。我想他一直在睡梦中思考自己的行动方案。不管怎么说，在他的计划中，早餐不过是一件小事。夜班下班时，我们已在隧道工地上。

肯尼迪随身带着一个中等大小的盒子，里面装着他似乎非常小心翼翼携带的东西。帕迪在等着我们，克雷格匆忙耳语了几句，然后把盒子放在电话总机后面，接上了各种电线。当这一切发生时，帕迪在站岗，这样就没有人知道这件事，甚至连他派去办事的值守电话的姑娘也不知道。

我们首先检查的是地面上的那部分工程。带领我们的帕迪首先把我们介绍给负责这部分工作的工程师谢尔顿。他曾在世界各地游历过很多次，但学会了沉默寡言，像斯芬克斯一样。要不是帕迪，恐怕我们能看到的很少，因为谢尔顿不仅遮遮掩掩，而且他的解释盘根错节、繁琐复杂，即使是一个技术杂志的编辑也会把它们大力删除。然而，我们对地面隧道工程有了相当好的了解——至少肯尼迪是这样。他似乎对空气是如何输送到地下的、对紧急情况下才使用的压缩空气储气罐以及其他特性很感兴趣。这赢得了帕迪的好感，尽管谢尔顿似乎对他的兴趣比起鄙视我的无知来更反感。

接着，帕迪领我们去了更衣室。在那里，我们穿上旧衣服和油布雨衣，隧道医生对我们进行了检查，并拿出了一份书面声明，说我们下人隧道的风险由我们自己承担，并免除了公司的一切责任——这让帕迪非常反感。

“我们现在准备好了，卡普斯先生。”帕迪喊道，打开了沿这条路出去的一扇办公室的门。

“很好，弗拉纳根。”卡普斯回答说，几乎没有对我们点头。我们听见他给某人打电话，但没听清说什么，一会儿他就加入了我们。到这时，我已形成了一种看法，而且后来发现这种看法是正确的，那就是隧道里的人通常不大爱说话。

对我来说，到人们所谓的“空气”下面去体味一种新的刺激。我们本能地最后看了一眼纽约的天际线和在阳光下嬉戏的波浪，然后进入一个粗糙的施工电梯,从地面降落到一个深井的底部。就像进了矿井。密封舱上布满了螺栓，看起来就像一个巨大的锅炉，水平转动着。

沉重的铁门砰的一声关上了，帕迪和卡普斯走在前面，后面跟着肯尼迪和我，我们爬进了密封舱。帕迪打开阀门，压缩空气开始从隧道里冲进来，发出嘶嘶声，就像蒸汽正在泄漏一样。一磅又一磅的压力慢慢上升到每平方英寸，直到我确信我的耳鼓都快要炸裂了。然后，嘶嘶声开始变小，变成喘息声，然后突然停止了。这意味着密封舱内的气压与隧道内的气压相同了。帕迪推开了密封舱另一端的门。

沿着隧道的底部，我们跟在帕迪和卡普斯后面。隧道里，扇入的气息也是潮湿的，我们艰难地向前走着。每隔几英尺就有一盏白炽灯在雾蒙蒙的黑暗中闪烁。大约走了一百步以后，我们不得不钻到一个半圆形隔板下面，隔板盖住了管子的上半部分。

“那是什么？”我朝帕迪喊道，我自己的鼻音让我吃惊。

“应急幕。”他向后朝我喊道。

说话用词极经济。后来我了解到，当隧道开始发洪水时，可以放下应急幕的另一半来阻断涌入的水。

人们推着装满“淤泥”或沙子的小车从“盾”前经过——盾是盾构机在河床下前进的头部。这些人和其他铲土的工人就是“清除淤泥的人”。

沿着隧道一侧铺设的输送压缩空气和淡水的管道，周围还挂满了电灯和电话线。这些东西，还有散落在隧道里的工具和其他东西，把这条狭窄的通道给堵住了，我们只好小心翼翼地择着道走。

最后我们到达了那块盾，手脚并用爬了出来，进了它的一个隔间。在这里，我们第一次体验到一种奇怪的意识，即只有“空气”阻隔着我们和头顶上无数吨的沙子和水，不让沙子和水产生破坏作用。在沙土的某些地方，我们可以感觉到空气在逸出，它们以气泡的形式出现在头顶的河面上，向那些乘船经过的人表明，每条下方的隧道往前掘进了多远。我了解到，当空气损失太多时，耙斗会在头顶倾倒数百吨黏土，造一个人造河床，让盾构机的鼻子安全地穿过，因为如果河床变得太薄，“空气”就会吹开一个洞。

在我看来，卡普斯异常急切地想结束我们这次的访问。不管怎么说，当肯尼迪和帕迪还在盾构机周围爬来爬去的时候，他站在一边，不时给手下人下命令，显然把我们忘了。

我自己的好奇心很快得到了满足。我坐在隧道一个片段上，这些片段形成了隧道的连续环。当坐在那里等肯尼迪的时候，我心不在焉地从口袋里掏出一支香烟，点燃了它。它燃烧得惊人地快，就好像它是由火绒制成的，原因是压缩空气中氧气过多。我正吃惊地看着它，突然感到手上挨了一击，原来是卡普斯。

“你这个笨蛋！”他一边喊一边把香烟踩在靴子底下，“难道你不知道在压缩空气中吸烟很危险吗？”

“哦，不，”我答道，对他的态度选择了忍气吞声，“没人跟我说过这件事。”

“嗯，这很危险，奥顿也太蠢了，居然让菜鸟们进来。”

“这对谁会有危险呢？”我听到一个声音在我身后询问，原来是肯尼迪，“对詹姆士先生还是对我们其他人？”

“好吧，”卡普斯回答说，“我想大家都知道这是不顾后果的行为，在压缩空气中抽一根烟比在地面上抽一百根烟对吸烟者的伤害更大。就是这样。”

他脸色阴沉地转向肯尼迪，开始沿着隧道往回走。可是我不禁想，他那副样子根本不是关心我的健康。通过几英尺外的隧道电话，我勉强能听到他的话。我记得他说过一切都进行得很顺利,他准备重新开始。然后，他连一声再见都没有说，就消失在隧道的薄雾中了。

肯尼迪和我站在离管道出口不远的地方，上面的压缩机借助此管道来供应压缩空气，以便把压力保持在必要的恒定水平。我看见肯尼迪匆匆地向四周瞥了一眼，仿佛要看一眼是否有人在关注我们。没有人这样做。他迅速地把手伸了下去,他手里拿着一个结实的小玻璃烧瓶，烧瓶的金属盖很严实。他把烧瓶拿到管道出口附近,停了一会儿,然后,他啪的一声盖上盖子，把它拿出来后迅速塞回口袋里。

我们慢慢地往回走，回到密封舱那里，看到现代工程最显著的一个发展，我们的好奇心得到了满足。

“帕迪在哪儿？”肯尼迪突然停下来问道，“我们把他忘记了。”

“我想,就在盾构机后面。”我说,“我们吹口哨来吸引他的注意吧。”

我噘起嘴唇，但如果是为了一百万美元而吹口哨的话，我是做不到的。

克雷格笑了。“沃尔特，你确实在学习许多奇怪的东西。在压缩空气中你吹不响口哨。”

我非常气愤，没有回答。首先是卡普斯，现在是我的朋友肯尼迪取笑我的无知。我很高兴地看到帕迪巨大的身影在半明半暗中隐现。他看见我们离开了，就急忙在我们身后追赶。

“先生们，你们不要下去多看看吗？”他问道，“你们是不是已经呼吸够了这种空气？今天早上我觉得它很臭——我不怪你们。我想他们不需要待在这里，几分钟就够了。”

“不，谢谢，我想我们不必再待在下面了，”克雷格回答道，“我想我已经看到了所有必要的东西——至少目前是这样。卡普斯在我们前面，已经出去了。现在，你可以带我们出去了，帕迪。我宁愿让你去做这件事，也不愿跟别人一起走。”

我发现，出来确实比进去更危险，因为从“压缩空气”里出来的人容易得减压病。释放每磅压力大约要消耗半分钟，不过在这样高的压力下，为了安全起见，我们需要更多的时间。估计我们在密封舱里待了半个小时。

帕迪打开了一个通向外面正常大气的阀门，把空气从密封舱里释放出去。他一开始就迅速地把空气放出去，直到我们的压力下降到隧道压力的一半。后半段他做得很慢，确实很乏味，但很安全。当他打开阀门的时候，先是有一种嘶嘶的声音，密封舱里的温度也越来越低，因为空气膨胀时会吸收周围物体的热量。我们很高兴把毛衣套在头上。舱内被薄雾笼罩，像伦敦的雾一样，因为空气中的水蒸气凝结了。

最后，漏气的嘶嘶声停止了，通往现代科学地牢的门吱吱嘎嘎地打开了。我们走出密封舱，来到电梯井里，再次被升到上帝赐予的空气之中。我们眺望着河对面，河面上的波浪在阳光下舞动。在那中间，水面上有一圈气泡，那标志着隧道的尽头，在盾构机上方。在那些气泡下面，隧道挖掘工们正在施工。但是，在隧道黑暗潮湿的怀抱里隐藏着什么秘密呢？肯尼迪有线索吗？

“我想我们最好等一等。”肯尼迪说道。我们在更衣室里喝着热咖啡，从密封舱里出来暖暖身子。“万一我们出了什么事，患上减压病，这就是我们要去的地方，就在所谓的高压治疗室附近——就是那个大钢瓶，我们就是在那里找到奥顿的。治疗减压病的最好方法是回到他们称之为空气再压缩的状态下。新的压力导致血液中的气体再次收缩，因此有时它会被排除。无论如何，它是最有名的治疗方法，在最严重的情况下，它可以大大减轻疼痛。当你遇到像奥顿这样糟糕的病例时，就意味着已经造成损害；气体使一些静脉破裂。帕迪说得对，只有时间才能治愈它。”

然而，我们什么也没发生。几个小时后，我们去医院看望了正在慢慢康复的奥顿。

“你对这个案子怎么看？”他焦急地问道。

“目前八字还没有一撇呢，”克雷格回答说，“但我已经着手于一些事情，这将给我们一个很好的线索。让我们拭目以待，看看在一天左右会发生什么。”

奥顿的脸沉了下来，但什么也没说。他紧张地咬着嘴唇，往向阳的会客厅外面望去，目光落在周围的屋顶上。

“从昨晚到现在，发生了什么事，让你更焦虑了，杰克？”克雷格同情地问道。

奥顿慢慢地把轮椅转过来，面对着我们，从口袋里掏出一封信，把它平放在桌子上，用信封盖住它的下半部分。“看看这个。”他说道。

“亲爱的杰克。”信的开头是这样写的。我一眼就看出是泰勒小姐写来的。“一句话，”她写道，“让你知道我一直在想你，希望你比我今晚见到你时好一些。今天深夜，爸爸把五区董事会的主席叫来了，他们在书房里待了一个多小时。为了你，杰克，我去窃听，但他们说话的声音很低，我什么也听不见，虽然我知道他们在说你和隧道。当他们出来的时候，我来不及逃跑，于是就溜到门帘后面。我听见父亲说：‘是的，我想你是对的，莫里斯。这件事已经拖得够久了。如果再发生一次重大事故，我们就不得不与跨河公司妥协，共同继续这项工作。我们已经给了奥顿一个机会，如果他们要求让另一个人加入进来，我想我们将不得不让步。’莫里斯先生很高兴父亲同意他的意见。哦，杰克，你就不能做点什么来证明他们是错的？而且要快！我一有机会就告诉爸爸，工程发生延误不是你的错。”

信的其余部分都被信封盖住了，奥顿是无论如何也不会把它展示出来的。

“奥顿，”肯尼迪沉思片刻后说道，“我愿为你冒一次险———一次相当大的险，但我认为是个好机会。如果你今天下午能振作起来的话，四点钟到办公室来。一定要让谢尔顿和卡普斯到场，你可以告诉泰勒先生你有非常重要的事情要对他说。现在，如果要履行我那部分合同的话，我必须得快点了。再见，杰克。保持冷静，老伙计。今天下午我要给你点惊喜。”

在外面匆匆赶往市郊时，克雷格沉默不语，但我能看到他的五官在紧张地抽搐。我们分手时，他只是说：“当然，你也要去那里，沃尔特。我会给你的高级金融故事最后加把料。”

慢慢地过了几个小时，我又回到了奥顿的办公室。他已经到了那里，尽管他的内科医生厌恶他离开医院到别处去，并再三嘱咐他不要离开。肯尼迪也在那里，神情严肃，沉默不语。我们坐在那里看着奥顿桌子旁边的两个指示器，它们显示着两根管子里的气压。这些针振动得非常小，一条红墨水线从滚筒上散开，在纸上画出了一条红墨水线。从隧道挖掘开始的那一刻起，这里就忠实保持着对空气压力每一个微小变化的记录。

“给隧道里面打电话，让卡普斯上来。”克雷格看了一眼奥顿的座钟，终于说道，“泰勒很快就会到这里，我希望在他到来的时候卡普斯离开隧道。然后把谢尔顿也叫来。”

在奥顿的召唤下，卡普斯和谢尔顿走进了办公室，这时一辆大型城市轿车在隧道工程外停了下来。一个身材高大、相貌出众的人走了出来，又转向车门。

“泰勒来了。”我说，因为我经常在公共服务委员会的调查工作中见到他。

“薇薇安也来了，”奥顿兴奋地叫道，“喂，伙计们，把这些桌子收拾一下。快，趁她还没上来。把这些设计图一起藏在壁橱里，沃尔特。好一点了。如果我知道她要来，我至少会把这个地方打扫干净。普夫！看看我这张桌子上的灰尘。好吧，没有办法了，他们现在到门口了。哎呀，薇薇安，真是个惊喜！”

“杰克！”她叫道，几乎不理会我们，迅速走到他的椅子旁，用一只手按住他的肩膀，而他想站起来欢迎她，结果徒劳一场。

“你为什么不告诉我你要来？”他急切地问道，“我会把这个地方稍微整理一下的。”

“我更喜欢这样。”她一边说，一边好奇地打量着周围的隧道设备样品和墙上的图表。

“是这样，奥顿，”泰勒董事长说，“她到我的办公室来，我正要出席一次商务活动，她问我去哪里，我说我要来这里，她也坚持要来。”

奥顿笑了。他知道她采取了这种简单而直接的方式，可是他什么也没说，只是给我们介绍了董事长和泰勒小姐。

接下来是一阵尴尬的沉默。奥顿清了清嗓子。“我想你们都知道我们为什么在这里，”他开始说话，“我们在隧道中已经发生了太多的事故，太多例减压病，太多人死亡，太多的工作延误。那么……呃……我……呃……我相信肯尼迪先生对此有话要说。”

除了空气压缩机的振动和工人在通往密封舱的竖井旁偶尔发出的喊叫声，什么声音也听不见。

“关于减压过急综合征，毋须我对你们说什么，先生们，也毋须我对您说什么，泰勒小姐，”肯尼迪开口了，“我想你们都知道它是怎么引起的，而且已经知道了很多关于它的事。但是，要说清楚，在隧道工程中，为了防止粗心大意导致减压病，有五件事是最重要的，必须注意的：空气压力、空气中二氧化碳的含量、工人们轮班工作的时间、几乎可以通过体格检查来确定的这些人的健康状况，以及这些人从压缩空气中出来的速度。”

“我发现，”他继续说道，“从安全角度来说，气压并不太高。对二氧化碳进行了适当的检查，发现空气中的二氧化碳含量不过量。轮班时间甚至没有法律规定的那么长。医疗检查很充分，至于从密封室里出来所花的时间，规定很严格。”

奥顿听到自己的工作受到赞扬，脸上掠过一种如释重负的表情，接着又露出困惑的表情，这清楚地表明他想知道到底出了什么事，是否所有关键的东西都没有问题。

“但是，”肯尼迪继续说道，“减压病还在折磨着人们，如今正在施工中的河底的八个平巷中的任何一个，谁也不知道什么时候会发生火灾或爆炸。工程经常被拖延，隧道部分或全部被淹没。你们知道减压病的原理吧，就是空气——主要是空气中的氮——在压力下被血液吸收。在从‘压缩空气’中出来的过程中，如果氮没有全部排出，它就会留在血液中，随着压力的降低，它就会膨胀。这就像你拿了一瓶充满气的水，突然拔掉瓶塞。气体会以大气泡的形式上升。再插上软木塞，气泡就不会上升了，最终消失。如果你在软木塞上打一个小洞，气体就会慢慢地逸出，不会产生气泡。你必须慢慢地、分阶段地给人体减压，让过度饱和的血液把它的氮释放到肺里，肺可以把氮排出体外。否则这些气泡就会进入静脉，导致剧烈疼痛、瘫痪甚至死亡。先生们，我知道我告诉你们这些只是在浪费时间，因为你们都很清楚。但仔细想一想。”

肯尼迪把一个用瓶塞塞住的空烧瓶放在桌上。其他人好奇地打量着它，但我记得在隧道里见过它。

“在这个瓶子里，”肯尼迪解释说，“我今天早上从隧道里收集了一些空气，我对它进行了分析。二氧化碳的含量大致是它应该达到的水平——它本身的含量还不够高，不会造成麻烦。但是，”他慢条斯理地强调自己的话，“除了二氧化碳，我还在空气中发现了其他东西。”

“氮气？”奥顿身体前倾，急忙插嘴道。

“当然，它是空气的组成部分。但我不是这个意思。”

“那么，看在上天的分上，你发现了什么？”奥顿问道。

“我在这空气中，”肯尼迪回答道，“发现了一种非常奇特的混合物——一种爆炸性的混合物。”

“爆炸性混合物？”奥顿用疑问的语气重复道。

“是的，杰克，确切地说，你在隧道的尽头所经历的不是爆裂，而是爆炸。”

我们坐在那里，被这一发现惊呆了。

“此外，”肯尼迪补充说，“如果我是你，我会把隧道里所有的人都召回来，直到发现造成这种爆炸性混合物的原因并补救为止。”

奥顿机械地伸手去拿电话，准备下命令，但是泰勒把手放在他的胳膊上。“等一下，奥顿，”他说，“让我们听肯尼迪教授把话说完。他也许搞错了，在我们弄清楚之前，吓唬那些人是没有用的。”

“谢尔顿，”肯尼迪问道，“是用什么闪蒸油来润滑机器的？”

“三百六十华氏度的闪光测试。”他简短地回答道。

“把空气引入隧道的管道是完全笔直的吗？”

“笔直的？”

“是的，笔直的——没有接头处，没有油、湿气和气体聚集的地方。”

“像直线一样直，肯尼迪。”他说道，言语中带有一种轻蔑的语气。

他们冷冷地面对着对方，打量着对方，就像一个老练的律师，肯尼迪暂时放弃了这一点，转而采取了新的攻击路线。

“卡普斯，”他突然转过身来，问道，“你为什么总是打电话，让别人知道你什么时候下隧道，什么时候出来？”

“我没有。”卡普斯回答道，很快恢复了镇定。

“沃尔特，”克雷格平静地对我说，“到外面的办公室去。在电话总机后面，你会发现一个小盒子，今天早上你看到我把它拿进去，连接在电话总机上了。像你看到的那样把电线拆开，把盒子拿到这里来。”

当我把盒子放在他们面前的绘图桌上时，谁也没有动。克雷格打开了它。在里面，他露出了一个很大的薄钢板圆盘，就像一些机械音乐盒用的那种圆盘，只是没有任何齿孔。他把盒子上的电线连接到一个扩音器上，然后他开始旋转圆盘。

从像微型唱机一样竖起的小扩音器里传出一个声音：“请拨数字，四四三零，约克维尔。占线，我会给你打电话的。再试一次，总机。喂，喂，总机——”

肯尼迪停了机器。“一定是录在圆盘上更远的地方了，”他说道，“这个东西，顺便说一下，是一种叫作电报机的仪器，是一个叫波尔森的丹麦人发明的。它通过局部微小的电荷将通话记录在这个普通的金属盘上。”

把针调整到圆盘上的另一个位置后，他又试了一次。“我们这里有一份一整天的电话通话记录，都保存在这张圆盘里。我可以用一块磁铁把它擦干净，但不用说，我还不会这么做。请听。”

这次是卡普斯在说话。“给我接通谢尔顿先生。谢尔顿，我要和奥顿派来的人一起下南隧道。我重新开始的时候会告诉你的，同时——你知道——我在那里的时候不要出现任何意外。再见。”

卡普斯坐在那里，挑衅地望着肯尼迪，肯尼迪停下了录音电话机。

“那么，”肯尼迪温和地继续说，“会发生什么事呢？我将通过讲述实际发生了什么来回答我自己的问题。机器里用的是冒着烟的油，它的温度比闪点低——算不上三百六十华氏度的油。水套也被破坏了。不仅如此，管道中还有一个接头，可以通向隧道，在那里爆炸性气体会聚集起来。众所周知，在使用压缩空气时，这样的条件是确保爆炸的最佳可能方法。

“这一切似乎都是那么自然，即使发现了，”肯尼迪迅速解释道，“冒着烟的石油——就像汽车经常冒的烟一样——进入压缩空气管道。冷凝的油、湿气和气体聚集在连接处，也许它们会布满整个管道。劣质石油产生火花，它们就被点燃了。发生的情况与汽车气缸内的情况相同，气缸内的空气被汽油蒸汽压缩。只有在这里，压缩空气中充满了油蒸汽。火焰沿着管道向下，如果不够强烈，就会爆炸穿过管道。然而，这条管道很结实。因此，在这种情况下，火焰从管道的开口端射出，向下靠近盾构机，如果隧道内的空气碰巧也充满了油蒸汽，隧道内就会发生爆炸——河底就被爆裂——如此一来，这些隧道挖掘工就会见到上帝了！

“奥顿，你的事故就是这样发生的，”肯尼迪得意地总结道，“而不纯的空气——不是不纯的二氧化碳，而是这种油蒸汽混合物——增加了人们患减压病的风险。卡普斯知道这件事，他在那里的时候非常小心，确保空气在这种情况下尽可能纯净。他非常小心，甚至不让詹姆士先生在隧道里抽烟。可是他刚回到地面上，那致命的混合物又被泵下去了——我在这只烧瓶里收集了一些，然后——”

“我的上帝，帕迪现在就在下面，”奥顿喊道，突然抓起了他的电话，“接线员，给我接南隧道——快——他们不接电话吗？”

在河里隧道掘进方向的上方，不久之前水面上还只有几处气泡，我看到一个巨大的喷泉在喷水。我把克雷格拉到我身边，指了指。

“爆裂了。”肯尼迪喊道，他冲到门口，只见一群工人脸色煞白，气喘吁吁地跑到办公室来，宣布了这个消息。

克雷格迅速行动。“控制住这些人，”他指着卡普斯和谢尔顿命令道，“等我们回来。奥顿，趁我们不在的时候，查看一下一整天的录音电话记录。我猜想你和泰勒小姐会在那里面找到你感兴趣的东西。”

他不等乘坐电梯，就从梯子上跳下去，奔向隧道的密封舱。在那扇紧闭的门前，一群人兴奋地聚集在一起，其中一人正透过门上昏暗而厚重的玻璃舷窗往外看。

“他在那儿，手里拿着根棍子，站在门边，男人们往里挤得那么快，全都挤成一团，谁也进不去。他用棍子把他们打回去。现在，他把门打开了，还把一个可怜的家伙拖了进来，是吉米 · 洛克，他带着八个孩子，然后他又把一个波兰人拖进来了。现在他正打退一个牙买加黑人，那个黑人想抢在一个意大利小个子前面。”

“是帕迪，”克雷格叫道，“如果他能安全救出他们，一个人也不死，他就能拯救奥顿。他也会这么做的，沃尔特。”

我立刻在脑海中重构隧道里的情景——油烟爆炸，人们疯狂地冲向管道，也许是应急幕失效了，他们惊慌失措地拼命逃窜，所有人都想立刻挤过狭窄的小门；水位急速上升——英勇的帕迪，一直冷静到最后，站在门口，单手用棍棒把那些人打回去，好让他们一个一个过去。

当水涨到密封舱门的高度时，帕迪才把最后一个人拖了进去，砰的一声把门关上。接着是一段漫长的等待，等待密封舱里的空气耗尽。最后，我们这一端的门被打开了，那些人欢呼着抓住帕迪，不顾他的挣扎，把他扛在肩上，带着他离开了。他还在挣扎着，胜利地登上了施工电梯，来到了上面的露天地里。

奥顿办公室的一幕很戏剧性，那两个人和帕迪一起走进来。薇薇安·泰勒站在那里，毫无畏惧，眼睛燃烧着怒火，面对着闷闷不乐盯着面前地板的卡普斯。谢尔顿显然感到尴尬。

“肯尼迪，”奥顿叫道，徒劳地想站起来，“听。你还在录音电话机记录那个地方吗，薇薇安？”

泰勒小姐打开了录音电话，我们都围了过来，急切地向前探着身子。

“你好。是跨河公司吗？这是董事长的办公室吗？哦，你好。我是卡普斯。你好吗？你听说过奥顿的事了吧？还不错，是吧？我要和我的朋友谢尔顿安排今天下午的最后一次行动。之后你可以按照自己的意愿和五区妥协。我想我已经说服了泰勒和莫里斯，让他们有了正确的心态，如果我们再发生一次重大事故。那是什么？我的爱情怎么样了？奥顿还在碍事，但你知道我为什么要做这笔交易。达成妥协后，当你把我放在他的位置上，我想我会对她施加更大的压力。我昨晚见过她，她对奥顿的事很难过，但她会没事的。再说，她的父亲是不会让她嫁给一个穷困潦倒的人的。顺便说一句，你得为谢尔顿做点好事。

好吧。今晚见，我再告诉你一些情况。在此期间关注报纸等着看压轴大戏吧。再见。”

有一两个头脑比较敏捷的人愤怒地咆哮起来。

肯尼迪伸手拉着我快速穿过人群。

“快点，沃尔特，”他声音嘶哑地向我耳语道，“在其他人还没意识到这是怎么回事之前，赶快把谢尔顿和卡普斯赶出去，否则人们会动用私刑，我们就无法逮捕他们俩了。”

当我们把他们推出去的时候，我看见后面那些又粗又脏的隧道挖掘工迅速地移到一边，他们那沾满泥巴又磨破的帽子也掉了下来。一个优雅的身影在他们中间向奥顿走来。是薇薇安·泰勒。

“爸爸，”她喊道，抓住杰克的双手，转向紧紧跟在她后面的泰勒，“爸爸，我告诉过您，不要急着对杰克下判断。”

白人奴隶

肯尼迪和我刚刚掷了一枚硬币来决定是去看一场喜歌剧，还是在柔和的春夜中愉快地散步，结果歌剧赢了，但是，我们刚开始争论要到哪里去这一关键问题，门铃就响了——这意味着某家票房要少赚四美元。

当克雷格推开门时，进来一对中年夫妇，看样子非常焦躁不安。在这两位客人当中，首先引起我注意的是那位妇女，因为她脸色苍白，由于悲伤，皱纹几乎明显加深了。她那神经兮兮的举止令我很感兴趣，尽管我竭力掩饰自己注意到她这一点。不过，这很快就得到了解释，因为那人递上了一张卡片，上面写着“乔治 · 吉尔伯特先生”的名字，还有警长奥康纳写的一段潦草字迹的字条：

吉尔伯特夫妇想就他们的女儿乔吉特神秘失踪一事向您咨询。我相信我不需要再多说什么来引起你的兴趣了，事实上失踪人口调查队完全被难住了。

奥康纳

“嗯，”肯尼迪说，“失踪人口调查队遇到麻烦并不奇怪——至少在这件案子上是这样。”

“那么，你知道我们的女儿奇怪地——呃——离开了吗？”吉尔伯特先生问道，他急切地审视着肯尼迪的脸，并使用了一种委婉的说法，这种委婉的说法在他妻子听来并不那么刺耳。

“的确，是的，”克雷格带着明显的同情点点头，“是这样的，报纸上说的大部分我都读过了。让我介绍一下我的朋友詹姆士先生。你还记得我们今天早上讨论过乔吉特·吉尔伯特的案子吗，沃尔特？”

我记得，并且，也许在继续讲这个故事之前，我至少要引用《晨星报》上那篇引起讨论的文章的重要部分。文章的标题是《当人格消失时》，它以吉尔伯特的案例为文本，引述了许多例子，这些事例后来随着受害者的记忆恢复而得以解决。该文章在部分内容中说：

在此之前，像乔吉特·吉尔伯特这样的神秘失踪事件震惊了公众，也让警方深感困惑。这些突然的失踪，显然缺乏目的且令人费解，与吉尔伯特小姐的失踪案有许多相似之处。

除了侵占公款者、敲诈勒索者、其他犯罪分子等失踪人员之外，还有大量无故失踪、名誉未受损害的案件。在这些人中，只有一小部分人遭遇过暴力；其他人则是自杀狂躁症的受害者；并且线索迟早会被发现，因为死人往往比活人更容易被找到。在剩下的一小部分中，记录在案的是一些经过仔细鉴定的案例，其中的受试者是突然和完全丧失记忆的受害者。

这种记忆错位是一种被称为健忘症的失语症，当记忆反复丢失和恢复时，它呈现为“交替性格”。多位心理学研究人员和心理学家报告了许多人格交替的案例。人们正在努力去理解和解释这些案例中所表现出的奇怪的心理现象，但至今还没有人对这些现象做出最终的、清晰的和全面的解释。这类案件和失踪没有必然联系，但以所谓的流动性而闻名并引发广泛关注——病人突然失去了对自己身份和过去的所有认识，不留痕迹或线索地离开。

接着是一份清单，上面列出了十来个有趣的例子，这些人完全消失了，但在几天后，甚至几年后，他们突然“醒悟”到他们最初的性格，恢复了，在那个人格断裂的地方接上了线。

当我正要回答肯尼迪的问题时，我清楚地记得当时的谈话，吉尔伯特先生从他浓密的眉毛下投来询问的目光，迅速地从我的脸上移到肯尼迪的脸上，问道：“您的结论是什么——您对这个案子有什么看法？是失语症还是健忘症，或者医生们管它叫什么？您认为她是在什么地方游荡，无法恢复她真实的性格吗？”

“在发表意见之前，我想先掌握所有的第一手事实。”克雷格回答的时候，带着一丝犹豫，这种犹豫可能会让焦虑的父母放心，而不会产生虚假的希望。

吉尔伯特先生和太太交换了一下眼色，意思是她希望他讲出这个故事。

“那是前天，”吉尔伯特先生开始重述这场给他们的生活投下阴影的悲剧时，他轻轻地抚摸着妻子伸向他手臂的颤抖的手，“星期四，乔吉特——呃——你们听说过乔吉特。”他的声音有点颤抖，但他接着说：“正如您所知，最后有人看见她在第五大街散步。自从她那天早上离家以来，警察一直在跟踪她。据说，她先去了公共图书馆，然后在大街上的一家百货商店停了下来，在那里买了一点东西，记在了我们家的账上，最后又去了一家大书店。然后——这是最后一个了。”

吉尔伯特太太叹了口气，把脸埋在花边手绢里，肩膀不停地抽搐。

“是的，我读过，”肯尼迪温和地重复了一遍，尽管他显然急于谈一些可能更具启发性的事实，“我想我不必使您知道完全坦率的好处，因为您告诉我的任何事情，我都会为您保密，比您告诉警察还要保险。呃，吉尔伯特小姐有过恋爱经历吗？有过让她苦恼的烦恼吗？”

肯尼迪圆滑的态度似乎让父亲和母亲都放心了，他们又交换了一个眼神。

“虽然我们对记者们说了不，”吉尔伯特夫人勇敢地回答道，丈夫点头表示同意，就像她自己在为他们两人承认一样，“但我担心乔吉特有过一段风流经历。您肯定听说过达德利·劳顿的名字和本案有关吧？我想不出他们是怎么泄露出去的，应该说，那件旧事早就被社交圈里的流言蜚语所遗忘了。事实是，在乔吉特‘出现’后不久，达德利·劳顿——即将成为年轻一代中臭名昭著的一员——开始对她格外钟情。这个家伙非常迷人，浪漫而多情，我想，他对一个像乔吉特这样的女孩有很大的吸引力。就像你们现在知道的乔吉特那样，她很单纯，而且偷偷地吸收了现代文学的精华。我想您在报纸上看到过乔吉特的画像，知道她的脸上流露出梦幻和艺术气质吧？”

肯尼迪点了点头。当然，所有的女性都是美丽的，这是新闻工作的基本原则之一，但即使是普通报纸粗网的半色调也无法掩盖乔吉特·吉尔伯特小姐的非凡美貌。如果有的话，报纸摄影艺术的所有缺点都会被那些新闻界的女士们近乎热情的描述迅速掩盖掉，她们在这类事件发生后第二天就来了，带着分析性质和动机的署名文章，最新的这些演员们的生活和礼服都登上了头版新闻。

“当然，我丈夫和我从一开始就反对他献殷勤。这是一场艰难的斗争，对乔吉特来说，当然，她表现出了她最喜欢的小说中的一些女主人公深受伤害的样子。但至少我相信我们赢了，乔吉特终于赢得了尊重，我希望她能理解我们的愿望。我现在相信是这样的。吉尔伯特先生迂回地与老达德利·劳顿先生达成了共识，老达德利·劳顿先生对他的儿子有很大的影响，而且——嗯，达德利·劳顿似乎已经从乔吉特的生活中消失了。至少当时我是这样认为的，现在我也看不出有什么理由不这样认为。我觉得您应该知道这一点，但说真的，我认为说乔吉特有过一段风流韵事是不对的。我倒宁可说她曾经有过一段风流韵事，可是已经被遗忘了，也许是在一年前吧。”

吉尔伯特太太又停顿了一下，很明显，尽管她没有隐瞒什么，但她在仔细斟酌自己要说的话，以免给人留下错误的印象。

“达德利·劳顿对报纸刊登的这个案子中提到他的名字有什么看法？”肯尼迪向吉尔伯特先生问道。

“没什么，”他回答道，“他否认自己在近一年的时间里曾和她说过话。显然他对这个案子不感兴趣。但我不相信劳顿会像他看起来那样不感兴趣。我知道他经常和他所属的宇宙俱乐部的成员们谈论她，而且他几乎读了报纸上关于这个案子的所有报道。”

“但是你没有认为他们之间曾经有过任何秘密的交流吗？乔吉特小姐没有留下任何信件或任何东西来表明她以前的迷恋还存在吗？”

“什么也没有，”吉尔伯特先生断然重复道，“我们非常仔细地检查了她的私人物品，我不能说它们提供了线索。事实上，信件很少。她很少保存信件。究竟是习惯使然，还是出于某种目的，我也说不上来。”

“除了她对达德利·劳顿的喜爱和她相当浪漫的天性，在她的生活中就没有其他事情会引起她对自由的渴望吗？”肯尼迪问道，就像一个医生测试病人的神经一样，“她没有爱好？”

“除了读一些我和她妈妈都不赞成的书之外，应该说没有——没有别的业余爱好。”

“我想，到目前为止，无论是您还是警察，都没有得到关于她离开书店后去了哪里的任何线索吧？”

“一点线索也没有。她完全消失了，仿佛一下子被大地吞掉了。”

“吉尔伯特太太，”肯尼迪说道，这时我们的客人站起来要走了，“您可以放心，如果人力可及，能找到您的女儿，我会想尽一切办法，直到我查清这个谜团的真相。我办过的案子中，很少有比这线索更细的，但是，如果我能想出一些线索来支持它，我想，我们很快就会发现，这个案子并不像失踪人员调查队迄今发现的那样令人费解。”

吉尔伯特夫妇刚一走，肯尼迪就戴上了帽子，说：“如果不去看演出，我们至少也能散散步。我们去宇宙俱乐部逛逛吧，也许我们能在那里遇到劳顿。”

幸运的是，我们碰巧在阅览室里找到了他。正如吉尔伯特太太所说，劳顿是纽约很常见的一类人，对许多女孩子很有吸引力。事实上，他是那些容易被原谅的人之一，因为他们总是很有趣。不少人私下里崇拜劳顿这类人，却在公开场合咒骂他们。

我们碰巧发现他在，不是我们刻意找到的。我们的面谈很不令人满意。对我而言，我不能断定他只是急于避免在这件案子上招致恶名，还是在隐瞒什么会损害他自己的事。

“真的，先生们，”他慢条斯理地说道，懒洋洋地吸着一支香烟，慢慢转向窗口，注视着外面大街的灯光下过往的人群，“真的，我不知道我能帮上什么忙。你们知道，除了萍水相逢以外，吉尔伯特小姐和我已经完全疏远了——完全疏远了——因为某些情况，至少是我无法控制的。”

“我想也许你有她的消息，或者通过我们共同的朋友听说过她。”

肯尼迪说道。他小心翼翼地把我知道他心里在想的事情隐藏在他的冷静之下——他相信，毕竟，过去的感情并不像吉尔伯特夫妇想象的那样死气沉沉。

“不，连一丝都没有，无论是在这件悲伤的事情发生之前，还是之后。相信我，如果我能增加一个事实来简化寻找乔吉特——啊，吉尔伯特小姐——啊——我马上就会这么做。”劳顿急忙回答道，好像想尽快摆脱我们似的。然后，也许是在为他试图粗鲁地结束这次面谈而感到后悔，他接着说道，“不要误解我的意思。一旦你们发现任何指向她下落的线索，请立即通知我。你们可以相信我，只要不让我上报纸。晚安，先生们。祝你们成功。”

“你认为他们会秘密地来往吗？”这次令人困惑的采访结束后，我们走在大街上时，我问克雷格，“当他发现，尽管她的父母一再抗议，她仍在他的控制之下时，他会抛弃她吗？”

“说达德利 · 劳顿这种人能做什么是不可能的，”肯尼迪若有所思地说，“原因很简单，他自己也不知道，直到他不得不做。在我们得到更多的事实之前，任何事情都是可能的，大概如此。”

那天晚上再也没有别的事可做了，虽然我们散了步以后，坐了一两个小时来讨论各种可能性。没过多久，我就绞尽了脑汁，不再想这个案子了，但肯尼迪的思绪还在继续旋转，想这个案子，这就需要他那奇妙的脑子里所储存的大量信息，那些信息随时准备着被召唤，就好像他的思想被记在了卡片索引上。

“谋杀、自杀、抢劫和盗窃，毕竟很容易解释，”在我沉默了很长一段时间后，他说道，“但人们突然从拥挤的城市中消失，无处可去，这就很难解释了。但是，想要消失也不像有些人想象的那么困难。你还记得那位著名的北极探险家的例子吧，他的照片在各家画报上登载过几十次。当他准备好时，他就可以毫无征兆地消失，然后又重新出现在世人面前。

“然而，经验告诉我，失踪总是有原因的。我们的下一个任务就是找出那个原因。不过，不能说失踪事件不神秘。除了因为钱而消失，任何失踪都是神秘的。在这种情况下，首先要了解这个人是否有什么爱好、习惯或狂热。这正是我想从吉尔伯特夫妇那里了解的东西。我还不能确切地判断我是否成功了。”

肯尼迪拿起一支铅笔，匆匆在一张纸上写了些什么，扔给我。只见上面写道：

一、来自爱情、家庭方面的烦恼

二、性格浪漫

三、暂时的疯狂，自我毁灭

四、刑事攻击

五、失语症

六、绑架

“这就是人们消失的原因——除了罪犯和有经济困难的人。做个梦吧，看看你是否能在潜意识里找到答案。晚安。”

不用说，我在早晨的进展并不比午夜更大，但肯尼迪似乎至少已经制订了一个试探性的计划。这一切始于一次参观公共图书馆，在那里他仔细检查了警察已经检查过的地方，结果一无所获，他断定吉尔伯特小姐在图书馆没有找到她想要的东西，于是继续寻找，就像肯尼迪继续寻找她一样。

他下一步是去百货公司。买了半打手帕，要送回家，这件事无关紧要。这显然不像是有预谋的失踪；但是克雷格继续假设，当时手绢正在搞优惠活动，这引起了她的注意。这次购买没有任何意义。他先去了图书馆，然后又去了书店，他以为她也去了百货公司的书店，但这里似乎又没有人记得她，也没有人知道她有什么特别的要求。

我们最后的希望是书店。我们停了一会儿，看了看橱窗里的展品，但只停了一会儿,因为克雷格迅速把我拉了进去。橱窗里陈列着一些书，上面写着：

关于新思想、神秘学、异常的洞察力和催眠术。

警察盘问过很多店员，却没有发现到底是哪一位——如果有的话——为吉尔伯特小姐提供过服务，肯尼迪没有再去调查他们已经调查过的地方，而是立即要求查看她失踪那天上午的销售记录。他迅速地扫视了一下记录，挑出了一本关于异常的洞察力的书，要求见那个卖出此书的年轻女子。不过，那位店员记不起把那本书卖给谁了，最后她承认，她想可能是卖给一位年轻女子了，那人好不容易才决定要买哪一卷书。她不知道肯尼迪给她看的吉尔伯特小姐的照片是不是她的顾客，也不确定这位顾客是不是有别人陪同。总的来说，就跟我们对劳顿的采访一样模糊。

“不过，”肯尼迪兴致勃勃地说，“这毕竟可以提供一条线索。店员至少不能肯定她并没有把这本书卖给吉尔伯特小姐。既然我们就在这一带，让我们再去拜访一下吉尔伯特先生吧。也许从昨晚起发生了什么事。”

吉尔伯特先生在第四大道新开的绸缎区经营绸缎生意。人们几乎可以感觉到，悲剧的氛围甚至侵入了他的营业场所。我们一进去，就看见成群的店员，显然他们在议论这个案子。我觉得这不足为奇，因为这家公司的老板几乎发疯了，至少在他的极度悲痛消失之前，失去生意与失去独生女相比，根本算不了什么。

“吉尔伯特先生出去了，”他的秘书在回答我们的询问时说道，“您没听说吗？他们刚刚在克罗顿渡槽一个偏僻的地方发现了他女儿的尸体。警察几分钟前才送来报告。人们认为她是在城里被人谋杀的，然后用一辆汽车载到那里抛尸了。”

此消息传来，令人十分震惊。我觉得，毕竟，我们来得太迟了。再过一个小时，号外报纸就要出来了，新闻就要广播了。这件事将掌握在业余侦探手中，谁也说不准会丢失多少有希望的线索。

“死了！”肯尼迪叫道，一面把帽子戴在头上，奔向门口，“快点，沃尔特。我们必须在验尸官做检查之前赶到那里。”

我不知道我们是怎么做到的。借助于地铁、高架铁路和出租车，在验尸官之后，没多久，我们就到达了悲剧现场。吉尔伯特先生就在那里，一声不吭，看上去似乎比前一天晚上老了许多岁。他的手颤抖着，只能向我们点头致意。

尸体已经被抬到附近的一间简陋的棚屋里，验尸官正在询问那些发现尸体的人，那是一群在附近改善水源的意大利工人。那些人一脸凶相，除了其中一人在灌木丛中发现了尸体之外，他们什么也说不上来，因为尸体不可能在那里躺过一夜。

然而，没有理由怀疑其中任何一个，事实上，在这片灌木丛的几英尺内，有一条马路，车水马龙。我们有充分的理由相信，如果真是谋杀的话，谋杀是在别处发生的，行凶者是通过这种方式来丢弃他不幸的受害者的。

可怜的姑娘，脸都扭曲了，好像是死于巨大的肉体痛苦，或者死于骇人的挣扎。的确，她纤弱的喉咙和脖子上有暴力的痕迹，这很清楚地表明她是被人掐死的。

当肯尼迪俯身看着曾经可爱的乔吉特时，他注意到她紧握的双手，然后，他更仔细地看了看。我站在他后面一点，因为尽管克雷格和我经历过很多次惊险刺激的冒险，但一个人的死亡，尤其是像吉尔伯特小姐这样的女孩的死亡，使我充满了恐惧和厌恶。然而，我看得出来，肯尼迪注意到了一些不寻常的事情。

他从口袋里拿出一个小放大镜，对那双手做了更细致的检查。最后他站了起来，面对着我们，几乎是胜利的模样。我看不清他发现了什么——至少不像是什么看得见摸得着的东西，比如武器。

他迅速打开她随身带着的钱包。里面似乎是空的，他正要合上它，这时粘在角落里的一个白色的东西引起了他的注意。克雷格从报纸上抽出一份剪报，我们挤到他身边看。这是一份大都市杂志的大剪报，上面刊登了许多广告,如“灵媒”“心灵手相师”“瑜伽信徒调停者”“磁力影响”“水晶球占卜术”“占星家”“迷幻剂”等等。我立刻想起达德利那张灰黄而神秘的脸，脑子里闪过一个半成形的念头：这条线索，加上那本关于异常的洞察力的书，也许对最后环节的证明是必要的。

但肯尼迪脑子里的第一个问题是要了解当局在做什么，这让我们忙了好几个小时。在此期间，克雷格向验尸官的医生进行了密切的咨询。医生认为吉尔伯特小姐不仅是被勒死的，而且是被下了药的。在他的实验室里，他手下的化学家们花了好几个小时，试图从她的血液测试中检验该观点的正确性。常见毒药一个接一个地被排除了，直到开始看起来毫无希望。

到目前为止，肯尼迪只是一个感兴趣的旁观者，但随着各种试验的失败，他却变得越来越活跃了。最后，他似乎迫不及待了。

“我可以用那个样本试一两个反应吗？”他向医生问道。医生默默地把试管递给他。

克雷格若有所思地看了一会儿，用一只手的手指摸了摸乙醚、酒精、蒸馏水和摆在他面前的许多试剂。他拿起一个，往试管里倒了一点液体，然后，除去形成的沉淀物，他试着把它溶解在水里，没有成功。他又尝试了乙醚和酒精。两个都成功了。

“这是什么？”我们问，这时他挑剔地把试管举到灯光下。

“我还不能确定，”他慢条斯理地回答道，“起初我以为是某种生物碱。我还得做进一步的检查才能确定是什么。如果我可以保留这个标本，我想，根据我发现的其他线索，可能很快就能告诉您一些确切的消息。”

验尸官的内科医生欣然同意了，克雷格很快就把仔细密封的试管送进了自己的实验室。

“我们的调查将继续下去，”我们离开验尸官办公室时，他说道，“今天晚上，我想我们最好继续搜寻，因为今天早晨我们的搜寻工作意外地中断了。沃尔特，我想你已经得出结论，我们可以合理地肯定，这条线索是从纽约的算命先生和预言家那里找到的——至于是哪一位，就很难说了。因此，最明显的事情是咨询他们所有人。我想你会喜欢这一部分的，因为你们新闻记者喜欢这种稀奇古怪的事情。”

事实是，它确实吸引了我，尽管当时我正在努力构建一个理论，使达德利 · 劳顿和他的同谋能够解释这些事实。

傍晚时分，我们开始了探访纽约先知之旅。肯尼迪从广告中挑选的第一个人自称为“哈塔，戴着面纱的先知，出生时戴着双层面纱，在埃及和印度接受过神秘主义和印度教哲学的教育”。像他们所有人一样，他的广告也着重于爱情和金钱：

人生的大问题很快就解决了，失败变成功、悲伤变欢乐、分离的人聚在一起、敌人变成朋友。真理在他那神秘的头脑中显露无遗。他给你力量去吸引和控制那些你想要的人、告诉你生或死、你的秘密烦恼；原因和补救办法。对生活、爱情、求偶、婚姻、生意、投机、投资等所有事务提供建议。战胜对手、敌人和所有邪恶的影响。会告诉你如何吸引、控制和改变任何你想要的任何人的思想、意图、行为或性格。

作为内行，哈塔不太张扬，自称能解释瑜伽的十个阶段。他住在时代广场附近的一条街上，离百老汇不远。我们发现路边停着几辆汽车和出租车，这无声地证明了至少他有一些客户是多么富有。

一位脸色严肃的有色人种男子把我们领进前厅，问我们是不是来见教授的。肯尼迪回答说“是的”。

“请你们把姓名和地址写在这张便笺的外面，然后撕下来保存好吗？”服务员问道，“我们要求所有来访者都这样做，这只是作为诚信的保证。如果在这下面写上你们想从教授这里了解的东西，我想这会帮助你们集中注意力。但是我在房间里的时候不要写，也不要让我看到笔迹。”

“一场相当卑劣的把戏，”克雷格惊呼道，这时服务员已经走了，“他就是这样在那些容易上当的人告诉他之前说出他们的名字的。我有个好主意，撕下的两张纸，第二张是用化学方法制备的，我想是用石蜡。在上面撒上木炭粉,你就可以把上面第一张纸上写的东西显现出来。好吧,还是让他把话说清楚吧。这里有我们的名字和地址,下面我要写:'乔吉特·吉尔伯特怎么样了?'”

大约过了五分钟，那黑人拿起便笺簿，上面的那张纸已经撕下来，放进了肯尼迪的口袋。他还收取了两美元的小额费用。几分钟后，我们被领进了“蒙着面纱的先知”面前。那人高个子，长着一双雪貂眼，穿着一件长袍，看上去像一件锦缎睡衣，对他来说太大了。

果然,他一本正经地叫了我们的名字,然后直接告诉我们来的原因。

“让我们通过水晶看看过去、现在和未来,读一读它所揭示的东西。”他一本正经地补充说，把房间里本来已经暗淡无光的灯光弄得更暗了。然后，哈塔，那个会用水晶球占卜的人，庄严地坐在椅子上。他手里拿着一块巨大的椭圆形玻璃，放在面前的一个缎袋上。他向前探着头，眼睛紧盯着水晶的乳白色深处。过了一会儿，他开始说话了，起初语无伦次，后来条理清晰。

“我看见一个人，一个黑皮肤的人，”他开始说道，“他正在跟一个年轻姑娘诚挚地谈话。她在试图避开他。啊——他抓住她的双臂，他们扭打在一起。他的手掐住她的喉咙。他要掐死她。”

我在想报纸上对劳顿的描述，这个骗子无疑读过，但肯尼迪俯身向着用水晶球占卜的人，根本没有看水晶，也没有盯着占卜者的脸。

“她的舌头从嘴里伸出来，她的眼睛鼓起来了——”

“是的，是的，”肯尼迪催促道，“请继续。”

“她摔倒在地。他接着打她。他逃走了。他去了——”

肯尼迪轻轻地把手放在这位占卜者的胳膊上，然后迅速缩回去。

“我看不清他往哪里去了。天太黑了，太黑了。等明天视野更开阔了，你们再来吧。”

这件事前前后后粗陋无比，刺痛了我。然而，当我们走到这条街上时，肯尼迪似乎对我们这次经历颇为得意。

“克雷格，”我抗议道，“你的意思不是说你很重视这种傲慢的态度吧？哎呀，报纸上没有他想象不到的东西，即使是对达德利·劳顿的拙劣描述。”

“我们等着瞧吧。”当我们在一盏灯下停下来看下一位碰巧也在同一街区的先知的地址时，他高兴地回答道。

原来是那个自称“潘迪特”的通灵手相师。他还“生来就有一种奇怪而非凡的能力——不是为了满足无所事事的好奇者，而是为了指导、建议和帮助男人和女人”——而且费用通常很低。他在书中写道，他能让那些陷入爱情困境的人立即得到解脱，并主动保证说出你的名字和来访的目的。他补充道：

爱情、求偶、婚姻。还有什么能比一个人对另一个人真挚无瑕的爱更美好呢？还有什么比完美的和谐与幸福更甜蜜、更好、更令人向往呢？如果你想赢得他人的尊重、爱情和永恒的感情，就去看看这位潘迪特（梵学家）——现存最伟大的神秘科学大师。

由于这位预言家在下一篇专栏文章中（而且几乎就在隔壁）对其他不称职的预言家大发雷霆，看来我们花点钱一定能从这位潘迪特那里得到点什么。

和哈塔一样，这位潘迪特也住在一所褐色砂石的大房子里。让我们进来的人把我们领进一间客厅，那里坐着几个人，好像在等什么人。写便笺和书写过程重复，几乎没有变化。由于我们是新来的，我们不得不等了一段时间才被领进去，到了穿着绿色丝绸长袍的潘迪特面前。

房间很大，有好几个很小的彩色玻璃窗。房间的一头有一个祭坛，上面燃着几支蜡烛，发出一股熏香。房间里弥漫着浓重的香味，好像古龙香水和氯仿混合在一起的味道。

这位潘迪特挥舞着魔杖，嘴里喃喃地发出奇怪的声音，因为除了他的手相术（那天晚上他似乎不打算展示），他还研究了人类无法理解的神秘事物。一个声音很明显是从埋在圣坛深处的留声机里发出来的，用一种不知名的语言回答，听起来很像“阿尔－呀－哇－啊啊，哈阿尔，哇啊－哈”。昏暗的房间里闪过一道淡蓝色的光，发出噼啪的声音，我确信那是克鲁克斯放电管发出的看得见的光线。然而，这位潘迪特说，这是一个圣人的灵魂经过。然后他拿出两件丝质长袍，一件红色的披在肯尼迪肩上，另一件紫色的披在我身上。

空中传来奇怪的音乐和话语。潘迪特似乎睡着了，喃喃自语。然而，显然肯尼迪和我都不是好的被试者，因为谈了几分钟之后，他就放弃了，说神灵并没有披露今晚我们前来咨询何事。因为我们并没有在便笺簿上写下那件事究竟是什么，所以我并不感到惊讶。当这位潘迪特脱掉长袍，油腔滑调地说话，我也并不感到惊讶，“不过，如果你们明天再来，并集中精力，我相信我能弄到一个消息，对你们这点小事有帮助”。

肯尼迪答应再来，但他还是继续逗留。潘迪特急于摆脱我们，向门口走去。肯尼迪侧身走向潘迪特放在椅子上的那件绿色长袍。

“在此期间，我可以看一下您的一些作品吗？”克雷格问道，好像是想争取时间。

“是的，但是每一本你得花三美元买——我向我所有的学生都要这个价钱。”这位潘迪特回答道，脸上露出一丝满意的神情，他终于给我留下了印象。

他转过身，走进一个小陈列室，去拿那本神秘的文学作品。在他消失的那一刻，肯尼迪抓住了一直在等待的机会。他拿起那件绿袍子，在房间里最微弱的灯光下仔细地检查领子和脖子。他似乎找到了他想要的东西，但他还是继续检查那件袍子，直到回来的脚步声提醒他把袍子放下来。他的动作不够快，潘迪特看着我们，满腹狐疑，然后摇了摇铃。侍从一声不响，立刻出现在面前。

“把这些人带到书房去，”他命令道，带着一丝惶恐，“我的仆人会把这本书给你的，”他对克雷格说，“把钱付给他。”

似乎我们突然被冷眼看待了，我有点怀疑他认为我们是警察的密探，他们最近接到了许多关于算命先生融资活动的投诉，这些算命先生与某些投机商行的经营者密切合作，通过富有创意的投资建议骗取轻信者的钱财。不管怎样，侍从很快打开了一扇门，我们进入了黑暗之中。我小心翼翼地跟在克雷格后面。门在我们身后关上了，我紧握双拳，不知道会发生什么。

“见鬼！”肯尼迪叫道，“他把我们带到一条小巷里，离这条街不到二十英尺。这位潘迪特倒是个聪明的人。”

现在已经太晚了，不能再看到我们名单上的其他先知了。由于被这样无礼地打发走，所以我们决定结束今晚的调查。

第二天早上，我们去了布朗克斯区，那里有一个神秘主义者，他把自己安置在远离警察保护或迫害的地方，谁也说不上是哪一种。我在想接下来会发生什么离奇的事情。它被证明是“哲人、最伟大的先知、心灵手相师、瑜伽信徒调停者”。他也独当一面，因为他断言：

> 说出朋友、敌人、对手的名字，告诉你将要和谁结婚以及什么时候结婚，在爱情、求偶、婚姻、生意、投机以及各种各样的交易上给你出主意。你们若愁烦困惑，或在患难中，就去见这位奇妙的人。他对你的生活了如指掌；他克服了邪恶的影响，让失散的人重新团聚，让你选择的人迅速幸福地和你结婚，告诉你如何影响你想要的人，告诉你妻子或情人是真的还是假的。爱情、友谊和他人的影响获得了更大份额的幸福，生活得到了保障。成功的关键是那种不可思议的、微妙的、看不见的力量，它为你打开了生命中最大的秘密。它给你力量，使你能够控制男人和女人的思想。

这位斯瓦米（哲人）致力于解释“奇妙的业力法则”，通过他的方法，一个人可以发展出一种奇妙的、有磁性的人格，凭借这种人格，可以赢得人心所渴望的任何东西。因此，沉浸在他的广告精神中，我们怀着极大的期望找到了这位了不起的大师，并摆出一副“容易受骗的人”的姿态，恳求获得这种奇妙的吸引力和对业力法则的了解——考虑到它对从事犯罪科学研究的人有不可估量的好处，这个数字低得离谱。自然，这位大师对两位这么早来的客人感到高兴，他那窄而半秃的脑袋、细长的鼻子、锐利的灰色眼珠和不健康的灰黄肤色在每一道皱纹和五官上都显示出他的喜悦。

大师搓着手，示意我们到隔壁房间去，让我们坐在一张长圆形沙发上，上面放着一堆堆靠垫。

房间四周的花瓶里插着一簇簇鲜花，给房间增添了一些新的活力。

一个男仆走了进来，盘子里放着咖啡杯，中间放着一个银罐子。这位哲人慢条斯理地、认真地谈论着“大业力法”，吩咐我们喝咖啡，那是一种肮脏的、浑浊的土耳其咖啡。后来我才知道，他从罐子里拿出一个水晶盒，里面装着一种绿色的化合物，他把它揉成一种小小的黄蓍胶，然后叫我们尝一尝。其味道一点也不难吃，除了我们面前那个神秘主义者温和的嗡嗡声外，什么都没有发生，我们就吃了几粒口香糖。

我不知道如何恰当地描述我很快就体验到的感觉。仿佛有一阵阵冷热空气交替地吹在我的脊背上，我感到脖子、腿和胳膊一阵抽搐，然后是一种微妙的温暖。整个事情似乎很滑稽；大师的声音是最和谐的。他和肯尼迪的脸似乎都变了。正如拉瓦特所说，它们是人脸，但每个都有一种动物的肖像。在我看来，那位大师是只狐狸，肯尼迪是只猫头鹰。我看了看镜子，发现自己是只鹰。我骤然大笑起来。

这是一种极端的感官享受。墙上那些美丽的画立刻有了血肉之躯。我身边挂着一幅画，里面的一位女士引起了我的注意。那张脸真的时而微笑，时而大笑，而且时时变化着。她的身体变得丰满起来，富有生气，似乎在画框里颤动着。那张脸很美，但很可怕。我似乎是在快乐的海洋上，被性感的幸福洪流所推动。

我们对这位斯瓦米彬彬有礼，他被感动了。他站起身来，在房间里踱来踱去，嘴里念念有词，向我们行额手礼，并鞠了一躬。当我说话时，那声音听起来就像一声枪响，久久回荡在我的脑海。思绪如怒潮般涌上心头，使我迷惑不解，有时就像最精美的烟花的光点。物品都穿上了奇装异服。我看了看我的两个动物伙伴，我似乎看透了他们的心思。我对他们有一种奇怪的亲切感，甚至对这位斯瓦米也一样。尽管我不再是自己的思想的主人，而是它们的仆人，但这一切都是由思想联系的心理规律决定的。

至于肯尼迪，这些东西对他的影响似乎和对我的影响大相径庭。的确，这似乎在他心中激起了某种邪恶的东西。我越是微笑，大师就越是行额手礼，克雷格就变得越愤怒，而我却迷失在一个梦的迷宫中，如果可以，我是不会停下来的。几秒钟仿佛就是几年；几分钟就是几个年代。物体在很短的距离内看起来就像把望远镜拿反了看一样。然而，这一切带来了一种令人愉快的欢欣，我只能用一种人们在一年之中的第一个春日所感受到的强烈感觉来形容。

最后，肯尼迪似乎无法忍受这种持续不断的吸毒。这位斯瓦米彬彬有礼地问候我们。刹那间，肯尼迪用双手抓住了这位大师光秃秃的脑门后面飘拂的长发，使劲拽，直到这个神秘的人痛得大叫起来，眼里噙着泪水。

我从梦中惊醒，猛地一跳，跳到了他们中间。听到我的声音，迫于我的抓力，克雷格闷闷不乐地慢慢放松了他紧握的双手。一种茫然的神色似乎偷偷地溜上了他的脸，他一把抓起放在近旁凳子上的帽子，一言不发地大踏步走了出去，我也跟着走了出去。

我们走到街上以后，有一时谁也不说话，但我从眼角的余光看到肯尼迪的身体在抽搐，仿佛情感受到了压抑。

“呼吸到新鲜空气你感觉好点了吗？”我焦急地问，但又有点气恼，觉得有点疲乏，对现实生活而不是对梦想有几分遗憾。

他似乎再也控制不住自己了，突然放声大笑。“我刚才看到你脸上厌恶的表情，”说着，他张开手，给我看了三四颗他藏在手掌里而没有吞下去的口香糖，“哈哈！我不知道这位大师如何看待他对业力法的认真阐述。”

我无法理解。那位大师的调配品仍然像天空中的火箭一样在我的大脑中发射思想，我吐出了含在嘴里的口香糖，让肯尼迪策划我们的下一次神秘之旅。

还有一位先知有待拜访。这个人自称“拿着你的生活镜子”，通过他的“磁性黑白照片”，不管那是什么，他会“传授给你一个有吸引力的品格，掌握自己的本性，用于创造和控制生活条件”。

他称自己为“古鲁”（印度教等宗教的领袖），除此之外，他还自称喜欢日光浴。不管怎么说，我们进去的那间屋子装饰着四辐条的轮子，或者说是轮子和十字架，带翼的圆圈和带翼的圆球。这位古鲁，肤色黝黑，头上缠着紫色的头巾。在他的内室里有许多雕像和其他宗教上师的照片，每一面墙上都有神秘的石膏符号，一条弯曲的蛇，含着自己的尾巴；一颗五角星；中间还有一个有翅膀的球体。

克雷格请这位古鲁解释这些符号，他笑着回答说：“蛇代表永恒，星星代表灵魂的退化和演化，而带翅膀的球体——嗯，好吧，代表别的东西。你是来学习真道的吗？”

在此温柔的暗示下，克雷格回答说是的，并通过购买这位古鲁的绿皮书得到了最大程度的友好接待。此书似乎揭示世间万物都有关系，特别是古代亚洲火崇拜的复兴，有许多形式和仪式，姿态和呼吸可以与“火鸡舞”（原创于美国，流行于二十世纪初的散拍舞）、“兔子舞”（一种二十世纪早期在美国流行的交谊舞）和“灰熊舞”相媲美。

当我们翻看这本书的时候，它告诉我们如何准备从食物到春药和长生不老药的一切。书中有一个非常有趣的章节是关于“令人激动的婚姻”的，似乎只有那些经过耐心地寻找，最终找到完美伴侣的人才会选择这种婚姻。这位古鲁的另一个原则似乎是净化，通过消除所有虚假的谦虚，沐浴在阳光下，沐浴时心灵愉快地进行思考。在书的第一页，有一个令人满足的诡秘怪谈：“弟子在这个世界上，没有任何东西可以报答教他真理的上师。”

在我们谈话的过程中，在我看来，这位古鲁很有可能对他的弟子或前来寻求他建议的人进行催眠，这种影响非常强大。除了这种难以描述的催眠影响之外，我还注意到通往内殿的门处有更多的进料闸门。

“是的，”古鲁对肯尼迪说，“我可以从印度给你弄到一种春药，但要花你——呃——十美元。”我想他犹豫了一下，想看看这笔非法交易多少钱能成交，从一到一百，又妥协了，只在后面加了一个零。肯尼迪似乎很满意，而这位古鲁则迅速离开，去拿特制的进口小药丸。

屋角有一张梳妆台，上面放着一把梳子和一把刷子。肯尼迪似乎对这张桌子很感兴趣，当古鲁回来时，他正在查看它。门刚一打开，他就设法把刷子塞进口袋，对对面墙上的神秘符号表现出了兴趣。

“如果那不管用，”古鲁用非常流利的英语说，“请告诉我，你一定要尝试一下我的魔瓶里装的药，这样的魔法瓶可不止一个。但这些春药很好。再见。”

在外面,克雷格疑惑地看着我。“你不会相信的,沃尔特,是不是？”他说道,“在二十世纪的纽约，事实上在世界上的每一个大城市都有春药，以及其他的一切。这些东西在无知的人中是找不到的。你记得我们看到很多辆汽车在一些地方前面等着。”

“毕竟，我怀疑所有拜访这些骗子的人都不是那么容易上当的。”我简洁答道。

“也许不会。我想，至少由于我们访问了多个这样的骗子，今晚我会讲一些有趣的事情。”

那天剩下的时间里，肯尼迪带着显微镜、载玻片、化学药品、试管和其他仪器，把自己严密地关在实验室里。至于我自己，我花时间猜测哪些骗子以某种神秘的方式与此案有关，以及与何种方式相关。我提出了许多设想，设想了许多情景，几乎所有的故事都有一个中心人物，那就是一个年轻人，他的越轨行为甚至在放荡的社会中也成了放荡人群的谈资。

那天晚上，肯尼迪在第一副警长奥康纳的协助下，在他的实验室里召集了一群来自世界各地的人。奥康纳并不反对在法律允许的范围内对占卜者采取任何行动。除了吉尔伯特夫妇之外，还有达德利·劳顿和他的父亲、哈塔、那位潘迪特、那位斯瓦米和那位古鲁——后四个人因为被剥夺了周日晚上的丰厚利润而非常愤怒。

肯尼迪慢慢地开始，逐渐地谈到他的观点："世界上最伟大的犯罪科学侦探之一最近研究了一种新的手段，能将犯罪分子绳之以法。多亏了他，我们才有了最完备的辨认和理解系统。"克雷格停顿了一下，若有所思地用手指抚摸着面前的显微镜。"人的头发，"他接着说道，"那个不知疲倦的犯罪学家贝迪永先生最近一直在研究。他编制了一张完整的、分类的、分级的表格，上面列出了已知的人类头发的所有颜色，可以说，这是一个完整的调色板，上面收集了世界各地的样品。今后，那些已经戴着手套或在手指上涂橡胶成分以免留下指纹的窃贼，将不得不戴上贴身的帽子或剃光头。因此，他想出了一种新的方法来识别警方所寻找的人。例如，毛发是人的还是动物的，这个问题时常出现。在这种情况下，显微镜会如实给出答案。

"很长一段时间以来，我一直在研究头发，利用了贝迪永先生的优秀研究成果。人类的头发相当均匀，逐渐变细。在显微镜下几乎总是可以把人的毛发和动物的毛发区分开来。我就不细说它们的区别了，但是我可以补充一点，我们也可以很快地区分出所有的毛发，人的或动物的、螺旋状的棉毛、有着接合结构的亚麻毛、长而光滑的圆柱形丝毛。"

肯尼迪又停顿了一下，似乎要强调这个序言。"我这里有，"他继续说，“头发的样本。”他拿起了放在桌子上的一张显微镜载玻片。它看上去当然不怎么令人激动——只不过是一块玻璃而已。但在玻璃上似乎有一条模糊的线。“这个载玻片，”说着，他把它举了起来，“肯定有一条无可逃避的线索，可以查出对吉尔伯特小姐失踪负责的那个人的身份。我还不打算告诉你们他是谁，原因很简单，虽然我能作出精明的猜测，但我还不知道科学的结论是什么，在科学上，我们不猜测我们可以证明什么。

“你们一定记得当吉尔伯特小姐的尸体被发现时，没有自杀的迹象，相反却有暴力的痕迹。她的双拳紧握着，仿佛用她的全部力量在与一种她难以承受的力量作斗争。我检查了她的双手，希望能找到一些她用来自卫的武器的证据。相反，我发现了更有价值的东西。在这张载玻片上有几根头发，我发现它们当时被紧紧地握在她僵硬的手里。”

我不禁想起肯尼迪早些时候在此案中说过的话——有赖于细微线索。然而，这些线索可能不够有力！

“她的皮夹里还有一份剪报，上面有几位先知的广告，”他接着说道，“詹姆士先生和我已经发现了警察没能发现的东西，那就是在她失踪的那天早上，吉尔伯特小姐可能做了三次明显的努力，来获取关于异常洞察力的书籍。因此，詹姆士先生和我拜访了几位算命大师和神秘科学的实践者，我们有理由相信吉尔伯特小姐对这些领域感兴趣。

顺便说一下，他们都擅长在金钱问题上提供建议和解决情人之间的问题。我怀疑詹姆士先生有时会认为我疯了，但我不得不采取各种各样的权宜之计来收集我想要的头发样本。警方利用了劳顿先生的贴身男仆,我从警方那里收到了他的一些头发。这是来自每一个广告者的样本，分别来自哈塔、斯瓦米、潘迪特和古鲁。这些样本中只有一个在颜色、厚度和质地上与吉尔伯特小姐紧紧抓在手里的头发相吻合。”

当克雷格说这句话的时候，我能从我们的为数不多的观众中感受到一种惊讶的喘息声。可是他还没有完全准备好把他的秘密说出来。

“为了防止自己出现偏见,”他继续平静地说道，“出于我强烈的信念，为了能毫无畏惧和无偏好地审视这些样本，我让实验室的一个学生把这些有记号的头发装好，给它们编号，然后把提供这些头发的人的名字装进编号的信封里。但在我打开信封之前，信封的编号和装着头发的载玻片的编号一样，载玻片里的头发和吉尔伯特小姐手上的头发一模一样——是二号载玻片——”肯尼迪说着，用手指挑选载玻片并在桌子上移动它，他冷静得就像在棋盘上移动棋子一样，而不是关于人类生命的可怕游戏，“在我读到这个名字之前，我还要透露一个确凿的事实。”

克雷格现在让我们激动得紧张不安，有时我想，在他毫不留情地追查罪犯的过程中，他最喜欢这种情形。

“吉尔伯特小姐的死因是什么？”肯尼迪问道，“验尸官的医生似乎并不完全满意身体暴力这一假说。我也不满意。我相信，有一个人施展了一种特殊的力量，使她被控制住了。是什么力量？一开始我以为可能是老套的击倒，但验尸官的测试排除了这一点。然后我想可能是一种生物碱，比如吗啡、可卡因等等。但这并不是任何通常用来引诱她离开家人和朋友的东西。从我所做的测试中，我发现了一个必要的事实来完成我的案子，那就是用来引诱她的药物，她与之进行了致命的斗争。”

他把一根试管放在我们面前的架子上。“这只试管，”他继续说，“里面装着世界上五种常见的麻醉剂——烟草、鸦片、古柯、槟榔和大麻——之中最奇特的一种，也是我们最不了解的一种，它可以烟熏，咀嚼，用作饮料或糖果。它以粉末的形式被烟鬼使用。作为液体，它可以溶解于油性液体或酒精。在任何一种形式下，它都能作用于神经，让人行走、跳舞和奔跑。它会使人的感觉和识别力变得分散，产生真正的歇斯底里。如果天气晴朗，这种药会使生命绚丽；如果下雨，那就惨了。轻微的烦恼变成致命的报复；勇气变得轻率；恐惧变成卑鄙的恐怖；温柔的喜爱，甚至是短暂的喜爱，都变成了热烈的爱情。它是从印度大麻中提取出来的药物，科学地命名为印度大麻，在东方更广为人知的名字是哈希什或比夯，或者其他十几个名字。它的主要特点是对激情有深刻的影响。因此，在它的影响下，东方的当地人变得非常兴奋，然后品行恶劣，最后暴力，冲到街上喊着，‘天下乱了，天下乱了’——‘杀呀，杀呀’——正如我们说的，‘胡作非为’。这种药服用过量通常会导致精神错乱，而我们的医生少量使用它作为药物。然而，任何读过泰奥菲尔·戈蒂埃的《哈奇琴俱乐部》或贝亚德·泰勒在大马士革的经历的人，都多少知道大麻的作用。

“我尽我所能重现了乔吉特·吉尔伯特的故事，我相信她是被广告引诱到纽约一个邪教的巢穴里去的，广告说能对隐藏的爱情提供建议。她爱上了一个男人，她不能也不愿把他赶出她的生活，同时她也不能辜负父母对她的爱。于是，她发了疯。这个地方给了她希望，她天真烂漫地去了，不知道这一扇敞开的门，通向的是连大都市里最可怕、最混乱的地方都无法比拟的生活。

肯尼迪热切地向前探着身子，依次打量着我们每个人。劳顿在他的椅子上不安地扭动着，我看到他的双拳紧握着，控制住自己，好像在等什么，目光敏锐地注视着我们。那位斯瓦米突然一阵剧烈的颤抖，其他的骗子也惊讶地瞪着他。

我迅速地走到达德利·劳顿和肯尼迪之间，但就在我这么做的时候，他从我身后跳了过去，我还没来得及转身，他就已经疯狂地与地板上的一个人扭打在了一起。

“没关系，沃尔特，”肯尼迪撕开桌上的信封，喊道，“劳顿猜对了。头发是这位斯瓦米的。乔吉特·吉尔伯特是一名受害者，她从比死亡更可怕的奴役中拯救了自己。有一个神秘主义者在他的占星术中没有预见到自己遭到逮捕并将死在纽约的新新监狱。”

伪造者

我们与肯尼迪的朋友史蒂文森·威廉姆斯在保险俱乐部共进午餐。保险俱乐部是市中心众多新成立的午宴俱乐部之一，在那里，中午的时间非常便于谈工作。

“现在没有什么东西是你不能投保的。”威廉姆斯说。这时，午宴已酒过三巡，菜过五味，足以让他试探性地提到一个明显的事实：他邀请我们来俱乐部是有目的的。“以我自己的公司——大陆担保公司为例。我们最近开始办理伪造保险。”

“伪造保险？”肯尼迪重复道，“嗯，我认为你的生意一定很不错——在这个似乎正在席卷全国的伪造泛滥成灾的情况下，保险费率每天都在提高。”

我想，威廉姆斯是这个公司的一位职员，他笑得有点疲倦。“是的，”他冷冷地回答道，“这正是我想见你的原因。”

“关于什么？保险费还是伪造泛滥？”

“哦——呃——两者都有，也许。关于你们所说的伪造泛滥，我不必多说。我可以向你承认；对报纸来说，永远不会。不过，我想你们知道，据各种各样的估计，这个国家的造假者每年要盗走一千万到一千五百万美元。这只是我在考虑的一个案子——我们雇用的普通侦探机构到目前为止似乎完全失败了，这几乎占了十五分之一。”

“什么？一个案子？一百万美元？”肯尼迪喘着气，目不转睛地盯着威廉姆斯，似乎觉得难以置信。

“一点没错，”威廉姆斯泰然自若地回答道，“当然，这不是一下子就完成的，而是逐步完成的，花了几个月的时间。你一定听说过芝加哥的副产品公司吧？”

克雷格点了点头。

“嗯，这是他们的案子，”威廉姆斯接着说，他失去了平静的态度，几乎上气不接下气地说下去，“他们也有一家银行，叫作副产品银行。这就是我们如何在这个案子中得出结论的，通过为他们的银行提供防伪保险。当然，我们的负债只有五万美元。但是，由于这件事，公司和银行的损失将达到我所提到的数字。他们将不得不承担我们负债之外的余额，五万对我们来说也不是一笔小数目。我们不能不战而败。”

“当然不会。但你肯定有些怀疑，有些线索。不管它后面是什么，你一定采取了一些行动来追踪它。”

“肯定的。比如，就在前几天，我们还逮捕了银行的出纳博尔顿·布朗，尽管他现在已被保释。我们没有任何直接针对他的东西，但他被怀疑在内部串通，我可以说，这件事太大了，肯定有内部人员参与其中。除此之外，我们还发现，博尔顿·布朗过着一种相当快节奏的生活，他的同僚对他一无所知。我们知道他一直在崩溃的小麦囤积方面秘密地进行投机，但是最重要的是，他和一位女冒险家阿黛尔 · 德莫特关系太亲密了。作为一位有钱人，这位女冒险家在美国，在欧洲甚至南美的多个城市都有成功的经历。从常识的角度来看，这对他不利，尽管我没有能力从法律的角度来谈论这件事，但是，无论如何，我们知道，这个内线一定是某个跟副产品公司或副产品银行的头头走得很近的人。”

“这些赝品的特点是什么？”肯尼迪问。

“似乎有两种类型。就我们而言，这只是支票的伪造，保险公司对此感兴趣。显然，一段时间以来，银行收到的支票金额从一百美元到五千美元不等。支票承兑得非常好，其中一些已经得到了银行的认证，从其他银行转一圈回来后都被接受了，即使是公司的官员似乎也无法挑出任何瑕疵——除了收款人和所提取的金额。那些支票安全色没有问题，并盖有橡胶印章，几乎与副产品公司使用的那些完全一样。

“你知道银行的惯例常常使某些种类的欺诈行为相对容易些。例如，没有一家银行会在没有身份证明的情况下支付一百美元，甚至是一美元，但他们会为几乎任何一个拿着支票进来的办公室文员证明。近来，伪造支票的常见方法是将这样一张经认证的伪造支票存入另一家银行，然后在发现其伪造的前几天逐步支取。在这种情况下，他们肯定有额外的优势，如果伪造品碰巧被发现，公司或银行的内部人士可以提供消息，并给伪造者通风报信。”

“谁是公司的财务主管？”克雷格快速问道。

“约翰 · 卡罗尔——据我所知，他只是个有名无实的头头。正如我现在告诉你的那样，他现在在纽约，和我们一起工作。如果这份工作中除了布朗还有别人的话，那可能是迈克尔·道森，他名义上是个助理，但实际上却是个活跃的财务主管。我们怀疑他，奇怪的是，却找不到他。你知道，道森是公司财务主管的助理，不是银行的。”

“你们找不到他？为什么？”肯尼迪疑惑不解地问。

“是的，我们找不到他。他几天前结了婚，娶了城里一位很有名望的社交界名媛，西比尔 · 桑德森小姐。他们似乎对蜜月行程秘而不宣，主要是开朋友的玩笑，他们说，因为桑德森小姐是有名的美女，而报纸的宣传让这对夫妇很不愉快。至少他是这么说的。没人知道他们在哪里，也没人知道他们是否还会出现。

“你看，这次结婚一开始就和曝光有关，因为伪造的主要部分并不是我公司感兴趣的支票，而是副产品公司以欺骗手段发行的股票凭证。大约有一百万普通股作为库存股份——从未发行过。

“有人发行了一大批这样的股票，都签了字，盖了章。不管这个人是谁，他在芝加哥有个小办公室，通过一个同伙，可能是一个女人，悄悄地把股票卖了出去，因为在这种快速致富的计划中，女人似乎最容易上当受骗。而且，如果是道森的话，蜜月给了他一个绝好的机会，让他得以脱身，尽管这也导致了伪造品的曝光。卡罗尔不得不或多或少地承担现役，结果一个新人发现了——但是，话说到此，你真对这个案子感兴趣吗？”

威廉姆斯身体前倾，焦急地望着肯尼迪，不需要超强的洞察力，就能猜出他想对这个突然的问题做出什么回答。

“我的确感兴趣，”克雷格回答说，“尤其是对内部的罪犯似乎有疑问时。”

“确实有足够的怀疑，”威廉姆斯回答说，“至少我是这样认为的，不过我们在芝加哥的侦探对这件事进行了彻底的调查，确信一定能找到出纳博尔顿·布朗的把柄。你看，空白的股票凭证被保存在公司银行的保险库里，布朗当然可以进入那里。但是，正如卡罗尔所说，道森也能接触到，这是千真万确的——道森比布朗更能接触到，因为布朗在银行工作而不在公司。我是一片茫然。如果你有兴趣，最好去找卡罗尔，他就在城里，我相信我能通过这个案子给你一笔可观的报酬，如果你愿意接手的话。我看看能不能打通他的电话？”

我们已经吃完午饭，当克雷格点头时，威廉姆斯钻进了餐厅外的一个电话亭，不一会儿就出来了，因为太密闭了，他都出汗了。他说，卡罗尔要求我们去华尔街的一间办公室见他，就在几个街区之外，他在纽约时把总部设在那里。整个事情处理得如此迅速，以至于我不禁觉得卡罗尔一直在等待他在保险公司的朋友的消息。当肯尼迪说他马上就去的时候，威廉姆斯的脸上露出欣慰的神情，这清楚地表明，保险公司把这顿午餐的费用——这可不是一件小事——看作是对公司利益的一笔很好的投资，这是自他们开展这类业务以来最大的伪造保险损失。

当我们匆忙赶到华尔街时，肯尼迪趁机说道：“科学似乎已经很好地保护了银行和其他机构免受外来抢劫。但是，针对能够篡改账簿和记录的员工的保护措施似乎进展得并不快。有时我觉得这种事可能减少了。银行出纳员或职员面临着更大的投机机会，而正如许多当局所同意的那样，银行没有充分利用现有的机制来制止贪污行为。这个案子显然是结果之一。上层那些粗心大意的家伙，比如我们将要看到的卡罗尔，通常会有这样的借口：银行和商业的科学是如此复杂，以至于一个聪明到足以伪造账目的流氓几乎不可能被发现。然而，就像最近的几起案件一样，当秘密被泄露时，所使用的方法往往是最赤裸裸、最透明的，名字是虚构的，什么都是仿制的，以及各种各样的戏法和空头支票。但我不认为这能证明这是一个简单的案子。”

只见约翰·卡罗尔精神憔悴，蓬头垢面。在我看来，他好像被挪用公款的事折磨得神不守舍。毫无疑问，他言必提此事，思必想此事。他现在正为自己的虚荣心承受沉重的惩罚。

“这件事对我已经成了生死攸关的大事，”他急切地说，几乎不等我们作自我介绍，就用他那异常明亮的眼睛焦急地盯着我们，“我一定要找到那个差点把副产品银行和公司搞垮的人。不管能不能找到他，我想我的前途已经被毁了，但我希望仍然可以证明自己是诚实的。”

他叹了口气，眼睛茫然地向窗外望去，仿佛寻找休息的地方，却找不到。

“我知道那个出纳员博尔顿·布朗已经被捕。”肯尼迪提示道。

“是的，博尔顿·布朗被捕了，”他慢条斯理地重复道，“自从他被保释出来以后，他似乎也不见了。现在让我告诉你我的想法，肯尼迪。

我知道这对布朗不利。也许他就是那个人，保险公司是这么说的。但我们必须冷静地看待这件事。”

他自己也很激动，继续说道：“我想，您明白，布朗对通过银行传递支票的责任有多大吗？他亲眼见过的跟——跟我一样多，但在曝光之前根本没有。它们是由我们无法确认身份的人存入其他银行的，但那些人一定是为了最终兑现几张空头支票而开设了账户，然后通过正规渠道回到我行，并被我行接受。通过各种各样的伎俩，它们被掩盖了。呃，其中一些看起来很好，甚至在存入其他银行之前就已经得到我们银行的认证了。现在，正如布朗所说，他从来没有见过那些支票，除非它们有什么特别的地方，而在当时，这些似乎没有什么不对。

“但我知道，公众对任何投机或玩世不恭的银行官员都有偏见，这当然是有理由的。不过，如果布朗最终证明自己清白的话，这件事会回到道森身上，即使他有罪，也会让我成为——呃——终极替罪羊。这一切的结果是我将不得不忍受指责，如果不是罪责的话，并且唯一能弥补我过去松懈的方法就是去抓住真正的罪犯，也许能把所有能恢复的东西都归还给公司和银行。”

“但是，”肯尼迪同情地问，“你凭什么认为能在纽约找到你要找的人，不管他是谁？”

“我承认这只是我所知道的非常细微的线索，”他推心置腹地回答道，“这只是道森对公司里一个他很信任的人给出的一个暗示。这位职员告诉我，道森很久以前就说他一直想去南美，也许在他度蜜月的时候他会有此机会。我就是这样来推测的。你看，他很聪明，有些南美国家和我们国家没有引渡条约。如有引渡条约的话，一旦他到了那里，我们就可以找到他。”

“也许他和妻子已经到了其中一个国家。你凭什么认为他的船还没有启航？”

“没有，我认为还没有。你看，她想在大西洋城度蜜月。我是从她父母那里间接得知的，他们跟我们一样，并不知道这对夫妇在哪里。这是我想看看来纽约是否能找到他们的踪迹的另一个原因，不管是在这里还是在大西洋城。”

“那么你找到了吗？”

“是的，我想我已经找到了。”他递给我们一封信，那是他刚从芝加哥收到的。信上写道：今天又收到两张从大西洋城和纽约寄来的支票。似乎用来支付账单，因为账单的钱数不多。一张来自大西洋城的洛林酒店，另一张来自纽约的阿姆斯特丹酒店。日期是十九号和二十号。”

“你看，”我们读完以后，他接着说，“现在是二十三号，就差三天。二十号这天，他在这里。二十号之后，他可以乘坐的下一艘船在二十五号从布鲁克林启航。如果他够聪明，他不会登上那艘船的，除非伪装一下，因为他知道到那时，一定有人在监视他。现在我要你帮我看穿他的伪装。当然我们不能逮捕整艘船的乘客，但如果你，凭你的科学知识，能认出他，那我们就能抓住他，有喘息的空间来查明他是单独作案还是和博尔顿·布朗合伙作案。”

在介绍自己的计划时，卡罗尔在办公室里兴奋地踱来踱去，这个计划对他来说意义重大。

“那——么——”肯尼迪沉思道，“我想道森是一个具有良好习惯的人，对吗？他们几乎总是这样。他不像布朗那样投机取巧，过着寻欢作乐的生活吗？”

卡罗尔紧张的脚步停了下来。“这是我发现的另一件事。相反，我认为道森是个秘密的瘾君子。他走后我才知道。在他所在的副产品办公室的桌子里，我们发现了皮下注射针和全套装备——我想是吗啡。你知道一个真正的吗啡瘾君子会多么狡猾地掩盖他的踪迹。”

肯尼迪现在全神贯注地听着。随着案件的展开，呈现出一个又一个令人惊讶的新情况。

“信上说他曾在大西洋城的洛林酒店停留过。”肯尼迪说。

“我可以这么推断，他也曾在纽约的阿姆斯特丹酒店下榻过。不过你可以相信，他并不是以他自己的名义去的，据我所知，甚至他没有以自己本来的面目示人。我想那家伙已经伪装起来了，因为根据描述，连我自己也认不出来。

“蹊跷，”肯尼迪低声说，“我得调查一下，而且也只有两天的时间。如果我现在失陪，你会原谅我吗？这个案子的某些方面，我希望自己能立刻着手弄清楚。”

“你会发现道森很聪明，聪明到不能再聪明了，”卡罗尔说。他并不急于让肯尼迪离开，只要肯尼迪愿意听他那过度紧张的头脑中迸发出的故事。“他通过窜改账目来掩盖支票。但这并没有让他满意，他想干一票大的。于是他开始发行库存股票，伪造董事长和司库的签名，也就是我的签名。当然，这种游戏不可能永远持续下去。有人会要求给他的股票分红，或者转让股票，或者要求把股票记录在账簿上，或者其他会泄露整个计划的东西。我相信，他向每个卖出股票的人都要求某种承诺，在一定的时间内不卖出股票，这样我们就可以断定，他给了自己足够的时间悄悄地套现几十万美元。可能是一些伪造的支票代表了虚假的利息支付。不管怎么说，他现在已经无计可施了。我们进行了一场激动人心的追逐。我追查了几条错误的线索之后，才明白那个有关南美洲的暗示的真正意义。现在我已经竭尽所能，没有求助于外界的帮助。我想现在终于可以逮住他了——在您的帮助下。”

肯尼迪很想离开，但他停顿了很长时间，又问了一个问题。“那姑娘呢？”他插话道，“这场游戏中一定有她，否则她写给朋友的信就会泄露他们的行踪。她长什么样？”

“桑德森小姐在芝加哥的某个豪华场所很受欢迎，但她的家人都是粗人。在我看来，他们活到了极限，就像道森一样。哦，你可以肯定，如果有人向她提出这样的要求，她一定会碰碰运气，希望能侥幸逃脱。她没有风险。事后看来，女人总是很安全的——造过的孽比正在造的孽还多，诸如此类。这蜜月真奇怪，对吧？”

“你有那些伪造证书的复印件吗？”克雷格问。

“是的，有很多。自从这个故事出版后，它们就如潮水般涌来。这里有几张。”

他从口袋里掏出几张镌版印刷精美的证书，肯尼迪仔细地端详着。

“我可以留着这些闲暇时来研究吗？”他问道。

“当然可以，”卡罗尔回答道，“如果你需要更多，我可以发电报到芝加哥索取。”

“不用了，现在这些就够了，谢谢你，”克雷格说，“我会和你保持联系，一旦有什么进展就通知你。”

我们默默地驱车前往市郊的实验室，一路我没有说话，因为我看得出肯尼迪正在考虑采取什么行动。他穿过校园到化学楼，一路走得很快。我断定他已经决定了一件事。

在实验室里，克雷格匆忙地写了一张便条，打开书桌的一个抽屉，从一堆特别的信封中挑选了一个，他似乎是为了某种目的而保存着这些信封。他小心翼翼地把信封上，马上交给我去邮寄。原来是寄给下榻阿姆斯特丹酒店的道森。

我一回来，就发现他正在全神贯注地检查伪造的股票。我过去或多或少和他谈过书写的问题，一目了然，他是在用显微镜寻找任何擦掉的痕迹，并且，通过直接光和透射光摄影可能会显示出一些东西。

"我看不出这些单据有什么毛病，"他最后说，"它们没有被擦除或改动过的痕迹。从表面来看，跟真的一模一样。即使是描摹的，也非常精细。然而，这确实是一个事实，它们是重叠的。它们可能都是由董事长和司库的同一对签名制成的。

"沃尔特，我几乎不必对你说，各种形式的显微镜和它的各种附件装置对文件检查者是有很大帮助的。即使是在低放大率下，也常常可以看到绘制、停顿、修补和加强的笔画，以及由于化学物质或磨损造成的擦除。立体显微镜在研究磨损和变化方面是有价值的，因为它能提供深度，但在这个案子中，它告诉我，从来没有这样使用过。我的颜色对比显微镜可以对两份不同文件上的墨水进行比较，或者同时在一份文件上的两个地方进行比较，它告诉我一些事情。这个仪器配有新的精确的有色眼镜，使我能够最准确地测量这些签名的墨水的颜色，并且我可以做迄今为止不可能的事——确定写在纸上多长时间了。我应该说这些都是最近发生的，大约是在过去的两个月或六周内，并且我相信，无论什么时候发行的股票，至少都是在同一时间伪造的。

“现在没有时间更深入地研究这个问题，但如果有必要的话，我可以借助投影描图器和显微镜放大机，以及这个经过政府认证的特殊构造的文档相机。如果要摊牌的话，我想我必须用千分尺的尺寸来证明我的观点，精确到五万分之一英寸。

“这些签名肯定有一些非常奇怪的地方，”他总结道，“我不知道测量结果会如何，但它们真的太好了。你知道一个伪造的签名可能有两种情况——太糟或太好。我想这些都是描摹的。如果这是你我的签名，沃尔特，我会毫不犹豫地称它们为描摹。但是，在特殊情况下，当一个人坐下来，习惯一遍又一遍地在一只股票或债券上签字时，总有一些轻微的拿不准的空间。他可能会如此习惯，以至于他会自动地这样做，他的签名可能会非常接近于叠加。不过，如果我有时间，我想我可以证明，这些签名有太多的相似点，不可能是真正的签名。在这件事上，我们必须迅速采取行动，否则就干脆不采取行动。我明白，如果我今晚要到大西洋城去，我就不能在这儿再浪费多少时间了。沃尔特，我希望你在我离开的时候，替我留意一下阿姆斯特丹酒店，明天到这儿来见我。我回来时给你打电报。再见。”

那天下午很长时间，肯尼迪乘火车去了著名的海滨胜地，把我留在纽约，无所事事，四处漂泊。我在阿姆斯特丹酒店所能了解到的只是一个留着范戴克式胡子的人用一张假支票欺诈了前台，尽管人家给了他似乎很好的建议。对他身边那个似乎是他妻子的女人的描述，可能符合道森太太或阿黛尔·德莫特的特征。打电话来的唯一一个人是一个自称是副产品公司的财务主管的人。他向酒店里的人打听了那对使用那张毫无价值的纸条支付酒店费用的夫妇的下落。不难推断，这个人就是卡罗尔，他一直在寻找线索。他尤其强调说他会亲自看到有人使用支票来付账，如果酒店里的人能保持警惕，等待那个骗子回来的话。

肯尼迪照他的诺言打了电报，第二天就乘早班火车回来了。

他似乎有的是消息。"我想我已经找到了，"他叫道，把旅行袋放在一个角落里，不等我问他取得了什么成果，"我直接去了洛林酒店，坦率地告诉他们，我代表纽约的副产品公司，并被授权调查他们收到的空头支票。他们无法很好地描述道森——至少他们的描述几乎适合任何一个人。有一件事我想我确实知道了，那就是他的伪装必须包括范·戴克式的胡子。他几乎没有时间自己长胡子，我想他最后一次被人看到是在芝加哥的时候，胡子刮得干干净净的。"

"可是，"我反驳道，"留范·戴克式胡子的人有的是。"然后我讲述了我在阿姆斯特丹酒店的经历。

“就是那个人，”肯尼迪脱口而出，“这胡子似乎掩盖了许多罪过，因为虽然每个人都能回忆起这一点，却没有人能说出他具体的容貌。然而，沃尔特，恰恰有一个机会能确认他的身份，而且这也是一个奇怪的巧合。似乎有一天晚上，这位男子和一位女士在洛林酒店吃饭，此女士可能就是之前的桑德森小姐，尽管对她的描述像大多数业余的描述一样不太准确。洛林酒店正在制作一本关于住宿的新版小册子，还聘请了一名摄影师借助闪光灯拍下餐厅的情况。

“闪光灯一亮，照片一拍，一个留着范·戴克式胡子的男人就出现了——你在阿姆斯特丹酒店的朋友，毫无疑问，沃尔特——跑到摄影师面前，出价五十美元买这个感光底片。起初，这名摄影师以为这是不想在大西洋城的报纸上露面的某个哥们儿，很多人都有如此心态。这名男子似乎注意到摄影师有点怀疑，于是赶紧找了个借口，说‘想让家里的人看看他和妻子穿着晚礼服吃饭有多棒’。这是一个相当蹩脚的借口，但能换五十美元在摄影师看来很不错，于是他同意冲洗底片，并把它和一些照片一起移交，第二天邮寄。那人似乎很满意，摄影师又用闪光灯拍了一次，这次拍的是一张空桌子。

“果然，第二天那个留胡子的人来索要底片了。摄影师告诉我，他已经把照片包起来准备寄出，只是认为那个家伙唬人而已。那人应付自如，付了钱，在包裹上写了一个地址，摄影师没有看到。因为在木板路的门口有一个邮筒，所以没有理由不直接寄。如果能拿到那张底片或者指纹，我就能马上认出伪装的道森。我已经发动邮局，试图在大西洋城和芝加哥追踪那个包裹，我想一定是在那里寄出的。我随时都可能收到他们的信——至少，我希望如此。”

下午剩下的时间里，我们在阿姆斯特丹附近的药店里搜寻，肯尼迪的想法是，如果道森是一个吗啡成瘾者，他一定在纽约补充了毒品，特别是如果他打算长途旅行的话，在目的地可能很难得到吗啡。

经过许多次失望，终于找到了一家商店，我们被告知曾有一个冒充医生的人在那里购买了一大笔东西。他自报的名字当然不重要，真正让我们感兴趣的是，我们又一次遇到了一个留着范·戴克胡子的人。和他一起来的是一个女人，据药剂师说，她穿着很艳丽，不过脸被一顶大帽子和面纱遮住了。“看上去楚楚动人，”药剂师说，“不过，以我的判断，根据其相貌，她也许是个黑人。”

“哼！”我们正要离开药店时，肯尼迪嘟囔道，“你可能不会相信，但是准确地描述一个人是世界上最难的事情。心理学家已经说得够多了，但只有当你面对它时，你才会意识到这一点。呃，据我们所知，那个女人可能是德莫特女士或桑德森小姐，那个男人也可能是博尔顿·布朗或道森。他们现在都消失了。我希望我们能对那张照片有所了解。倘如此，就可以解决问题了。”

那天晚上，肯尼迪收到了那封寄给迈克尔·道森的信。上面盖着邮局的印章，上写“查无此人，退回寄件人”。

肯尼迪慢慢地把信翻过来，仔细地看了看背面。“正相反，”他自言自语地说，“收信人找到了。只是他打开信后，发现里面只是一张无关紧要的便条，就把信还给了邮递员。那张便条我写得很潦草，只是想看看他是否还和他藏东西的地方保持着联系，不管那东西藏在哪里。”

“你怎么知道他打开过？”我问道。

“你看见后面的那些污渍了吗？”我准备了几个这样的信封，需要的时候就用。我在封盖上涂了一些单宁酸，然后用厚厚的黏胶覆盖。信封上有一些硫酸铁，上面是更多的黏胶。我用很少的水分把信小心地封好，然后，黏胶将策划好的两部分分开。如果用蒸汽把信打开，单宁酸和硫酸盐就会结合在一起，流出来，留下污迹。看到那些污渍了吗？推论显而易见是成立的。”

显然，我们的追捕越来越激烈了。道森至少在大西洋城待了好几天了。卡罗尔认为，此人原计划用假名和假脸乘坐的水果公司开往南美的轮船将于第二天中午开船。可是，我们还没有从芝加哥得到关于这张照片寄送的目的地的消息，也没有几天前从摄影师那里购买底片的那个留着范·戴克大胡子的人到底是什么身份的消息。

邮件中还包含了来自担保公司威廉姆斯的消息，有趣的是，博尔顿·布朗的律师拒绝透露他的当事人被保释后去了哪里，但他会在需要的时候出现。阿黛尔·德莫特在芝加哥已经好几天没露面了，那里的警察认为她去了纽约，在那里她很容易被人忽略。这些事实使情况更加复杂，使找到这张照片变得更加迫切。

如果我们要做什么，就必须得快点，没有时间可以浪费了。当天最后一列快车已经开走了，那张照片即使找到了，也不可能在汽船从布鲁克林开航之前及时送到我们这里。肯尼迪从未面对过这样的紧急情况，显然已经火烧眉毛了。

但是，像往常一样，克雷格并不是没有一些资源，尽管在我看来，除了在船上成功或失败的逮捕之外，没有任何事情可以做。他和电报电话公司的一位经理开完会回来的时候已经很晚了，威廉姆斯给了他一张介绍信。结果，他给芝加哥那边打了个电话，和克拉克教授谈了很长时间，克拉克教授是我们的老同学，现在在大学的技术学院工作。我知道，肯尼迪和克拉克在一些技术问题上有过联系，尽管我不知道他们关心的是什么。

“有一件事我们总是可以做的。”说着，我从我们的公寓慢慢走向实验室。

“什么事？”他心不在焉地问道，多半是出于礼貌。

“明天把所有到船上来的蓄着范·戴克胡子的人都抓起来。”我回答道。

肯尼迪笑了。“我觉得我还没准备好接受错误逮捕，”他平淡地说，“尤其是如果我们让受害者误了船，人家会非常暴躁。毕竟，留胡子的男人并不少见。”

我们已经到了实验室。线路工人在校园的电灯照耀下把电线从街道连接到化学楼，再连接到肯尼迪的密室。

那天晚上一直到第二天早上，肯尼迪都在实验室里研究一种特别复杂的机械装置，它由电磁铁、卷筒、触笔和许多其他的装置组成，在我看来，这些东西跟他以前在我们的冒险中使用过的东西一点也不像。我尽我所能来消磨时间，看着他以最细致和精确的方式调整那东西。最后我得出结论，即使已经了解了正在进行的事情，我也不大可能帮上什么忙，所以我还是睡觉为妙。

“沃尔特，明天早上你可以为我做一件事，”肯尼迪一边说，一边继续摆弄构成仪器一部分的精密发条装置，“万一到时候我见不到你，你跟威廉姆斯和卡罗尔联系，让他们十点钟左右开车过来。如果我还没有准备好如何对付他们，那恐怕我永远也不会准备好了，我们就得像你所说的那样，把所有留着胡子的人都抓起来，把这件事办完。”

那天晚上，肯尼迪不可能睡很久，因为虽然他的床显示已经有人在上面睡过了，但我醒来时还没来得及再见到他，他就已经起床离开了。

我匆匆赶到市区去接卡罗尔和威廉姆斯，然后回到实验室，克雷格显然刚刚完成了对他的机器的初步测试，结果令人满意。

“还是没有消息。”我还没开口问，他就告诉我了。他显然对这种一筹莫展感到不安，尽管与芝加哥进行的频繁的长途谈话似乎使他感到安心。在威廉姆斯的影响下，他至少有了一根从实验室直通到正在行动的城市的电话线。

从我听到的一方的谈话和肯尼迪的言辞中判断，芝加哥邮局的检查人员仍在寻找从大西洋城寄来的包裹的踪迹，以便查出那个用假支票支付和出售假股票的人的身份。在那个大城市的某个地方，有一张发起人和帮助他逃跑的女人的照片，照片拍摄于大西洋城，然后邮寄到芝加哥。谁收到了它？人们会及时发现它有用吗？它会揭示什么？这就像大海捞针，然而最新的报道似乎在鼓励肯尼迪，希望当局能找到出售股票的那个秘密办公室。他气得要命，真希望自己能有分身术，同时站在这条战线的两头。

“芝加哥那边有消息了吗？”门口传来一个焦急的声音。

我们扭头观看，原来是卡罗尔和威廉姆斯开着一辆汽车来接我们到布鲁克林的码头去找我们要找的人。说话人是卡罗尔。紧张的悬念正在告诉他，我可以很容易地想象，他，像许多其他从未见过肯尼迪行动的人一样，对克雷格的能力没有信心，而我曾多次看到这种能力经受住了考验。

“还没有，”肯尼迪回答说，仍在忙着摆弄桌上的仪器，“我想你没有听到什么吧？”

“自从昨晚我写了那封信以后，就再没有消息了，”威廉姆斯不耐烦地回答道，“我们的警探仍然坚持监视博尔顿·布朗，而此时阿黛尔·德莫特的失踪对他来说无疑是个坏消息。”

“是的，我承认。”卡罗尔不情愿地说。“桌子上的这些东西是什么？”他指着磁铁、卷筒和发条装置问道。

肯尼迪没有时间回答，因为电话铃不停地响了起来。

“我已经跟芝加哥连上线了，”克雷格告诉我们，他把手放在发报机上，等待长途电话最终接通，“我会尽可能多地重复刚才的对话，这样你们就能听懂了。喂——是的——我是肯尼迪。是你吗，克拉克？我这边一切都安排好了。你那边怎么样了？你们的线路好吗？是吗？我这边的同步器也运行得很好。好的。那我们试一下。来吧。”

当肯尼迪对桌子上的这个特殊装置进行最后几次调试时，我们面前的卷筒开始慢慢旋转，触笔或针压在覆盖卷筒的感光纸上，显然随着它的转动，强度有所不同。卷筒像留声机一样一圈又一圈地旋转着。

“这个，”肯尼迪自豪地说，“就是‘电子眼’，即英国索恩·贝克发明的电报。克拉克和我很久以来一直想尝试一下。最后，用电话线将照片电传成为可能，因为在这方面电话线比电报线要好用得多。”

针慢慢地在纸上勾勒出一幅图画。这只是一个很薄的带子，尽管我们无法猜测它将揭示什么，但随着卷筒不断地旋转，照片逐渐越印越大。

“我可以说，”肯尼迪在我们屏息等待时解释道，“另一种被称为科恩的电报图像系统也在伦敦、巴黎、柏林和其他城市先后使用了好几年。科恩的装置依赖于硒元素改变通过它的电流强度的能力，这种能力与硒被照亮的亮度成比例。这些发明开辟了一个新的领域，现在的发明越来越多，因为科恩系统做了先锋。

“毕竟，用贝克电报发送照片的各个步骤并不难理解。首先拍一张普通的照片，然后拍一张底片，再印刷，湿版底片印在一张用单线丝网处理过的敏化锡箔纸上。你知道，半色调是由一张照片通过由相互垂直的线条组成的网构成的——报纸用的是粗纱网，为了更好一点可以用细纱网，比如杂志就用细网。在这种情况下，纱网是由只在一个方向上平行而非直角交叉的线组成的。半色调是由一些亮点和一些暗点组成的。这张照片是由长长的阴影线组成的，有的地方亮，有的地方暗，就像一幅画，你明白吗？”

“是的，是的，”我激动地惊叹道，“请继续说下去。”

“好吧，”照片明显扩大，这时他继续说道，“这张锡箔底片被包裹在线另一端的圆筒上，一支带有非常精细的敏感点的触笔开始经过它，以直角穿过平行线，就像普通半色调的其他线一样。当触控笔的笔尖经过相片上较轻的点时，就会产生较长的电子振动，而在较暗的点上则会产生较短的振动。不断变化的电流通过触笔，强度不断变化，隔着数千英里，在芝加哥和电话线另一端的仪器上振动。

“在这个接收装置中，电流使另一支笔通过一张感光的化学纸，就像我们这里有的。接收触笔在这里与芝加哥的发送触笔同步经过纸张。接收笔的每一笔在纸上留下的印象是黑的还是亮的，这取决于电流快速变化所导致的振动的时长。照片上的白点在触笔经过的感光纸上变成了黑点，反之亦然。这样，当克拉克准备好底片并从芝加哥往这边传输图片时，你就可以看到正片就在你眼前一步步打印出来。”

当我们急切地弯下身去的时候，我们确实看清了那东西在干什么。它在纽约忠实地复制着只有在芝加哥才能用肉眼看到的东西。

“这是什么？”威廉姆斯问道，尽管亲眼看到了，他仍然半信半疑。

“我认为这张照片可以帮助我们确定到底是由道森还是由布朗为造假担责，”肯尼迪回答说，“在他逃到南美或任何他打算去的地方之前，这也许能帮助我们识破他的伪装。”

“你必须得快点了。”卡罗尔插话道，紧张地看了看表，“再过一个半小时，船就要开航了。码头可不近，即使开快车过去，时间也短不了。”

“照片马上就打印好了，”肯尼迪平静地重复道，“顺便说一下，这是几天前在大西洋城拍的一张照片，洛林酒店本来是为出版一本小册子拍的。副产品公司的造假者碰巧被拍进照片里面了，他贿赂摄影师把底片给他，让人家再拍一张照片，好让小册子把他漏掉。这个底片被寄到芝加哥的一个小办公室，在那里被邮局检查员发现了，伪造的股票就在那里出售。在克拉克开始传送照片之前，他在电话里告诉我，照片中的女人很像阿黛尔·德莫特。让我们看看。”

机器已停止转动。克雷格从电报机上揭下一张还未干的照片，站在那里非常满意地望着它。外面，车早已备好，要送我们去布鲁克林。“吗啡成瘾者，”肯尼迪一边说，一边把照片扇动起来晾干，“是最不可靠的一类人。他们以近乎恶魔般的狡诈来掩盖自己的踪迹。事实上，他们似乎很享受。例如，吗啡成瘾者所犯的罪行通常是针对财产和名誉，并且基于自私自利，而不是诸如酗酒和其他毒品常会诱导的残暴的罪行。盗窃癖、伪造和诈骗，都是最常见的。”

“此外，吗啡成瘾最显著的一个阶段就是受害者在隐藏自己的动机和行为时能获得快感。他们有过双重生活的癖好，喜欢欺骗和伪装。受毒品影响的人对身体和精神影响的抵抗力较弱，他们很容易屈服于诱惑和他人的建议，使人在道德上滑坡，吗啡所起的作用是无与伦比的。它创造了一个人，此人一定被谎言之父视为自己的亲人。我知道一个案子，一个法官指控陪审团说，由于上述原因，一个吗啡成瘾的犯人不必为其行为负责。法官当然知道自己在说什么，因为后来发现，他自己也是一个常年秘密服用吗啡的瘾君子。”

“行了，行了，”卡罗尔不耐烦地插嘴说，“我们在浪费时间。再过一个小时，船就要启航了，除非你想坐拖船去海湾。你现在必须得抓住道森，否则就永远抓不住了。吗啡行业对此做出了解释，但这并不能原谅。走吧，车在等着呢。你认为要花多长时间才能到——”

“警察局？”克雷格打断了他，“大约十五分钟。正如我所希望的，这张照片显示出了真正的伪造者。约翰·卡罗尔，这案子很特殊。你伪造了你公司的总裁名字，但你也非常聪明地模仿了你自己的名字，使其看起来像共同伪造的。这在技术上被称为自动伪造，伪造自己的笔迹。在你方便的时候，我们就直接开车到中央大街去。”

卡罗尔气得唾沫四溅，几乎口吐白沫，他毫不掩饰。威廉姆斯犹豫着，不知所措，直到肯尼迪出乎意料地伸手抓住卡罗尔的胳膊。他把卡罗尔的袖子往上一推，他的前臂露出来了，上面确实布满了皮下注射针扎的针眼。

“你可能会对这个消息感兴趣，”说着，肯尼迪仍然像老虎钳一样紧握着卡罗尔，而这位吸毒的恶魔，神经已经崩溃，吓得瑟瑟发抖，“一位为我工作的特别侦探在巴尔港找到了道森夫妇，他们正在那里享受安静的蜜月。布朗被他的律师安全关押，一旦对他产生错误影响的公众舆论平息下来，他就准备出庭为自己澄清。你打算在码头的最后一刻与我们不期而遇，然后登上开往南美的汽船的计划已经失败了。现在已经来不及赶上那条船了，但我会发一份电报，只要船一靠近美洲的科伦港，德默特小姐就会被逮捕，即使她成功地在金斯敦躲过了英国当局的追捕。事实上，我也不是很在乎她。多亏了这个远程传真机，我们才找到了真正的罪犯。”

肯尼迪啪的一声把从他的“通过电线看”的机器上打印下来的已经干了的照片拍了一下。除了假的范·戴克胡子，那是约翰·卡罗尔的脸，原来他才是伪造者和吗啡瘾君子。照片中，在洛林酒店华丽时尚的餐厅里，坐在他旁边的是阿黛尔·德莫特，她利用受害者博尔顿·布朗来保护她的雇主卡罗尔。

非正式间谍

“克雷格，你看见桌子那边那个和夜班工作人员说话的家伙了吗？”一天晚上，我们从获得了检查特权的富豪手中取回了我们的帽子，悠闲地走进新开的范德维尔酒店的大堂时，我问肯尼迪。我们在范德维尔酒店的楼顶花园吃了顿饭，除了想熟悉一家新旅馆之外，没有别的目的。

“是的，”肯尼迪回答，“他是干啥的？”

“他是警卫，名叫麦克布莱德。你想见见他吗？他有很多好故事，是个有趣的家伙。我在不久前的总统晚宴上遇到他，他给我讲了一个很棒的故事，是关于特勤局、警察和酒店在晚宴期间如何联合起来保护总统的。你知道，大酒店是各种怪人和骗子出没的地方。”

这位警卫转过身来，引起了我的注意。让我大为吃惊的是，他竟然走上前来迎接我。

“喂——呃——呃——詹姆士，”他开始说，终于想起了我的名字，尽管他只见过我一次，而且时间很短，“我想，你是为《星报》工作吧？”

“是的。”我回答道，不知道他想要干什么。

“那么——呃——您能不能帮这个酒店一个小忙？”他犹豫着压低了声音问道。

“帮什么忙？”我问了一句，虽然不是很确定，但我觉得这是在为范德维尔酒店争取一点免费广告，“顺便说一下，麦克布莱德，让我把你介绍给我的朋友肯尼迪吧。”

“克雷格·肯尼迪？”他在一旁低声说道，迅速转向我。我点了点头。

“肯尼迪先生，”这位警卫恭敬地叫道，“您现在很忙吗？”

“不是特别忙，”克雷格回答道，“我的朋友詹姆士告诉我，你知道一些酒店侦探生活的有趣故事。如果你说的不是你自己的话，我倒想听你说说。”

“也许你更想见一个人？”警卫打断了他的话，急切地审视着克雷格的脸。

“的确，没有什么比这更让我高兴的了。是什么人——囚犯还是酒店里的流浪汉？”

麦克布莱德环顾四周，确定没有人在听。“都不是，”他低声说道，“这要么是自杀，要么是谋杀。跟我上楼吧。肯尼迪先生，此时此刻，我最愿意见到的人就是您了。”

我们跟着麦克布莱德进了一部电梯，在十五楼停了下来。警卫向楼层的年轻女职员点了点头，领着她走过铺着厚地毯的大厅，在一间房前停了下来，我们从房间的门顶窗可以望见那间屋子里亮着灯。他从口袋里掏出一串钥匙，将一把万能钥匙插进锁孔里。

门开了，进入一间陈设豪华的起居室。我往里看，有点害怕，虽然所有的灯都开着，但房间里空无一人。麦克布莱德迅速穿过房间，打开一扇通往卧室的门，猛然把头向后一仰，表示他希望我们跟着他。

床特别整洁，白色亚麻布上躺着一个女人的身体，毫无生气，看得出她曾经也是一个美丽的女人，尽管她没有美国女人那种有吸引力的饱满精神。她的美有几分做作，这种做作暗示着这个女人背后有很多故事。

她是一个外国人，显然是拉丁民族的人，虽然在此恐怖时刻，面对这场悲剧，我还是猜不出她的国籍。对我来说，这里躺着一位冰凉、冷酷、僵硬的美人，穿着巴黎时装最新的作品，就已经足够了。她独自横尸于此豪华酒店的一间陈设优雅的房间里，几百个客人快活地在这家酒店吃饭、聊天、大笑，丝毫没有怀疑，离他们只有几英尺远的地方竟然藏着可怕的秘密。

此刻，我们站在这里，惊奇不已。

“验尸官随时都可能到这儿来。”麦克布莱德说。即使面前这个普通侦探麻木不仁，也不足以掩饰其真实感情。然而，他的真实意识很快就恢复了，他继续说道：“喂，詹姆士，你不认为你可以对报界施加一点影响，让这件事不要登上头版吗？当然，一定要把这件事写出来。但我们不想一开始就把酒店搞得一团糟。前几天有个自杀的人，他留下了一封道歉信，被一些报纸渲染了一番。现在，又出了这档子事。管理层对任何犯罪行为都是一样的态度，都急于将其清除——如果这是犯罪行为的话。但是不能大事化小吗？我们会不惜一切代价——只要范德维尔酒店的名字不被人知道就行。只是，我怕验尸官会把这件事弄得耸人听闻。”

“她叫什么名字？”肯尼迪问，“至少，她是用什么名字登记的？”

“她登记的名字是德·尼弗斯夫人。她从‘的黎波里塔尼亚’号轮上直接来到这里，至今还不到一个星期。看，那是她的皮箱和其他东西，上面都贴着外国标签，而不是美国标签。我一点也不怀疑她的名字是伪造的，因为据我所知，所有普通的身份标志都被抹掉了。辨认她的身份充其量也就是花些时间，而同时，如果犯罪发生了，罪犯可能会逃脱。我现在需要的是采取行动。”

“她在酒店的行动难道就没有一点线索吗，哪怕是微不足道的？”肯尼迪问道。

“有很多，”麦克布莱德迅速回答道，“首先，她不太会说英语，她的女仆似乎一直在为她说话，甚至给她点餐，而她的饭菜总是在这里供应的。我确实注意到夫人几次来酒店，尽管她大部分时间都待在房间里。她真是漂亮极了，每当她动一动，男人们都盯着她看，她甚至都没有注意到。不过她显然是在等人，因为她的女仆在前台留下话，说如果有冈萨雷斯先生来访，她就在；如果是别人，就说她出去了。头一两天，她把自己关得很严，但第二天快结束时，她便乘出租汽车在公园里兜了一圈——即使在这么热的天气里，出租汽车门窗也是关得严严的。我不知道她上哪儿去了，不过当她们回来的时候，女仆显得很不安。至少几分钟后，她没有使用房间里的电话，而是一路下楼去电话亭打电话。女仆在不同的时间内多次被派去执行某些任务，但总是很快就回来。尼弗斯夫人是一个真正神秘的女人，但人家自己不张扬，我想我们就不必去打听她的事情。”

“有人来拜访她吗？那位冈萨雷斯先生来过吗？”肯尼迪终于问道。

麦克布莱德回答说：“有个女人来访，她来问我有没有一位尼弗斯夫人下榻酒店。这是我碰巧看见您的时候一个酒店职员告诉我的，这个职员说他听从了女仆的吩咐，回答说夫人出去了。”

“你猜这位来访者是谁？”克雷格问道，“她留了什么卡片或留言吗？有她的什么线索吗？”

这位酒店侦探诚挚地望了他一会儿，仿佛在犹豫要不要告诉他一些纯粹的流言蜚语。

“办事员并不完全知道这一点，但是根据他对社会新闻和画报的了解，他肯定认出了她。他说他确信那是凯瑟琳·洛夫莱斯小姐。”

“原来是那位南方的女继承人，”肯尼迪惊呼道，“怎么，报上说她订婚了——”

“没错，”麦克布莱德插嘴说，“就是传说已与查泰奥利戈公爵订婚的那位女继承人。”

肯尼迪和我交换了一下眼色。“是的，”我补充道，想起了几天前我从《星报》的社会记者那里听到的一句话，“我想大家都听说过，这位查泰奥利戈公爵在这个国家过着隐姓埋名的生活。”

“细微的线索可以证明身份，”麦克布莱德急忙说道，“报纸上的照片并不是识别一个人的最好方法。不管照片中的人是谁，德·尼弗斯夫人（假定这是她的真名）已经死了至少一两天了。首先要确定的是这是一起自然死亡、自杀还是谋杀。在做出判断之后，我们就可以去追查这位洛夫莱斯的线索了。”

肯尼迪什么也没说，我不知道他对酒店职员的怀疑是重视还是不重视。他对躺在床上的尸体随便检查了一下，没有发现什么，于是他专注地环视着房间，仿佛在寻找犯罪过程留下的证据。

在我看来，在这样一个拥挤的酒店里，四周的房间都住满了人，每时每刻都有人在大厅里来来往往，如果没有一声喊叫被任何一个客人听到，就发生了谋杀，这件事似乎是不可理解的。显然，麦克布莱德认为这是自杀，但这真的是自杀吗？

肯尼迪的一声低吼引起了我们的注意。他在那女人衣服上薄薄的蕾丝褶里发现了几片又小又薄的玻璃碎片。他兴致勃勃地望着，对其他一切都漠不关心。他把它们一遍又一遍地翻来翻去，试着把它们拼在一起，似乎至少形成了那个曾经是一个非常薄的空心玻璃球的一部分，直径大约有四分之一英寸左右。

“尸体是怎样被发现的？”克雷格快速抬头望着麦克布莱德，终于问道。

“前天夫人的女仆去收银员那里，”侦探慢条斯理地重复了一遍，仿佛是在排练这个案子，既是为了给我们提供情报，也是为了他自己获取信息，“说夫人让她对他说，她要出去几天，她不在的时候，无论如何都不能扰乱或进入她的房间。女仆被委托去付账，不仅是支付她们在这里的时间，而且还要支付这个星期剩下的时间，夫人很可能在那时乃至更早回来。账单已开出并支付过了。

从那以后，只有女服务员进过这间套房。角落里那个壁橱的钥匙不见了，要不是女服务员有点好奇，这个秘密可能会藏到周末，或者多藏一两天。她反复寻找，终于找到了另一把合适的钥匙，打开了壁橱的门，显然是想看看夫人不在时特地锁上了什么。夫人的尸体躺在那里，穿着整齐，挤在狭小的空间，蜷缩在一个角落里。女服务员尖叫起来，就这样秘密泄露了。”

“德·尼弗斯夫人的女仆呢？她怎么样了？”肯尼迪急切地问道。

“她失踪了，”麦克布莱德回答道，“从付完账的那一刻起，酒店里就没有人见过她。”

“但是你对她的特征印象深刻，必要时你可以派人去找她？”

“是的，我想我可以描述到位。”

肯尼迪的目光碰到了麦克布莱德好奇的目光。“这可能是一件很不寻常的案子，”他在回答问询时说道，“我想你应该听说过巴黎的‘安多默尔（催眠者）’吧？”

麦克布莱德摇了摇头表示否定。

“这是一个法语词，意思是让别人睡着的人。”肯尼迪解释说，“他们是最新的犯罪科学学派，使用最有效，见效最快的麻醉药物。他们的一些壮举甚至超过了欧洲警察迄今为止的想象。美国警方已被正式警告存在这些催眠者，有关他们的作案方法的详细说明和作案工具的照片已经送到这里了。

“在他们的剧目中，没有什么比三氯醛或蒙汗药更粗糙的了。鸦片的所有衍生物，如吗啡、可待因、海洛因、双碱、水仙碱、可那汀，更不用说溴代脲、溴仿、亚硝酸钠和淀粉酶，都被催眠者用来催眠，他们在使用这些强效毒品方面所获得的技能使他们成为现存最危险的犯罪团伙之一。这些男人都有过人的智慧和胆识；女人也极其美丽并且不择手段。

“比如说，他们会从这些液体中取出一点装进一个很小的玻璃球，藏在手帕里，捏碎，塞到他们的受害者的鼻子底下，然后——刹那间！——受害者昏迷了。但通常情况下，催眠者并不害命，他通常满足于麻痹、抢劫受害者，然后离开。这件案子不仅仅是自杀或谋杀这么简单，麦克布莱德。当然，她可能是服用催眠者的药物自杀的；她也可能只是因为服用了那些药物而失去了知觉，或者可能是服用了其他毒药。毫无疑问，这个案件的背后隐藏着比表面上来看更多的东西。就我所做的一切而言，我可以毫不犹豫地说，我们看到的是一个或一群最先进、最科学的罪犯的作品。”

肯尼迪还没说完，麦克布莱德就已经把他的右拳打在了自己的左手掌心上了。

"哎呀，"他激动地叫道，"还有一件事，也许跟这个案子有关，也许无关。夫人到达后的那个晚上，我碰巧穿过咖啡馆，在那里我看到一张面熟的脸。这是一个黑头发、橄榄色皮肤的男人，脸很迷人，但令人害怕。我记得他，我想，根据我当警察的经验，他是一个臭名昭著的骗子，在纽约已经好多年没有人见过他了，他过去在南美革命中以死亡做赌注，是一个要钱不要命的主。

"嗯，我对服务员查理眨眨眼，他就在咖啡馆后面的一个拐角和我碰了一下头。你知道我们酒店有一套固定的系统，我可以把所有的帮手都变成业余侦探。我告诉他对那个黑脸的人和跟他在一起的那个年轻人要非常小心，要特别照顾好他们，尽可能多地收集一些谈话的碎片。

"查理很在行，我只要给他一个明显的手势，他就会成为一个谄媚的侍者。当然，那个黑皮肤的人当时并没有注意到这一点，但如果他观察得更仔细些，他就会发现，在他和查理聊天的时候，有三次他的手在持续地擦桌子；他两次在饮料里放了新鲜的苏打水。他像一个一直在为一大笔小费而工作的优秀的侍者一样，在附近徘徊着，脸上毫无表情，眼睛不太留心。但那个侍者是我保护酒店不受骗子侵害的链条中的重要一环。他在那里听我调遣，给我通风报信，这是他在执行命令之余做的事情。

"他并没有听到什么，但其中的内容是如此可疑，我毫不犹豫地得出结论，这家伙是一个不受欢迎的客人。那是关于巴拿马运河、一艘汽船的装煤港和一个拉丁美洲国家海岸上的水果加工厂的事。他说，这实际上是某个欧洲大国的煤厂，他没有指名道姓，但年轻人似乎知道。他们谈论码头和大片土地、主权和蓝图、门罗主义、战争中的价值，以及许多其他事情。后来他们又谈到了钱的问题，虽然查理当时非常热心，但他听到的只是‘一万法郎’和‘收买她’之类的话，最后他听到了一种窃窃私语，‘这不过是引诱她到这里来，离开巴黎的一个幌子而已。’最后，那黑皮肤的人显然是信心十足地说了些什么，说‘其他的计划毕竟是真的’，说这件事能给他带来五万法郎，有了这笔钱，他就可以慷慨大方了。查理一点也不知道那另外的事情是什么。

“但我确信，他听到的足够多，足以让他相信，他们正在讨论设置某种骗局。说实话，当时我并不太在乎那是什么。这可能是那个黑脸家伙企图把运河卖给一个容易受骗的人。我想让大家知道，范德维尔酒店不是这类上流人士的度假胜地。但事情恐怕比我当时想象的要严重得多。

“嗯，那个黑皮肤的人终于找了个借口离开了，信步走进大厅，走到前台，我从相反的方向跟着他。当他在查看登记簿上当天的到达人数时，我断定是时候做点什么了。我就站在他旁边，点燃了一支雪茄。我迅速转过身来，故意踩了踩那人的黑漆皮鞋。他怒气冲冲地面对我，因为我没有道歉。‘天哪，’他叫道，‘这是——’但他还没说完，我就更靠近了，捏了捏他的胳膊肘。他的脸上泛起了压抑不住的愤怒的暗红色的光辉，但他还是长话短说了。他知道，我也知道他知道。当发现一个骗子并悄悄地要求他离开时，就采用这种信号，这是欧洲大陆的酒店常用的方式。那人转身就走，大步走出了酒店。过了一会儿，咖啡馆里的那个年轻人，对侍者突然的漫不经心感到相当恼火。侍者仿佛对他给的小费不满意。他漫步穿过大厅，没有看见他的黑皮肤的朋友，也消失了。我真希望能跟踪他们。那个小伙子一点也不讨人喜欢。记住我的话，他们俩之间一定有什么秘密。”

“可是，你为什么要把这件事和尼弗斯夫人的案子联系起来呢？”肯尼迪有点迷惑不解地问。

“因为第二天，也就是这位夫人的女仆失踪的那天，我碰巧看见一个男人在酒店后面的马车入口处向一个女人告别。那个女人是夫人的女仆，而那个男人正是坐在咖啡馆里的那个黑皮肤的男人。”

“刚才你说你对那个女仆的特征记得很清楚，或者可以写出来。你能找到她吗？”

这位酒店侦探想了一两分钟。“如果她到这个城市的其他酒店去了，我就可以，”他慢条斯理地回答道，“您知道，我们最近成立了一个类似情报交换所的机构，我们是酒店侦探，现在合作得很好，虽然在秘密工作。她几乎不可能去了另一家酒店。她也许会想，正是这种厚颜无耻的行为，才可以保护自己。”

“那我就把这部分交给你了，麦克布莱德？”肯尼迪若有所思地问道，仿佛在他的脑海里规划出一个行动纲领，“你派酒店里的侦探们去追踪，请城里的警察去调查，还有别的城市的警察去调查轮船、铁路，以及诸如此类的事情，可以吗？试着找出你同时在咖啡馆看到的那两个人的踪迹。不过，目前我得说，要不遗余力地找到那个姑娘。”

“您就放心吧。”麦克布莱德自信地同意道。

一阵沉重的敲门声响起，麦克布莱德打开了门，原来是验尸官到了。验尸官进行了冗长的调查，审问了一个又一个仆人和雇员，却没有得到比我们从酒店侦探那里得到的更确切的信息。当然，验尸官对于把尸体从衣柜搬到床上这件事很生气，因为他想看尸体被发现时的位置，但由于在麦克布莱德阻止他们之前，仆人们已经这样做了，除了接受事实之外，别无他法。

“这是一件非常特殊的案件。”验尸官在验尸结束时说道，他那神气好像如果他愿意的话，他可以利用自己丰富的经验来解释这个问题。“不过，只有一点我们必须弄清楚。死者的死因是什么？房间里没有煤气，那就不可能是照明气体。不，那一定是某种毒药。然后，至于动机——”他补充道，试图显得自信，但实际上是试探地对克雷格和酒店侦探说了几句话，后者什么也没说。“这看上去很像另一起自杀事件——至少是有人竭力掩盖的自杀事件。”他补充说，一边匆匆回忆起尸体被发现时的样子，以及他对把尸体从壁橱移到床上的批评。

“我没告诉过你吗？”几分钟后，我们把验尸官留在楼下，麦克布莱德悲哀地说，“我知道他会认为酒店对他有所隐瞒。”

“但我们无法控制他的想法。”克雷格说，“我们所能做的就是按我们所掌握的线索去追查。我会让你的组织去找女佣，麦克布莱德。让我想想，剧院和屋顶花园这会儿一定都出租出去了。我看看能不能从洛夫莱斯小姐那里得到些消息。沃尔特，去找她的地址，叫辆出租车。”

南部的女继承人，寓所对面是一个公园。她的美貌比她的财富更能吸引人们的注意，而她的财富在当今美国的财富中只是中等。她和母亲生活在一起。众所周知，她母亲的社会抱负没有止境，不幸的是，她的社会抱负常常被强加于人。

幸运的是，我们在母女俩之后没过几分钟就到了其寓所，尽管已经很晚了，肯尼迪还是送上了他的名片，并附上紧急信息说想见她们。她们在一间大客厅里接待我们。尽管我们的解释十分自然，但显然，她们对我们的来访感到很不愉快。

“你找我有什么事？”洛夫莱斯太太用一种几乎要在谈话开始前就结束的语气问道。

肯尼迪并不想为了什么事去见她，但当然，他在给她的回应中甚至没有这样的暗示，而回应的对象是洛夫莱斯小姐。

“你能告诉我关于下榻范德维尔酒店的尼弗斯夫人的情况吗？”克雷格问道，他迅速转向试图充分理解他的问题的女儿一方，然后等待着，好像在期待她的回答。

这位年轻女士的脸微微发白，貌似屏住了呼吸，但她保持着镇定，这一点令人钦佩，尽管克雷格故意突然提出的问题显然让她感到震惊。

“我听说过她，”洛夫莱斯小姐强作镇定地回答道，而他继续望着她寻求答案，“你为什么这么问？”

“因为有个被认为是德·尼弗斯夫人的女人在范德维尔酒店自杀了，人们认为你也许能辨认。”

这时，她又成了一个完美的女主人，我由此认为，她对夫人的了解仅限于悲剧发生之前的那个时期。

“我，辨认德·尼弗斯夫人？哎呀，我从来没见过她。我只知道有这样一个人存在。”

她说这话时带着一种冷若冰霜的神气，比单纯的语言更清楚地表明，她甚至不屑于与那个名声不好的交际花相识。

“你认为德·查泰奥利戈公爵能识别她吗？”肯尼迪毫不留情地问道。“请等一下，”他补充说，预料到她脸上会露出茫然的惊讶的表情，

“我有理由相信公爵是隐姓埋名地生活在这个国家里的——是不是？”

她没有说话，只是耸了耸肩。

“要么在纽约，要么在华盛顿。”肯尼迪继续说。

“你为什么问我这个问题？”她终于说道，“有些报纸这样说还不够吗？如果你在报纸上看到这种消息，是这样——也许——不是吗？”

我们在这次采访中毫无进展，至少我是这么认为的。肯尼迪把话说得很短，特别是当他注意到洛夫莱斯太太明显表现出不安时。然而，他已经说到点子上了。不管公爵是否在纽约、华盛顿或斯匹次卑尔根岛，他现在确信洛夫莱斯小姐认识德·尼弗斯夫人，也许还知道一些有关她的事情。死去的女人以某种方式与她联系过，而洛夫莱斯小姐就是酒店职员在范德维尔酒店看到的那个女人。局面一度尴尬，我们及时抽身，优雅地退了出去。

既然这么晚了，也没有别的事可做，克雷格决定睡个安稳觉，这是他在办案时进入死胡同里重新开始的可靠方法。

想象一下，当早上验尸官亲自来服侍我们时，我们是多么吃惊。验尸官三言两语地解释说，他对这个案子的进展很不满意。

“您知道，”他在作了很长一段坦白和回避的陈述后总结道，“我们自己并没有很好的实验室设备来对凶杀和自杀案件进行必要的化学、病理学和细菌学调查。我们常常不得不求助于私人实验室，您也知道过去我不得不向您求助。现在，肯尼迪教授，如果我们能把这个案子的研究部分交给您，先生，我保证立即把一份合理的账单交给我的朋友城市审计长的办公室。”

克雷格抓住了这个机会，尽管他不让验尸官产生这种印象。

“很好，”那位官员表示同意，“我将立即把所有必要的器官送到化学楼进行彻底的检测，以查明这位妇女的死因。”

验尸官说到做到，我们还没吃早饭就来到克雷格的科学工作室，然后那位官员就出现了，他还带来一个神秘的罐子，里面装着尸检后的必要调查材料。

肯尼迪现在得心应手了。事情发生了意想不到的变化，他成了解决问题的主要人物。不管前一天晚上他私下里有什么怀疑，现在他都可以公开而迅速地证实了。

他取出一小片肺组织，用一把锋利的消过毒的刀切开，然后他用少量的碳酸钠使它呈碱性，一边对我们说话，一边在工作时自言自语。下一步是把物质放在一个玻璃烧瓶中，在水中加热。一根波西米亚玻璃管从烧瓶里伸到一个凉爽的罐子里，管子的一部分下面有火焰在燃烧，火焰把管子烧红了两三英寸。

我们默默地等了几分钟。最后，当这个过程足够长的时候，肯尼迪拿了一张纸，这张纸是用碘化淀粉处理过的，他后来解释说。他把纸扔进凉爽的罐子里。慢慢地，它变成了深蓝色。

克雷格什么也没说，但很明显，他对所发生的这一切化学反应非常满意。他迅速伸手去拿面前架子上的一个瓶子，我从棕色玻璃上的标签可以看出那是硝酸银。当他把试管中的一点液体滴入罐子时，一种浓浓的沉淀物逐渐形成了。

“这是对氯仿的必然反应。”他大声说，只是为了回答我们没有说出来的问题。

“氯仿？”验尸官有些怀疑地重复了一遍。显然，他原以为会是毒药，到目前为止，他一直把自己的工作局限在对胃的检查上，但他没有预料到对肺的检查会有任何结果。“这么多天之后，氯仿能在肺部或内脏中被发现吗？有一个著名的氯仿案例，一个人被判无期徒刑，现正在纽约州的新新监狱服刑，据我所知，专家们对此非常怀疑。注意，我并不是要质疑你的工作成果，而是因为它们在法庭上肯定会被质疑。在我看来，氯仿的挥发性很可能使它在短时间内无法被发现。话说回来，难道尸体里不会产生其他物质，从而出现类似氯仿的反应吗？先生，在我们放弃毒药理论之前，我们必须考虑所有这些问题。记住，现在也是夏天，氯仿的蒸发速度比冬天要快得多。”

肯尼迪微微一笑，但他的信心丝毫没有动摇。

“我可以满足你们所有的反对意见，”他简明地解释道，“我想有这样一条准则：通过适当的方法，在人死后，氯仿在内脏中被发现的时间可能比通常认为的要长得多——夏天从六天到三个星期，其真实有效期是十二天，而在冬天，它甚至可以在几个月后找到——通过正确的方法。当然，这种情况发生在平均时间范围内。更重要的是，分解过程中不会产生任何物质，这将破坏我刚才所做的氯仿测试。氯仿对水有亲和力，也是一种防腐剂，因此，根据所有这些事实，我认为可以有把握地得出结论，有时在服用后两周内可以发现氯仿的痕迹，当然几天内也可以。"

"那德 · 尼弗斯夫人呢？"验尸官问道，仿佛事态的发展需要他把自己对这个案子的推测完全重构一遍似的。

"是被谋杀的。"肯尼迪说完后，在这个问题上没有什么可说的了。

"但是，"验尸官继续说，"如果她是被氯仿杀死的，你怎么解释她没有经过挣扎就被人杀死了呢？没有暴力的痕迹，我认为，在一般情况下，不会有人不反抗就乖乖就范的。"

肯尼迪从口袋里掏出一个纸板盒，里面装有一些小球状物、一些夹心软糖和含片、一个小型皮下注射器、几支雪茄和香烟。他把纸板盒放在手掌上，让我们可以看到它。

"这，"他说，"是催眠者的标准装备。无论谁获准进入夫人的房间，无论是出于自然的还是秘密的，一定是同她谈了话，消除了她的猜疑，然后她一定突然在自己的鼻子底下发现有一块手帕。罪犯用手帕包着一个液体球，捏碎了它，受害者因此失去了意识，吸入氯仿时没有反抗，所有的识别痕迹都被抹掉了，尸体被放在壁橱里，而那个女仆——要么是主犯，要么是从犯——采取了最可能的办法，提前到前台付了账单，以推迟被人发现，然后就消失了。”

肯尼迪把盒子放回口袋。我想，验尸官已经在期待克雷格的定论了，尽管他不愿意放弃自己的自杀理论，并一直坚持到最后一刻。不管怎么说，到目前为止，他几乎没有说什么。显然，他宁愿让自己的行动方针保持自己的意见，并让自己的机制运转起来。

然而，他从口袋里抽出一张纸条。“我想，”他迟疑地说，一面摇晃着纸条，一面怀疑地看了看我们，“你们听说，在来拜访这个不幸的女人的那些人当中，有一位女士在这座城市里地位很高，是吧？”

“我听到过类似的谣言，”肯尼迪一边回答，一边忙着清理他刚才使用的器械。他的态度一点也不暗示我们已经深入调查，并且采访了他提到的那位年轻女士。

“好吧，”验尸官接着说，“鉴于你刚刚发现的情况，我可以毫不介意地告诉你，我相信这绝不是谣言。我早就让一名男子监视这名女子了，这是我上来之前收到的报告。”

我们看了他递给我们的那张纸条，上面只是匆匆写了一句：“洛夫莱斯小姐今天早上匆匆动身去华盛顿了。”

这是什么意思？很明显，随着我们对案件的深入调查，其后果超出了我们的预期。为什么洛夫莱斯小姐要在一年中的这个炎热季节去华盛顿呢？

验尸官刚离开我们，我们比以前更加困惑了，这时接到了麦克布莱德打来的电话，说他有一些重要的消息要告诉我们，如果我们能在一小时内在圣·塞尼斯酒店见他的话。具体什么事，他在电话里只字不提。

肯尼迪挂上听筒，悄悄地从书桌的抽屉里拿出一把手枪，迅速把它打开，若有所思地看了看弹仓的子弹，然后他“啪”的一声把它合上，塞进口袋里。

“在我们回到实验室之前，谁也不知道我们会遇到什么。”他说，于是我们驱车去见麦克布莱德。

酒店侦探于前一天晚上发给其他酒店的侦探们的对于嫌疑人的特征描述已经产生了效果。在过去的两天里，有一个人和麦克布莱德在咖啡馆里见到的那个年轻人的外貌很相似，还有一个很可能是夫人的女仆，两人来到圣·塞尼斯酒店投宿，自称杜瓦尔先生和杜瓦尔夫人。他们的行李很轻，但他们已经尽力向酒店表明，他们身居要职，在游览完美国之后，要将行李从火车直接送到轮船上。事实上，在收到索取登记信息的一般性要求之前，他们并没有做任何引起怀疑的事。

在麦克布莱德的介绍下，圣·塞尼斯酒店的人热诚地欢迎我们，并同意如果这对陌生夫妇不在，就带我们去他们的房间。正巧是午餐时间，他们不在房间里。不过，肯尼迪在寻找他们的财物时还是不敢太挑剔，他不想在他们回来时引起怀疑，至少现在还不想。

“在我看来，克雷格，”我们四处查看了几分钟，一无所获之后，我建议道，“这是一个特别需要使用窃听器的案子，就像你在黑手党案件中所做的那样。”

他怀疑地摇了摇头，虽然我看得出他很喜欢这个想法。“最近，关于窃听器的宣传力度太大了，”他说道，“我担心他们会发现的，如果他们真像我想的那么聪明的话。此外，我还得派人到实验室去取，等送信的人回来时，他们可能已经吃完午饭回来了。不行，我们得做点别的事，而且要快。”

他显然漫无目的地环视着房间。侧面墙壁上挂着一幅廉价的森林风景画。肯尼迪似乎全神贯注于这幅画，而我们其余的人却在为此而感到不安。

“你能给我取两部旧的电话机吗？”他终于转向我们，对着圣·塞尼斯酒店的侦探问道。

侦探点点头，消失在大厅里。几分钟后，他把旧的电话机放在一张桌子上。我不知道他从哪儿弄来的，但我怀疑他只是从空房间里顺手牵羊拿过来的。

“现在要一些三十号铜线和几块干电池。”肯尼迪命令道，立即开始着手改造电话的工作。侦探派了一个行李员到地下室，去酒店的电工那里取电线。

肯尼迪取下电话的信号传送器，从里面拿出碳盒，小心翼翼地把它们放在桌子上。然后他从墙上取下那幅蚀刻画，平摊在我们面前。他迅速地把那幅画的背面撕下来。

他把信号传送器的前端和碳盒压在纸上，然后盖上玻璃，这样纸和玻璃就像一个大隔膜，可以收集房间里所有的声音。

当我们聚集在一起，对他正在做的事情表现出浓厚的兴趣时，他解释道：“这种玻璃膜片大小正好，它将会像麦克风一样敏感，即使是最轻微的耳语也会以惊人的清晰度再现。”

那个男孩送来了电线，还告诉我们，下榻这个房间的那对夫妇快吃完午饭了，可能过几分钟就会回来。

肯尼迪拿起细小的电线，把它们连接起来后，又把那幅画挂了起来，把电线沿着挂画的金属线从巨大的信号发射器连接到画框上。沿着画框的顶部，穿过气窗，很容易就能把电线穿过大厅引到另一个空房间，克雷格很快就把电线接到了一个旧的电话听筒上。

然后我们在这个房间里坐下来，等待我们匆忙制作的画框麦克风探测器捕捉谈话声。

最后，我们能听到我们这一层的电梯门关上了。过了一会儿，从肯尼迪脸上的表情可以明显地看出，有人进入了我们刚离开的房间。他完成得一点也不早。

“幸好我没有等着在那里安放一个窃听器，”他对我们说，“我认为——我不是毫无理由——那对夫妇——不管他们是谁——在低声交谈，并在房间里四处查看，看他们不在时有没有什么东西被人动过了。”

当然，只有肯尼迪一个人可以在电话那头听他们说些什么，我们其余的人只能等待，但根据克雷格听谈话时匆匆记下的笔记，我将把它复制出来，就好像我们都听到了一样。他们焦虑了好一会儿，终于确信没有人在偷听，也没有他们听说过的那种窃听器或其他的机械窃听器藏在家具里或家具后面。

“你为什么这么挑剔，亨利？”一个女人的声音在说。

“露易丝，我想了很久，我们在这些酒店里被间谍包围了。你还记得我告诉过你，你和夫人到达范德维尔酒店那晚发生的事吗？我敢肯定那个侍者偷听了冈萨雷斯和我的谈话。”

“好了，不管怎样，我们现在安全了。刚才午餐时你有什么事不肯告诉我？”那个女人问道。肯尼迪听出她是尼弗斯夫人的女仆。

"我有来自华盛顿的加密信。等我把它翻译出来。"

一阵沉默。"说的什么事？"女人不耐烦地问。

"说的是，"那人慢条斯理地重复道，"洛夫莱斯小姐去华盛顿了，她坚持要知道玛丽是不是自杀身亡。更糟糕的是，特勤局一定知道我们的某些计划，因为他们表现得很可疑。我必须到那儿去，否则整个事情就会暴露出来，彻底失败。情况简直糟透了，尤其是她这一突然举动。"

"那个在他们发现玛丽尸体的那晚强行去见她的侦探是谁？"那个女人问道，"我希望那不是特勤局的人。你认为他们会怀疑什么吗？"

"我不这么认为，"那人回答道，"我相信，除了夫人的死，纽约的人们什么也没有怀疑。你能肯定她所有的信都安全了吗？所有能把她和这桩案子联系起来的线索都销毁了吗？尤其是她要送去的包裹都是安全的吗？"

"包裹？你是说在运河附近的太平洋上建装煤港的计划吗？你明白，亨利，我知道。"

"哈哈——是的，"那人回答道，"露易丝，要我告诉你一个秘密吗？你能守口如瓶吗？"

"你知道我能，亨利。"

"好吧，露易丝，这个计划比你想象的要深奥得多。我们是在让一个国家对抗另一个国家，美国反对——我们的朋友施密特在巴黎为政府工作。现在，听着，那些装煤港的设计图是假的——假的。这只是一个商业冒险。目前还没有哪个国家会愚蠢到去尝试这样的事情。我们知道它们是假的，但我们要通过我们在美国陆军部的朋友来卖。这只是政变的一部分，这一部分将为我们提供资金，在未来启动更大规模的政变。你可以理解为什么所有的事情都要秘密地进行。一旦克服了一个障碍，又会出现一打新的障碍，这是多么令人烦恼的事。露易丝，告诉你个大秘密，我们要用那些假的计划作诱饵，弄到一些东西，等我们都回到巴黎以后，就可以把它们兑换成几千法郎。到此为止，我不能再说什么了。但我已经告诉了你很多，是为了让你记住必须极其谨慎。”

“洛夫莱斯小姐知道多少？”

“非常少——我希望。这就是为什么我必须亲自去华盛顿。不能让她知道这场政变，也不能让她知道真正的德·尼弗斯，否则整个计划就会失败。露易丝，如果你让我们失望了，让德·尼弗斯的信落到洛夫莱斯小姐手里，这事就泡汤了。她的那种背信弃义行为完全是活该，否则事情就会非常简单了。幸运之神一直眷顾着我们，直到她那疯狂的嫉妒心使她去拜访了洛夫莱斯小姐。幸运的是，当夫人拜访她的时候，那位年轻的女士不在家，否则一切都完了。啊，我们欠你很多，露易丝，我们不会忘记的，永远不会。我不在的时候，你会很小心的吧？”

“绝对的。你什么时候回来找我，亨利？”

“最迟明天早上。今天下午，假的装煤港的设计图要交给我们在陆军部的同伙，作为交换，他要给我们一些别的东西——我说过的那个秘密。你看，这条小道一直延伸到高处。它比你想象的重要得多，现在发现它可能会导致一场危险的国际纠纷。”

“那么你今晚要去华盛顿见你的朋友了？你什么时候出发，亨利？不要让时间白白流逝。我们在为日本工作时，在马尼拉几乎有了柯雷吉多尔岛的蓝图，却在加尔各答的街道上弄丢了。”

“相信我。我们约在九点见面，因此我在大约一小时后的三点三十分乘坐限时列车离开。我从车站直接去Z街的房子——让我想想，密信上说号码是101——去找一个叫冈萨雷斯的人。我要用蒙特兹这个名字。他会出现，把包裹交给他——这件事我跟你说过——然后我乘午夜的火车返回这里。我们必须不惜任何代价，绝不能让任何事情传到洛夫莱斯小姐的耳朵里。我明天一大早就来见你，亲爱的，记住，做好准备，十点钟，阿奎塔尼亚号启航。这笔钱将在巴黎分配。那我们就分头行动吧。”

肯尼迪疯狂地通过酒店的常规服务部门打电话，询问开往华盛顿的火车运行时刻表。唯一能在第二天九点之前到那儿的是三点半开出的火车；另一列车一小时后才出发，要到第二天十一点左右才到。显然，他想拖延一下时间，好让大厅那头的朋友错过那列限时火车，但他还是放弃了，因为任何这样的计划只会给华盛顿的黑帮一个信息，让他们提高警惕，挫败他的意图。

“我们必须不惜一切代价抢在这个家伙前面，”克雷格大声说道，他不再继续监听来自他临时准备的那个窃听器的消息了，“来吧，沃尔特，我们必须马上赶去华盛顿的火车。麦克布莱德，我让你和你的人去跟踪这个女人，一刻也别让她离开你们的视线。”

当我们驱车穿过城市前往新的铁路终点站时，克雷格匆忙地告诉我他听到了什么。我们上了那班车，能够看到即将离开的旅客。几分钟后，克雷格发现了麦克布莱德描述的那个人，并成功地将座位锁定在他将要乘坐的那节车厢。

总的来说，这次旅行平安无事。我们在卧铺车厢里坐了整整五个小时，或者在餐车里摆弄着食物，不让那个人离开我们的视线，也不让他知道我们在监视他。尽管如此，我还是忍不住问自己这有什么好处。如果这件事像表面上那样重要，肯尼迪为什么不雇一个特约记者呢？我们怎样才能在华盛顿比在纽约更好地超越他呢？我知道肯尼迪那张平静而神秘的脸背后隐藏着某个计划，我试图读下去，却读不出来。

火车在联合车站停了下来。我们的人快步走上站台，朝出租车等候区的方向走去。肯尼迪突然冲到前面，有一会儿我们和他并排走着。

“对不起，”当我们在弧光灯的阴影下转弯时，克雷格开口了，“你有火柴吗？”

那人停下来，摸索着找他的火柴盒。说时迟，那时快，肯尼迪立刻把手帕凑到了他的鼻子底下。

“给你们这帮催眠者来点药吧！”肯尼迪咬牙切齿道，同时用手绢压碎了几个小玻璃球，以加倍确保其效果。

那人踉跄了一下，要不是我们夹住他，他就会倒下去了。我们把他领上了平台，他还在恍惚中。

“喂，”克雷格对出租车司机喊道，“我的朋友病了。开车带我们转一圈，这会使他清醒过来。来吧，沃尔特，赶紧进来，这氛围对我们都有好处。”

那些在那个夏天待在华盛顿的人，会记得在某个潮湿的夜晚，各州、作战部门和海军部门，活动受到限制。当时，原因没有泄露，但后来明白，在一个很不恰当的季节，险些爆发了一场危机，因为各部门的头头都离开了，连总统也去了北方的避暑别墅，甚至有些副部长出城。几小时以来，仓促的信息以密码和代码的形式在电线上发出咝咝的声音。

我记得，当我们驱车经过陆军大楼时，只是想看看有没有什么激动人心的事，却发现那里灯火通明。即使在一年中这段通常很沉闷的时期，也明显地在发生着一些事情。我凭直觉感到，这里面有某种背信弃义的勾当，牵涉到某个被信赖的雇员。至于克雷格，他只是瞥了一眼夹在我们中间那个昏迷的家伙。他说，据他所知，只有一个国家习惯于在炎热的天气里进行外交和其他政变。我理解这句话的意思，我们这次的使命比一般的重要得多。

当我们到达离目的地几个街区远的地方时，那人还没有恢复过来，也没有从极度昏迷中恢复过来的迹象。肯尼迪让司机把车停在一条小街上，把一张钞票塞到司机手里，叫他等我们回来。

我们拐过 Z 街的拐角，正要走近那所房子时，一个朝相反方向走的人怀疑地看着我们，转身跟着我们走了一两步。

“肯尼迪！”他喊道。

即使是一门十四英寸的大炮在我们身后爆炸，我也不会比这更吃惊了。在这里，尽管采取了紧急行动，且行动保密，我们还是被人跟踪、监视并被人打败。

克雷格突然转过身来，然后他抓住那个人的胳膊。“来吧！”他很快说道，然后我们三个跳进一条小巷的阴影里。

当我们停下来时，肯尼迪第一个开口说话。“天哪，沃尔特，这是特勤局的伯克。”他喊道。

“很好，”那人满意地重复道，“我看你还记得那些面孔。”他显然指的是几个月前我们在一起的经历，是克雷格为他搞掂了赝品案件中的人物肖像描述法和身份识别。

伯克和肯尼迪低声谈了一会儿。在街上昏暗的灯光下，我可以看到肯尼迪的脸，他专注而兴奋地工作着。

“怪不得陆军部一片灯火辉煌，”当我们再次走出阴影，留下那个特勤局的人时，他喊道，“伯克，当我接手这个案子的时候，我并不知道我也应该为我的国家服务。我们必须不惜一切代价取得成功。你一听到枪声，伯克，我们就需要你。如果门还没开，就强行把门打开。关于街道，你是对的，但号码不对。就是那边的那所房子。来吧，沃尔特。”

我们走上房子的低台阶按响了门铃，一个女黑人应声开门。

“冈萨雷斯先生在家吗？”肯尼迪问道。

我们进去了，走廊很黑，在通往起居室的厚厚的门帘后面点着一盏昏暗的灯。女黑人一句话也没说就把我们领进了这间屋子，除此之外，屋里空无一人。

“告诉他蒙特兹先生来了。”我们坐下时克雷格补充道。

那位女黑人消失在楼上，几分钟后回来说先生马上就下楼。

她的脚步声刚一消失，肯尼迪就站了起来，在门口聚精会神地听着。一点声音也没有。他拿起一把椅子，踮着脚尖走到黑暗的大厅里。

他把它倒过来放在楼梯脚下，四条腿斜着朝上，然后他把我拉到一个角落里。

我们不知道等了多久。接下来，楼上平台上传来沉闷的脚步声，然后是来自楼梯上的脚步声。

那人被椅子绊了一下，一头倒在黑暗的台阶上，接着是一连串的法语咒骂声。

肯尼迪猛地拔出左轮手枪，对着那个倒在地上的人开了一枪。我不知道在一个人倒下时向他开火是什么行为准则，我也没有时间停下来思考。

克雷格抓住我的胳膊，把我拉向门口。空气中似乎弥漫着一股令人作呕的气味。楼上传来喊叫声和砰砰的砸门声。

“靠近些，沃尔特，”他低声说道，“靠近门一点，把它打开一点，不然我们两个都会窒息的。我用的是特勤局的枪——这是一种从充满蒸汽的子弹中射出令人失去知觉的气体的手枪，它能让你在不杀死罪犯的情况下让他退出任务。一扣扳机，盖子就爆炸了，火药和爆炸的力量把辣椒和石松结合在一起，就会产生眩目的、令人窒息的蒸汽，你可以看到它可怕的威力。喂，你们上楼去，”他喊道，“向前挪一英寸，把你们的头伸出栏杆，我也朝你们开一枪。沃尔特，你自己拿枪，向他们移动的地方开火。我想气体已经清除得够多了。我必须在他恢复知觉之前抓住他。”

敲门声传来，我的眼睛没有离开楼梯，就把门打开了。伯克溜了进去，被那令人作呕的气味呛得喘不上气来。

“怎么了？”他倒抽一口气说，“我听到一声枪响。肯尼迪在哪里？”

我在黑暗中打手势。刹那间，我们眼前一亮，只见肯尼迪灵巧地把一副闪亮的手铐套在了地板上那个人的手腕上。那个人正喘着粗气，因为他摔倒了，几处轻微的伤口往外流着血。

克雷格像扒手一样灵巧地把手伸进那人的外套，拿出一包纸，急切地看了一张又一张。他从其中拿出一封几星期前写给玛丽·德·尼弗斯夫人的法文信。

我翻译了一下，内容如下：

亲爱的玛丽：

施密特先生告诉我，他在美国华盛顿陆军部的特工已经获得了一些重要信息，这些信息会引起政府的兴趣，施密特先生就是这个特工——当然你知道他是谁。

如果你同意我的建议，你必须把这个包裹由“的黎波里塔尼亚”号轮送到纽约，去范迪维尔酒店。几天后，一旦交易达成，我们在华盛顿的朋友或者我就会以冈萨雷斯的名义来拜访你。作为对你所携带的包裹的回报，他会给你另一个包裹，马上把第二个包裹带回巴黎。

我已经安排好了，你将得到一万法郎，以及你在这件事上的服务费用。在任何情况下都不能泄露你和施密特先生的关系。我本来要亲自把这个包裹带到美国去兑换的，但我知道你需要钱，所以我为你找到了这份工作。你最好带着你的侍女，因为在这种情况下，出行要讲究些。但是，如果你接受了这个委托，我将认为你必须放弃以我的名义提出的要求，我同意在我与你所知道的那位美国女继承人结婚时，付给你五万法郎。请立即通过我们共同的朋友亨利·杜瓦尔告诉我这个建议是否令人满意。亨利会告诉你五万是我的最后报价。

查泰奥利戈

“无赖，”肯尼迪咬牙切齿道，“他把他的妻子从巴黎诱骗到纽约，我想，他一定是认为巴黎的警察对他太严厉了。然后利用女仆露易丝和他的朋友杜瓦尔的背叛，他成功地赶走了那个挡在他和美国富人之间的女人。他的朋友杜瓦尔甚至会堕落到扮演他的贴身男仆并爱上了那个女仆。”

“玛丽，”查泰奥利戈慢吞吞地说，这时他又眨着眼睛，不停打喷嚏，“玛丽，你很聪明，但对我来说还不算太聪明。这种勒索必须停止。多亏了你，洛夫莱斯小姐知道一些事情，但她永远不会知道所有的事情——永远不会。你——你——啊！——住手。你以为你现在能用那双白白的小手拉住我的手腕吗？我把它们拧松了——如此这般——并且——啊！——这是什么？我在哪儿？”

那人精神恍惚地盯着他手腕上的那副手铐，原来这不是他一直梦想着的那双精致的手，因为他看到了在范德维尔酒店里与他的妻子搏斗的可怕场面。

“查泰奥利戈，”肯尼迪在他正义的愤怒中几乎发出嘘声，“你这个假贵族，五大洲真正的骗子。活着的玛丽·德·尼弗斯只是妨碍你和女继承人洛夫莱斯小姐的婚姻。如今她死了，绝对阻止了这一切。”

克雷格一边说，一边继续翻看手中的文件。最后，他看到了一个更小的用油丝绸包裹的包装盒。

他打开封条时，惊奇地看了一眼，然后匆忙地叫道：“看，伯克。把这些交给陆军部，告诉他们可以关灯，停止发电报。这似乎是我国政府计划的副本，包括加强巴拿马运河的防御工事，设置枪口高度、设置探照灯的位置、设置消防站的位置，以及辛苦搜查官方机密记录的一切。这就是这个家伙利用他所谓的太平洋装煤港的假蓝图交换来的东西。

“我离开特勤局是为了找到陆军部的泄密者。我感兴趣的不是那个为两个国家充当间谍并背叛其中一个国家的人。在我看来，这个自称查泰奥利戈的冒险家不过是杀害尼弗斯夫人的凶手。”

走私犯

那是夏末的一个下午，天气闷热，那些不按天气而按日历计算的人正从海边、山上或国外返回城市。

除了周末，肯尼迪和我一直都很忙，尽管在这个特殊的日子里，整个夏天都有一连串的案件需要我们紧急处理，而这一时刻却暂时平息了下来。

我们是在公共图书馆见面的，当时克雷格正在那里做一些犯罪学方面的特殊研究。第五大街上的行人少了一半，不过像我们一样进城或留在城里的行人，照例也很少，大多是在街道的西侧。我注意到，不管是冬天还是夏天，几乎每个人都走在第五大道的一边。

当我们站在街角等着交警吹哨来指挥拥挤的汽车停下来时，一名男子在一辆公共汽车顶上向肯尼迪挥手。

我抬起头，瞥见了杰克·赫恩登。他是我的大学同学，有一些政治抱负，最近刚到纽约海关任职。我还要补充一点，赫恩登代表着年轻而清纯的一代，他们当公务员对自己和政治都有极大的好处。

公共汽车在路边停了下来，杰克急忙跑下危险的台阶。

“我正想着你呢，克雷格，”当我们大家握手时，他微笑着说，“我想知道你和沃尔特是否在城里。我想，无论如何，今天晚上我应该来看你的。”

“怎么，这又是怎么回事——又是冒牌糖吗？”肯尼迪笑道，“或者你抓到了另一个艺术品商人的现行？”

“不，不完全是这样。”赫恩登回答说，这会儿显得更严肃了，“我们办公室正在进行一次大改组，也与你所谓的‘新官上任’无关。这一次是真正的改革。”

“你——这是要走还是刚来？”克雷格好奇地问。

“刚来，克雷格，刚来，”杰克热情地回答道，“他们让我负责一支侦探部队，让我担任一名特别副检验员，捣毁一些我们知道正在进行的走私活动。如果我成功了，这对我将大有帮助——这些天华盛顿到处都在谈论效率和节约。”

“你现在在想什么？”肯尼迪敏锐地问道，“我能帮你什么忙吗？”

赫恩登拉着我们每个人的胳膊，领着我们走到图书馆大楼阴凉处的一张石凳前。

“你已经读过下午报纸上关于维奥莉特小姐离奇死亡的报道了吗？那位身材矮小的经营女装的法国小姐，就在这儿的四十六街。”他问道。

“是的，”肯尼迪说道，“这跟海关改革有什么关系？”

“恐怕有很多，”赫恩登继续说，“这件案子困扰了我们整个夏天。这是我遇到的第一个真正重要的案件，这件事很棘手，连财政部资深探员都不愿处理这样的事情。”

赫恩登若有所思地看着栏杆另一边的人群，继续说下去。“就像我们的许多案件一样，这一切都始于那个匿名信作者。初夏的时候，这些信开始寄到副检验员办公室，都没有署名，虽然很明显是经过伪装的女人的笔记，而且是用很精致的信纸写的。他们警告我们有一个从巴黎走私礼服和珠宝的大阴谋。走私珠宝很常见，因为珠宝不占地方，而且很值钱。也许走私服装听起来，对你来说不像是什么大案件，但当你意识到其中一个薄膜花边可能价值几百乃至几千美元，而且每艘船只需要几个这样的人，而每艘船在一个季节里会有成千上万的人参与其中，你会发现打破这种局面是多么重要。今年夏天，我们一直在严厉打击个人走私者，并且很多人批评我们。我相信，如果我们能找个大家伙来，客观且直接地展现事情的严重性，我相信这会让那些批评我们的媒体站不住脚。

“至少这就是我对这些信感兴趣的原因。但直到几天前，我们得到了一个提示，这给了我们一个切实可行的线索，因为匿名信上的姓名、日期和地点都很模糊，尽管对一般性的指控很大胆，仿佛作者害怕牵连到自己。奇怪的是，这个新线索来自一个海关人员的妻子。一天，她碰巧在百老汇美甲商店，她听到一个女人在和美甲师谈论秋季的款式，她全神贯注地听顾客说：‘你还记得维奥莉特小姐的店吗？她家有很多直接从巴黎进货的、精致且便宜的物件。哦，维奥莉特说她将不得不提高价格，这样将几乎和普通商店一样高。她说关税提高了什么的，但实际上并没有，不是吗？’

“美甲师会意地笑了，接下来的话引起了那个女人的注意。‘没有，事实上。但是，我猜她的意思是她现在必须缴税了。你知道他们变得越来越严格了。说实话，我想维奥莉特的大部分商品——嗯——’

“‘走私吗？’顾客压低声音说。

“美甲师轻轻地耸了耸肩，爽朗地笑了笑，说‘是’。

“仅此而已，但这已经足够了。我派了一个特别的海关官员监视维奥莉特小姐，这是一个聪明的家伙，他没有时间了解更多情况，但另一方面，我肯定他没有做什么惊扰小姐的事。那是一个糟糕的策略。

他的案子进展顺利，他认识了在店里工作的一个姑娘。我们可能已经找到了一些证据，但今天早上他突然走到我的办公桌前，递给我一份初版的下午报纸。今早来上班的姑娘们发现维奥莉特小姐死在了她的店里。显然她在那里待了一整夜，但报告说得很不明确，我现在正赶往那里去见验尸官，他同意等我。”

“你认为她的死和那些信之间有什么联系？”克雷格插话道。

“这个我还不能说，”赫恩登怀疑地回答道，“报纸似乎认为这是一起自杀事件。但她为什么要自杀呢？我的人发现，这些姑娘中流传着一种小道消息，说她要嫁给美国人在国外开办的‘朗商品公司’的第五大道珠宝商让·皮埃尔。皮埃尔预计今晚或明早乘坐蒙田号轮船抵达纽约。

“如果我猜测得没错的话，是皮埃尔策划了整个事件。还有一件事，你知道，我们在巴黎和欧洲其他城市有一个秘密机构，一直在监视美国人在国外的购物行为。我们在巴黎的负责人给我电报说，听说皮埃尔在这个季节购买了大量的人造珠宝。首先，我们相信他从一个辛迪加那里得到了一条相当有名的钻石项链，这条项链花了好几年的时间来组装和搭配，价值约三十万英镑。你知道，人造珠宝的关税是百分之六十，即使他把宝石弄出来，也要付百分之十。按估价来说，比方说二十万，那就意味着两万美元的关税。然后他有一个漂亮的‘狗项圈’

珍珠，哦，还有很多其他东西。我知道，因为我们从各种渠道获得建议，而且通常都很直接。有些来自经销商，他们对自己不能销售而感到恼火。所以你看，在这个案例中，有很多利益攸关的事情，在接下来的过程中，我们可能会有更多的意外收获。我希望你跟我到维奥莉特小姐开的那家店去，给我一点意见。”

克雷格已经从长凳上站起来，我们沿着大街走。

维奥莉特小姐的建筑包括一幢三层和地下室的褐石屋，地下室和一层已经因商业目的进行了改造。台阶的栏杆上有一个整洁的镀金椭圆形小标牌，向大家公布小姐的店在一楼。

我们上了台阶，按了门铃。在我们等待的过程中，我注意到同一条街上还有几家其他的时装店，而就在我们正对面有一个牌子，上面写着九月十五日加布里埃尔小姐将开一场从巴黎进口的高级礼服展览。

我们进入房间。验尸官和殡仪馆的人已经到了，验尸官正在等着赫恩登。肯尼迪和我已经见过他了，他亲切地和我们握了握手。

维奥莉特小姐似乎已经租了整个房子，然后把地下室转租给女帽设计师，自己使用一楼，二楼用作她雇佣的女工的工作室，而她住在顶层，那里配有一个小厨房，适合做简单的家务。她的尸体是在一楼商店的后屋被发现的，正躺在一个坐卧两用的长沙发上。

“报纸上的报道很不明确，”赫恩登开始说，努力了解情况，“我想他们差不多把事情的经过都讲完了，可是她是怎么死的呢？你发现了吗？是死于毒药还是暴力？”

验尸官什么也没说，但意味深长地瞥了肯尼迪一眼，从口袋里掏出了一个奇特的玩意儿。只见它有四个圆洞，他像戴手套一样，从每个洞里钻出一根手指，然后合上手，紧握了拳头。看起来他的手指上好像戴了四个金属戒指。

“指节铜环？”赫恩登暗示道，急忙看了看尸体，那张冷冰冰的脸上没有任何暴力的迹象。

验尸官故意摇了摇头。突然他举起拳头，我看见他用拇指使劲地压着这个金属装置的上端。从另一头，就在他的小指底下，有一把细细的、锐利的小刀片，像有魔法似的，从那头射出，那是最亮最硬的钢。他举着的不是一个毫无意义的四环装置，而是一把最危险的短剑。他举起拇指，剑刃像一束熄灭了的火花，没入鞘中。

“一把阿帕切族匕首，就是巴黎黑社会用的那种。”肯尼迪脱口而出，眼睛里闪烁着感兴趣的光芒。

验尸官点了点头。“我们找到的，”他说，“松松地握在她手里。但只有通过专家的医学证据，我们才能确定它是在这事发生之前还是之后被放在她手指上的。我们已经拍下了照片，照片正在冲洗中。”

他现在已经脱去那具死尸的衣服，身材矮小的经营女装帽店的法国人的身体暴露无遗。衣服上没有我们预料的血流如注的痕迹，只有一个圆点。在她胸部的大理石白的皮肤上，有一个小小的，几乎是显微镜才能看到的小孔，就在心脏的正上方。

“她肯定是马上就死了，”肯尼迪评论道，目光从阿帕切族武器上移到那个死去的女人身上，然后目光重回那武器，“内部出血。我想你已经搜过她的财物了。你在其中找到什么线索了吗？”

“没有，”验尸官怀疑地答道，“我不能说有，除非是珠宝商皮埃尔的那一捆信。他们似乎已经订了婚，可是那两封信却突然停了下来，唔，从他最后一封信的口气看来，我敢说，一场争吵正在酝酿之中。”

随后赫恩登叫了一声。“和那些匿名信一样的信纸，一样的笔迹。”他喊道。

但仅此而已。肯尼迪尽其所能调查一番，但除了验尸官和赫恩登已经透露的情况外，他什么也没有发现。

“关于朗和皮埃尔这两个人，”当我们离开维奥莉特小姐家，和赫恩登一起驱车去市中心的海关时，克雷格若有所思地问道，“你对他们了解多少？我猜朗现在美国，如果他的合伙人在国外的话。”

“是的，他就在纽约。我相信这家公司的名声很不好；有人告诉我，他们必须受到监视。然后，他们中的一个人也经常出国旅行，主要是皮埃尔。正如你所看到的，皮埃尔和这位小姐关系很好，这些信只是证实了姑娘们对我的侦探所说的话。人们相信他已经和她订婚了，我现在看不出有什么理由怀疑这一点。事实上，肯尼迪，如果知道是他为她和他自己策划了走私活动，我一点也不会感到惊讶。”

“那位合伙人呢？你怀疑他在其中起什么作用？”

“这是另一个怪人。朗似乎不太关心生意。虽然他名义上是公司的头头，但他是一个低调的合伙人。不过，他们俩似乎总是有充足的资金供应，生意也很好。朗大部分时间都住在哈德逊河的西岸，他似乎对‘河岩架’游艇俱乐部的船长职位比对他在这里的生意更感兴趣。他是个十足的运动健将，是摩托艇的狂热爱好者，最近还喜欢上了水上飞机。”

“我的意思是，”肯尼迪重复道，“朗和维奥莉特小姐，他们的关系友好吗？”

“哦，”赫恩登回答，似乎明白了他的意思，“我明白了。当然——皮埃尔在国外，朗在这里。我明白你的意思。那姑娘告诉我的人，维奥莉特小姐过去常和朗一起去划船，但只有在她未婚夫皮埃尔陪着的时候。不，我不认为她和朗有任何关系，如果你是想问这个的话。他也许对她很殷勤，但皮埃尔是她的情人，并且我毫不怀疑如果朗对她动手动脚她一定会拒绝。她似乎对皮埃尔了如指掌。”

这时我们已经到了赫恩登的办公室。他给速记员留了话，让他从蒙田号那里取得最新的报告，然后继续和我们谈论他的工作。

“裁缝、女帽商和珠宝商现在是我们最不受欢迎的人，”当我们站在窗口望着巴特里海湾防波堤外海湾的全景时，他这样说道，“嘿，我们一次又一次地发现了一个看起来全世界都像‘裁缝’的辛迪加，虽然这是我第一次碰到涉及死亡的案子。真的，我已经把走私看作是犯罪中的一种艺术了。曾经的走私犯，像海盗和拦路强盗一样，是一种绅士般的流氓。但现在它已经成为一种非常淑女的艺术，其程度也几乎令人难以置信。从大舱开始，一直延伸到头等舱，面对冷嘲热讽，走私者毫不脸红。我想你知道，女性，尤其是社会上的某一类女性，在罪犯之中，最坏，也最顽固。她们甚至还自夸呢。走私不仅受欢迎，而且是贵族的行为。但我们得在她们得手之前觅寻到一些蛛丝马迹。”

他撕开一个男孩送来的电报。“现在，拿这个来说吧，”他继续说道，“你还记得维奥莉特小姐家街对面的牌子吗？上面写着一位加布里埃尔小姐要开一家沙龙，或者他们管它叫什么来着？这是巴黎特勤局发来的另一份电报，是迟来的消息。他们告诉我们要小心加布里埃尔小姐——也要小心蒙田号。这是另一件有趣的事情。你知道，根据对乘客犯下此罪行的可能性进行评估，我们把不同航线进行了排序。我们将特别关注从伦敦、利物浦和巴黎来的船只，而斯堪的纳维亚的船只危险系数最低。嗯，罗伯茨小姐？”

“我们刚刚接到了关于蒙田号的无线电，”他说话时进来的速记员报告说，“她在桑迪·胡克以东三百英里处。明天才靠岸。”

“谢谢！好啦，伙计们，时间不早了，今晚什么也不用干了。你们明早能到这里吗？当副检验员和他的副手到隔离区去接船的时候，我们就到海湾去，用我们的说法就是‘把船收进来’。我无法告诉你我是多么感激你们好意帮助我。如果我的人发现朗和维奥莉特小姐的案子有任何联系，我会立即通知你们的。”

这是一个晴朗、清爽的早晨，与前一天的炎热形成了鲜明的对比。我们登上了驳船办公室的海关缉私船。海港的海水在清晨的阳光下翩翩起舞，湛蓝无比，当汹涌的潮水翻滚时，到处泛起白色的浪花。史坦顿岛的海岸几乎绿如春天，就连笼罩在布鲁克林工厂上空的阴霾也消散了。它看起来几乎像一个舞台场景，呈现出新而明亮的色彩，清晰而引人注目。

也许最不为人所知的，当然也是最不被认可的政府服务之一是为海关缉私服务的警戒船。然而，这并不是我们在海湾劈波斩浪时所使用的那艘缉私船。那艘缉私快艇像一艘小型战舰一样，停泊在斯泰普尔顿附近，在晨光中闪闪发亮，当我们从那里经过的时候，上面的人还在向我们敬礼呢。这些驶往隔离区并迅速赶向那些远洋快轮的是海关缉私船。

驶过海湾，我们的船喷着蒸汽，在海上颠簸了大约四十分钟，才到达一个被用作隔离区的小岛。早在到达那里之前，我们就看见了著名的蒙田号在岛上的建筑群附近，她从一大清早就在那里等着潮水和海关官员。缉私船靠了过去，一大群官员和副收税员迅速爬上高高的梯子。我们跟着赫恩登径直来到大厅，收税员们开始收到在旅途中提供给旅客的空白纸上的报关单。他们已经有好几天的时间来写这些单子了——少了一些遗漏的借口。

收税员匆匆看了一眼，便从纸条上取下底部有号码的纸条，将其交给码头上被指派来检查行李的海关人员。

"我们要看 140 号，"我听到赫恩登对肯尼迪耳语道，"那边那个又高又黑的家伙。"

我小心翼翼地顺着他的方向看去，发现一个体格粗壮、相貌出众的男人，他刚刚申报完毕，正在和一位正要申报的女士兴致勃勃地聊天。她小鸟依人，如娃娃般纯真，天真无邪。

"不，你不必对它发誓，"他说，"你过去常常这样做，但现在你只要签上自己的名字，然后碰碰运气就行了。"他微笑着补充道，露出一排牙齿，堪称完美。

"156 号，"赫恩登注意到，这时收集者把存根撕了下来，递给了她，"那是加布里埃尔小姐。"

这两个人走到甲板上，仍在愉快地聊天。

“在过去，他们可没有现在这么可恶，”我听见他说，“官方总是为我提供便利，但现在一切都结束了。”

船已经开航了，船上的旗子在凉爽的微风中噼啪作响，这表明秋天即将来临。我们已经驶过了较低的海湾和纽约湾海峡，乘客们都挤在前面，想一睹纽约的摩天大楼。

我们乘坐的船沿着海湾向前劈波斩浪，一路挥洒着浪花。赫恩登一刻也不放松对那个又高又瘦的男人的密切注视。偶然间，他找到了无线接线员，从他那里得知，皮埃尔收到了一条无线电暗码，显然是他的合伙人朗发来的。

“140 号的声明中并没有提到与第一份从巴黎来的电报中提到的任何货物相对应的任何应纳税的东西，”一位收税人对赫恩登不加注意地说，“156 号的声明中也没有提到与第二份电报相对应的任何货物。”

“我认为不会有，”他简洁地回答道，“这就是我们的工作——找到那些东西。”

最后，蒙田号曲曲折折驶进了码头。船上一堆堆的头等舱行李轰隆隆地堆在码头上，慢慢地，乘客们鱼贯而下，与身穿白帽制服的检查人员和便衣检查员排成一队。海关检查的喜剧和悲剧开始了。

我们是第一批着陆的。赫恩登找了个能观察而不被人发现的位置。

在码头封闭一侧的小窗户半明半暗的光线下，在像大厅一样的拱形屋顶的钢梁下，可以看到一大堆打开的行李的全景。

最后，140 号独自下了岸，来到用绳子围起来的码头。他若无其事地走到副检验员的小办公桌前，很快一个检查员就被指派到他那里。显然，一切都按照正常工作流程有序展开，他不知道在这看似匆忙却井井有条的过程中，赫恩登手下最精明的人已经被挑出来了，就像变戏法的人把一张牌硬塞给他的受骗者一样。

海关检查进行得很顺利。每五名乘客分派一名检查员，一堆堆华服被毫不留情地扔得乱七八糟，暴露在公众面前，但公众并不在意这些东西，他们只关心自己的私人财物。手提袋和手提包正在检查中。每个箱子的底部都被认为有暗藏的夹层，用纸包着的东西被怀疑并展开来看。衣服被抖来抖去。想隐藏，似乎没有多少机会。

此时，赫恩登已经戴上了鉴定人的标准草帽，在我们的陪同下，装作游客的样子四处闲逛。最后我们来到了能听到检查员正在检查 140 号财物的地方。

从眼角的余光里，我看到一场争论正在进行，因为一件小事。那人冷静沉着。“去叫鉴定人来，”最后，他带着一个坚持自己权利的人的神气说道，“我反对你们对乘客搜身。山姆大叔比扒手好不了多少。再说了，我也不能在这里等一整天。我的合伙人正在富人区等我呢。”

赫恩登立刻注意到了。但很明显，这毕竟只是一场为了旁观者的利益而发生的争吵。我相信他知道有人在监视他，但当争论继续进行时，他装出一副被逗乐了的样子。这件事只涉及几块钱，最后他听天由命，优雅地作出了让步，事情就这样解决了。赫恩登还是没有走开，我敢肯定这使他很恼火。

突然，他转过身来，面对着赫恩登。我不禁想到，尽管他一定是行家里手，但如果他真是个走私犯，那么他在逃避方面所表现出来的风度和技巧也足以使他有资格被称为走私犯大师了。

“你看见那边的那个女人了吗？”他低声说道，“她说她刚从巴黎学完音乐回家。”

我们望过去，原来是纯真的加布里埃尔小姐。

“没错，她有要缴税的东西，我看到了她的申报单。她试图把一件外国居民的礼服作为个人物品带进来，我想，她打算在舞台上穿。她是一个演员。”

赫恩登没有别的办法，只能按那人的建议行事。那个人暂时摆脱了我们，但我们知道这位巡查员会更加警惕。我觉得他比平时花的时间还要长。

加布里埃尔小姐和她的侍女撅着嘴，对赫恩登要求的重新检查紧张不安。据检查员说，所有的东西都是新的，而且很贵，她却声称这些东西又老又破又贱。她否认一切，怒气冲冲，并发出威胁。她的六只衣箱和旅行袋，里面实际上只有几件应税物品。赫恩登没有命人在衣箱和旅行袋上盖“已查验”的章，而是威胁说如果她不承认检查员所质疑的几点，这些物品肯定会被带到估价人的店里去估价，并且要她到法律部门去讲清楚。

“一般来说，夫人，”他反驳道，虽然我看得出他对没有找到他所期望的东西感到困惑，“一般来说，即使是初犯，那些东西也会被没收，法院或地方检察官会以罚款了事。如果这种情况再次发生，我们会更加严厉。所以，如不想那样，你最好为这几件小物品付税。”

如果他是想“吓唬”她说出实情，那么显然没有成功。“那好吧，我想，如果必须这样做，我就只好从命了。”她说道。这件事的唯一结果是，她比预料的多付了几块钱，然后高高兴兴地走了。

肯尼迪低声说了几句话之后，赫恩登消失了一会儿，吩咐他的两个手下跟着加布里埃尔小姐，后来又跟着皮埃尔。

他很快又回到了我们身边，我们假装漫不经心地回到了我们那位高个子朋友——140 号的附近。自从他对那位刚刚和他交谈的女士做出了明显的失礼的举动后，我对他的尊敬就更少了。他似乎注意到了我的态度，为自己辩护道：“这只是一种爱国行为。”

这时，负责检查他的巡查员已经完成了最详细的检查，什么也没有找到。没有发现带有秘密弹簧的假书。这种假书没有可供阅读的材料，却能装下许多几乎无价的珠宝。在任何一件衣服、衣箱或旅行袋的内衬里也没有发现有可疑鼓胀。有些东西可能在他身上，但并不多，当然也没有理由搜身，因为即使在众所周知的多孔石膏下面，他也藏不住我们所知道的东西的十分之一。他是无可挑剔的。因此，巡查员除了礼貌性地宣布检查结束之外，别无他法。

“这么说，你并没有在一个假底的夹层里找到‘蒙娜丽莎’，我的箱子里也根本没有藏着走私的雪茄。”他粗暴地厉声说道。这时，“已查验”的印章终于盖好了，他在那个小窗口用现金付了税，那个小窗口的牌子上写着：“请在这里纳税：美国海关。”如果不抓住他的话，他就会付几百美元，而不是赫恩登希望收的几千美元。

在整个检查过程中，对其他乘客也进行了特别仔细的检查，以防止他们中的任何一人与走私者勾结，尽管没有直接或间接的证据表明其他人是。

我们也正要离开码头，这时克雷格的注意力被吸引到一堆剩下的箱子上。

“那些是谁的？”他举起一个问道。感觉很轻。

“有些是皮埃尔先生的，其余的是加布里埃尔小姐的，”一个检查员回答说，“为特洛伊保税，等着快递公司转移。”

也许，这里终于有了一个解释，克雷格利用了这个解释。真正的麻烦是不是不在这里，而是在别的什么地方，是不是在路上要做些交易，或者是企图贿赂？

赫恩登也愿意冒一次险，他命令立即打开那些箱子。但令我们失望的是，它们几乎是空的，里面没有什么值钱的东西。里面的大部分衣服显然是美国制造的，然后被带回美国来。这又是一个错误的线索。我们每一次都被耍，每一次都受到挫折。也许这就是他们当初商定的方法。不管怎么说，情况已经变了。

“难道他们会把货物留在巴黎吗？”我质疑道。

“秋冬贸易才刚开始！”肯尼迪回答说，带着一种决绝的神气，打消了人们对他关于这一点的看法所持有的任何怀疑。“我想也许我们有案子了——你怎么说来着，赫恩登，他们把箱子留在码头，让不诚实的快递员在夜里偷偷运走？”

“潜伏。哦，我们也把它打破了。现在没有快递员敢试了。我必须承认这件事超出了我的能力范围，克雷格。”

肯尼迪没有回答。显然，除了等待事态发展，看赫恩登的人报告什么，别无他法。在这场游戏中，我们每一次都被击败。赫恩登似乎感到失败中有一种苦涩的刺痛，尤其是因为那些走私犯实际上已经在我们手中很久了，我们可以随意处置，而他们又如此巧妙地逃脱了，让我们背黑锅。

肯尼迪在讲述他心中所想的案件事实时，显得特别深思熟虑。“当然，”他说，“加布里埃尔小姐不是演员，但我们不能否认她没有足够的证据证明赫恩登扣留了她，除非他只是想上报纸。”

“不过，我起初认为皮埃尔同她很亲近。”我冒昧地说，“那是他的卑鄙伎俩。”

克雷格笑了。“你这是老生常谈。那不过是障眼法，为了转移人们对他的注意力。我怀疑他们几天前已经讨论过这个问题了。”

这显然比以前更令人费解了。发生了什么事？难道皮埃尔会变戏法？他只是说了一声“快！”我们一转身，他就把货物偷偷运到了乡下？我无法解释码头上发生的小插曲。如果说赫恩登的人在侦查走私方面有天赋的话，那么他们的职业对手在走私方面肯定更有天赋。

直到匆匆吃过午饭，我们才再次见到赫恩登。他在办公室里，倾向于对整个事件持悲观看法。当看了他手下一个盯梢者传来的电话留言时，他高兴了起来。这个人尾随皮埃尔和加布里埃尔小姐穿过小路，跑到西侧的一家法国小餐馆里，他发现皮埃尔、朗和加布里埃尔小姐在那里碰头并友好地共进晚餐。肯尼迪是正确的，她只是这个阴谋机器中的一个齿轮。

那人报告说，即使他派报童送来下午的报纸，上面用大标题刊登维奥莉特小姐之死的秘密，他们也没有理睬。

很明显，不管这个女装帽店的人命运如何，加布里埃尔小姐已经完全取代了她在皮埃尔心中的位置。我们别无他法，只好分开，等待事态发展。

下午晚些时候，克雷格和我收到赫恩登匆忙发来的消息。他的一个手下刚刚从河岩架那边打电话给他，那伙人匆匆离开了餐馆，尽管他们乘坐了眼前唯一的一辆出租汽车，他还是及时跟上了他们，发现他们是去河岩架。他们正准备乘朗的一艘汽艇出海航行，当然，他不能再跟着他们了。

下午余下的时间里，肯尼迪一直在思考这个案子。最后，他似乎有了一个主意。他发现赫恩登还在他的办公室里，于是约好晚饭后在蒙田号停靠的码头附近的水边见面。显而易见，肯尼迪精神上发生了变化，尽管这丝毫没有激起我的好奇心。即使在晚餐时间延长了很久之后，我想，我还是没有找到一个明显的解决办法。我们溜达到实验室，克雷格递给我一个用厚纸包着的大包裹，沉甸甸的。

我们到达码头对面的拐角处时，天色已渐暗。晚上，我对这一带不感兴趣，尽管我们有两个人，我还是很高兴见到赫恩登，他正在一个水果摊的阴影里等我们前来。

但我们没有走向蒙田号停泊的码头，而是抄近路穿过宽阔的街道，拐到下一个码头，那里停着两艘货轮。咸水、污水、腐烂的木头的气味，以及夜晚的空气，都让人感到不舒服。尽管如此，此时此刻，我还是对我们这次离奇的冒险激动得不能自持。

在码头走了一半时，肯尼迪在一个被黑暗笼罩的过道前停下了脚步。门开了，我们小心翼翼地跟在后面走过货船肮脏的甲板。下方，我们能听到海水拍打码头的声音。黑暗的深渊对面浮着可怕的怪物蒙田号，它的一个甲板上，不时有一道光在闪烁。城市的声音似乎在几英里之外。

“这是个杀人的好地方。”肯尼迪冷静地笑道。他正在打开从我这里拿走的包裹。原来是一个巨大的反光镜，镜子前面放着一个小摆设，在赫恩登提着的一盏有罩的灯笼发出的光线下，这个摆设看上去就像一圈电线。

在反光镜的背面，克雷格连接了另外两根柔性导线，这些导线连接了几块干电池和一个末端由硫化橡胶制成的加宽圆筒。我在黑暗中只能分辨出那可能是电话听筒。

当我还在猜测是否可以使用巨大的抛物面反光镜时，码头对面的轻微骚动分散了我的注意力。一艘船驶来，正小心而安静地停泊在另一艘大铁货轮旁边。赫恩登离开了我们。

“莫希干人号来了。”他回到我们身边时说。我一脸疑惑，他又说，

"是缉私船。"

肯尼迪现在已经调试完了，把反光镜对准了蒙田号。他低声匆匆地对赫恩登说了几句提醒和建议的话，然后拉着我和他一起沿着码头走下去。

在蒙田号停靠的码头岸边的栅栏上开有一个小门，肯尼迪在门旁停了下来。海关的守夜人——每艘船，无论是旅客还是货船，只要船在港里，总有一个某种类型的守夜人——似乎明白我们的意思，因为他和肯尼迪谈过一句话后就让我们进去了。

我们小心翼翼地穿过堆得很高的箱子、包裹和板条箱，沿着码头走下去。在电灯的照耀下，码头工人们正热火朝天地工作着，因为在繁忙的季节，一艘横跨大西洋的巨轮的装卸工作是一个漫长而乏味的过程，需要在夜里工作和加班，因为每一刻，就像每一立方英尺的空间，都很重要。

然而，一旦进了门，就没有人注意我们了。他们似乎理所当然地认为我们在那里有一些原因的。我们从众多入口中的一个上了船，然后下到一个显然没有人工作的甲板上。我觉得这更像是一所大房子，而不是一艘船，我想知道肯尼迪的搜寻是不是更像是大海捞针。但他似乎知道自己在找什么。

我想我们一定已经下到男乘务员的住处了。我们周围是许多大箱子，堆在一起，标着是船上的。肯尼迪的注意力立刻被它们给吸引住了。我突然明白了他的目的是什么。在这些箱子当中，夹带着有走私来的货物！

我还没来得及说一句话，肯尼迪还没来得及证实他的怀疑，突然传来的脚步声把我们吓了一跳。他把我拉进一间舱室，里面摆满了架子，上面放着船上的物料。

“如果你认为那东西藏在其中一个箱子里，为什么不把赫恩登带过来，撬开那些箱子呢？”我低声说道。

“让上层的人逃走，而让他们的工具背黑锅？”他回答道，“嘘——”

刚才进船舱的那个人向四周看了看，好像在等什么人似的。

“他们之中，有两个人下来了，”一个粗哑的声音低声说道，“他们在哪儿？”

从嘈杂声中，我推断一定有四五个人，并且从他们搬动箱子的自如程度来看，其中有些人一定是很健壮的装卸工。

“我不知道。”一个很优美但不熟悉的声音回答道。

通往我们藏身之处的门被粗暴地打开，然后在我们意识到之前砰地关上了。伴随着一声嘲弄的笑声，有人用钥匙在锁孔里转动，我们还没来得及挪动半步，箱子就迅速地被顶在门上了，如此一来，我们不可能逃走了。

在这里，我们孤立无援，可以说是被诓骗了。我们就在他们的视线之内，如果赫恩登和我们的朋友不来的话，我们可以说是无计可施了。我们遇到了职业走私者，我隐约知道他们伪装成乘务员、水手、司炉工和其他工人。

舱室的另一个出口是舷窗，主要是为了通风。肯尼迪把头伸了进去，但男人是不可能挤出去的。我们面前正是一层甲板，一道明亮的弧光在上面诱人地闪烁着，照进我们的“牢房”，呈现出一个圆形。我痛苦地回想起我们在港口附近发生的沉船事故。

肯尼迪一言不发，我不知道他脑子里在想什么。我们一起在下一个码头勾勒出那艘货船的轮廓，并推测出我们带着巨大的反光镜离开赫恩登时的位置。没有月亮，那个方向黑得像墨一样，但如果我们能逃出去，我相信运气会让我们游到那里。

在我们下面，不平静的海水拍打着蒙田号的船体，我们现在可以听到低沉的声音，那是一艘汽艇，它已熄灯，从河面上缓缓驶来，小心翼翼地把船头伸进了我们船在码头上的泊位里。那些风流的、低贱的、放荡的老式走私伎俩，都不是这个样子，在黑暗的午夜里准备好铤而走险去做。这只是一艘现代化的小汽艇，是最新式的，非常迅捷。

“也许我们最终能摆脱这一切，”我嘟囔着，因为我现在明白了是怎么回事，“但时间不够用了。”

接着传来一种令人窒息的声音，像是有什么东西从船舷上掠过。原来是我们在储藏室外面看到的一个箱子发出的声音。接着又来了一声，第三声，第四声。

然后是一场温和的谈判。“我们有两名海关探员被锁在这里的一间舱室里。我们现在不能停留。你得把我们和我们的东西都放走。”

“不行，”另一个低沉的声音说道，“把你的东西捆成一小捆。我们要走那条路，但你们必须自己通过守夜人，然后在河岩架与我们会合。”

过了一会儿，又有什么东西从船舷上掉了下来，并且从声音可以推断，汽艇的发动机正在启动。

门外响起一个嘲弄的声音。“晚上好，你们这些家伙。我们要上码头了。很抱歉把你们留到早上，但他们会让你们出去的。再见。”

我只能听到下面最微弱的咕噜咕噜的声音。与此同时，肯尼迪在头顶上弧光灯的照射下，冷静地把脖子伸出舷窗。他手里拿着一样东西，看起来像是一块银色的薄玻璃，后面貌似漏斗，他特别喜欢拿着它。尽管他听到了外面临别的奚落，但他没有理会。

“不管你是谁，见鬼去吧。”我叫嚷着，敲着门，只听见一阵粗哑的笑声从过道里传过来。

“安静，沃尔特，”肯尼迪命令道，“我们在乘务员的储藏室里找到了走私货物，一共四箱。我想这些东西一定是装在行李箱里带上船，然后转移到那些箱子里的，也许是在接收到无线电码之后。但我们被制服了，被锁在船舱里，而舷窗太小，爬不过去。箱子已经从船的一侧放下去，放到正在下面等着的汽艇上。船上的灯都灭了，但如果你抓紧时间，还是能找到的。把我们锁在里面的同伙会从码头上消失。只要你能尽快叫来守夜人，也能在他们走到大街上之前把他们抓住。”

我转过身来，有点想看到肯尼迪在和一个可能碰巧在外面甲板上的军官说话。没有人，唯一活动的就是那仍在溅射的弧光。这个人疯了吗？

“什么？”我咆哮道，“你以为这些我都不知道吗？现在再重复又有什么用呢？现在要做的就是从这个洞里出来。来，帮我开门。也许我们可以把它击垮。”

然而，肯尼迪并没有理会我，他的眼睛一直盯着舷窗外的幽暗。

他显然什么也没做，但从我们对面的码头上，似乎有一根长长的手指似的光射向天空，在沉到黑沉沉的河水里时开始前后晃动。那是一盏探照灯。我立刻想到了先前目睹的安放好的那个巨大的反光镜。但那是在另一个码头，而这束光来自于远处莫希干人号所在的那一边。

“这是什么？”我急切地问道，“发生了什么事？”

仿佛我们在蒙田号的地牢里的祈祷得到了回应。

“我们得想办法和赫恩登联系，”他简单地解释道，“而无线电话行不通。所以我用了亚历山大·格雷厄姆·贝尔博士的光音机。我知道，在蒙田号这一侧的任何一盏灯都可以。我所做的，沃尔特，只是对着这面反射光线的镀银小镜子后面的话筒说话而已。声音的振动引起其中的一个膜片振动，从而使反射光产生脉动。换句话说，这个小东西只是一个简单的装置，把声音的空气振动转化为光振动。

“那里的抛物面反光镜捕捉到这些光振动，并将它们聚焦在硒电池上，你可能注意到它在反光镜的中心。你肯定记得硒元素在光照下改变它的电阻吧？因此，在电池中就有类似的变化再现于这个发射器的振动中。我们所在的这间‘牢房’与电话接收器和那里的电池相连——比如你就在那里。这很简单。在普通碳制电话变送器中，由于碳在压力下不是很好的导体，因此压力会产生可变电阻。然后这些变化通过两根导线传播。这台光音机是无线的。硒甚至在振动光束下发出音符，音高取决于频率。反光镜聚焦在电池上的光强度的变化改变了电池的电阻，改变了来自干电池的电流。因此，那边的电话听筒受到了影响。贝尔在几百英尺外使用光通信或无线电话，而鲁默在几英里外使用。你以为我是在自言自语，其实我是在告诉赫恩登发生了什么事，该怎么做——跟他说话就像对着一束光说话一样。”

我简直不敢相信，但肯尼迪把头缩进去时的一声惊叫很快引起了我的注意。“向河那边看，沃尔特。”他喊道。

“莫希干人号的探照灯上下扫来扫去。你看到了什么？”

长手指一样的光现在已经停止移动了。我看见一艘没有灯光的汽艇在河面上上下颠簸，以最快的速度东躲西藏，可是被那无情的“手指”追来追去。河面上现在一片喧闹。

突然，莫希干人号从她藏身的码头后面冲了出来。尽管朗很专业，但这并非一场势均力敌的竞赛。如果不是这样，也不会有什么不同，因为从莫希干人号上发出一声枪响，立刻就会引起人们的重视。强大的缉私船迅速地赶上了这艘小船。

接着，过道上传来急促的脚步声。箱子被推到一边，舱室门上一把钥匙在锁孔中迅速转动起来。我握紧拳头等待着，准备迎接攻击。

“你们都还好吧？”赫恩登焦急地问道，“我们已经把那个乘务员和其他的人都安顿好了。”

“是的，来吧，”克雷格喊道，“缉私船捕获了一个猎物。”

我们已经到了船尾，莫希干人号正从远处向我们驶来。她靠过来，赫恩登迅速抓住一根绳子，把它系在栏杆上，然后自己顺着绳子下到缉私船的甲板上。肯尼迪和我紧随其后。

“这是专横执法，”我听到一个声音，肯定是朗抗议的声音，“你们凭什么阻止我？你们会为此受到惩罚的。”

“莫希干人号，”赫恩登打断了他的话，“有权出现在从南塔开特岛的南滩灯塔到特拉华海角的任何地方，要求检查任何船只的货单和文件，从蒙田号到你的小汽艇，不管什么人或东西，都可以去检查，去抓，必要时还得派一伙人上去查。”他拍了拍喊话筒。

“此外，你还违反了规定——你没有开灯。”

现在在缉私船的甲板上放着四个箱子，一名男子打开了其中一个，然后又打开了另一个。他从里面拿出价值数千美元的珠宝，从一个托盘里拿出几大袋闪闪发光的钻石和珍珠。

皮埃尔目不转睛地看着，感觉全玩完了，之前所有洋洋得意的神情荡然无存了。

“如此说来，”肯尼迪对着他大声说，“你要感谢被你抛弃的未婚妻维奥莉特小姐，感谢她的来信和她的自杀。抛弃她，去找一个新的灵魂伴侣，并不像你想的那么容易，这个加布里埃尔小姐，你打算让她成为维奥莉特的竞争对手。维奥莉特将自己的心当作玩物进行报复，如果死者能得到任何满足，她——”

肯尼迪迅速地动了一下，抢先采取了行动。皮埃尔这个身败名裂的走私犯本打算对他自己或俘获他的人发动攻击，但克雷格抓住他的手腕，用指关节搓着皮埃尔攥紧的拳头，直到他疼得缩成一团。一把阿帕切人用的匕首，和那个经营女装帽店的小女人在悲剧中用来结束自己生命的匕首一样，哗啦一声落在甲板上，这是对皮埃尔和他的伙伴们所培养的上流社会的无言的证明。

“别这样，皮埃尔。”克雷格抱怨道，放开了他，“你不能欺骗政府，即使是在事关惩罚的问题上。”

看不见的光线

“我不否认我对那个老人也有一些期望。”

肯尼迪的客户说话时声音低沉，胸腔饱满，声音颤抖，带着一些情绪，说话声音很低，以至于我走进房间时都没有意识到有人在那里，直到想撤退时为时已晚。

“作为他十二年来的保健医生，”那人继续说道，“我当然希望在他的遗嘱中被铭记。但是，肯尼迪教授，我不能说得太过强烈，我来找您谈这个案子不是出于自私的动机。一定是出了什么问题——相信我。”

克雷格抬头看了我一眼，就在我还在犹豫的时候，我一眼就看出说话的人是一位执业医生，一种正在迅速消失的老式的家庭医生。

"伯纳姆医生，我想让你认识詹姆士先生，"克雷格介绍说，"你在他面前可以畅所欲言，就像你单独跟我畅所欲言一样。我们总是一起工作。"

我跟来访者握了握手。

肯尼迪解释说："这位医生成功地使我对一个具有一些独特特征的病例产生了很大的兴趣。这与斯蒂芬·哈斯韦尔有关，他是布鲁克林一位古怪的老百万富翁。你听说过他吗？"

"是的，确实听说过。"我答道，一面想起偶然在报纸上看到的一篇文章，说的是布鲁克林高地那一带有一幢布满灰尘脏兮兮的老房子，有钱人不大光顾那里，它的主人来无影去无踪。与他同时代的人都知道这座房子很神秘，然而，这一点并不比它的主人更神秘。人们都说他非常富有，住在大城市的中心地带，过着隐士般的生活，除此之外，我几乎一无所知。"他现在干什么呢？"我问道。

"大约一个星期前，"医生重复了一遍，肯尼迪点头鼓励他继续说下去，"我半夜被召去哈斯韦尔先生的家为他诊病，正如我告诉肯尼迪教授的，我当他的保健医生已经有十二年了。他突然完全失明了。从那以后，他似乎很快就不行了，也就是说，几天前我最后一次见到他时，他似乎就是这样，那时我已经被一个更年轻的医生取代了。这件事很怪，我想了很多。但我不喜欢跟官方打交道；没有足够的证据证明这一点，我的痛苦会被一笑置之的。然而，我越想越觉得自己有责任对某人说些什么。因此，听说了肯尼迪教授后，我决定来请教。事情的真相是，我非常担心会有一些情况需要仔细调查，也许是有一个阴谋要控制老人的财产。”

医生停了下来，克雷格低下头，表示他很欣赏伯纳姆在这个案子中所处的微妙地位。医生还没来得及说下去，肯尼迪就递给我一封信，这封信就放在他面前的桌子上。它显然先是被撕成小块，然后又被小心地粘在了一起。

上面写的是俄亥俄州的一个小镇和大约两周前的日期。

亲爱的父亲：

希望您能原谅我给您写信，但我不能在您七十五岁生日之际不给您送上一份爱和祝贺。我活着，而且生活得很好。在这方面，时间对我很宽厚，即使在金钱方面不行。我说这话，不是要叫您跟我和好。经历了这么多年的痛苦，我知道这是不可能的。但我真的希望能再见到您。记住，我是您唯一的孩子，即使您仍然认为我是一个愚蠢的孩子，请让我来看您一次，否则就太晚了。我们不断地从一个地方旅行到另一个地方，但将在这里停留几天。

“大约十四五年前，”我看完那封信抬起头时，医生解释说，“哈斯韦尔先生的独生女和一个叫马丁的艺术家私奔了。他受聘根据一张照片为已故的哈斯韦尔夫人画一幅肖像。这是格蕾丝·哈斯韦尔第一次能够为这种艺术向往找到表达方式，这种向往一直被她父亲冷漠而务实的感觉所压抑。自从少女时代的丧亲之痛以后，她对母亲记忆犹新，很自然地，她热切地注视着这位艺术家，并为他提供帮助。结果画出的肖像惟妙惟肖，就像是照着活人而不是一张冷冰冰的照片画出的。

“哈斯韦尔看到女儿和这位艺术家关系越来越亲密，他一心只想着金钱和物质的东西，立刻对马丁产生了一种充满敌意的、毫无道理的仇恨，他认为马丁‘设计’要俘获他的女儿的芳心，从而过上舒适的生活。艺术与他的天性简直格格不入。尽管如此，他们还是结婚了，结果是老人剥夺了女儿的继承权。据我所知，这对年轻夫妇为了自己选择的职业勇敢地消失了，从此杳无音讯。哈斯韦尔立了一份新遗嘱，我一直都明白，他几乎所有的财产都将用于在布鲁克林一所计划中的大学建立技术系。”

“你从来没有见过这位马丁太太或她的丈夫吗？”肯尼迪问道。

“是的，从来没有。但她一定知道我对她父亲有一定的影响，因为她不久前给我写过信，信中附上了一封写给他的信，请我替她说情。我这样做了。我尽可能委婉地把信交给他，结果那位老人勃然大怒，甚至拒绝看那封信，把它撕成了碎片，并命令我再也不要向他提起这件事。这是她的信，我保存了下来。不过，我希望你能帮助我完成接下来的事情。”

医生仔细地把拼粘好的信折好，然后继续讲下去。“你们也许知道，哈斯韦尔先生多年来一直是各种稀奇的投机活动中的杰出人物，或者更确切地说，他是向许多想在稀奇投机活动中进行投机赚钱的人放贷的杰出人物。没有必要对他资助的不同计划进行深入研究，尽管他们中的大多数不为公众所知，但他们确实给了他这样的声誉，他深受发明家的追捧。

“不久以前，哈斯韦尔对布鲁克林一位名不见经传的化学家摩根·普雷斯科特的工作产生了兴趣。据我所知，普雷斯科特声称，能够将铜转化为金。不管你们怎么想，你们应该亲自去他的实验室看看，先生们。我听说方法很奇妙，虽然我从未见过，也无法解释它。我和普雷斯科特见过几次面，当时他正试图说服哈斯韦尔先生支持他的计划，但他根本不想跟我谈，因为我没有钱投资。据我所知，这件事听起来很科学，也很有道理。我让你来判断。这只是我故事中的一件事，我很快就把它忘掉。于是，普雷斯科特认为，元素仅仅是一种被称为‘不可分原质’

的原始物质或基础的渐进变化，一切事物都是从这种物质或基础衍生出来的。但是这个普雷斯科特比之前的理论家走得更远，他不会在问题面前止步。他相信他也有生命的秘密，他能从无机物过渡到有机物，从惰性物质过渡到有生命的细胞质，然后从有生命的细胞质过渡到心灵和我们所说的灵魂，不管它是什么。”

“这就是奇怪和不可思议的部分。”克雷格评论道，他从医生转向我，让我特别注意接下来要发生的事情。

“由于已经到了他声称的他可以创造和毁灭物质、生命和心灵的地步，”医生继续说，似乎他自己被这个想法迷住了，“普雷斯科特很自然地宣称他能控制心灵感应，甚至能与死者交流。他甚至用自己创造的词把他收到的信息称为‘电报’。因此他说自己统一了物理的、生理的和心理的——一个绝对科学一元论的系统。”

医生又停顿了一下，然后继续说道：“据我所知，大概是一周前的一个下午，普雷斯科特正在展示他对自然统一性的神奇发现，突然，他面对着哈斯韦尔先生。

“‘先生，要我告诉您一件关于您自己的事实吗？’他急忙问，‘我用我那奇妙的发明看到的真相？如果这是真的，您会相信我吗？您愿意为我的发明投资吗？您愿意分享您的惊人财富吗？’

“哈斯韦尔做了一些模棱两可的回答。但普雷斯科特似乎是透过一扇非常厚的平板玻璃窗看机器，而哈斯韦尔就在窗户的正前方。他叫了一声。‘哈斯韦尔先生，’他大声说，‘我很遗憾把我所看到的告诉您。您剥夺了女儿的继承权；她已经从您的生活中消失了，现在您不知道她在哪里。’

“‘这倒是真的，’老人痛苦地回答道，‘除此之外，我不在乎。你只看到这些吗？这一点也不新鲜。’

“‘不，不幸的是，我看到的还不止这些。您还能忍受吗？我想您应该知道这件事。我这儿有一封非常神秘的电报。’

“‘哦。什么内容？她死了吗？’‘不，不是关于她的，而是关于您自己的。今晚午夜时分或稍晚一点，’普雷斯科特一本正经地重复道，‘您将失明，作为对您行为的惩罚。’

“‘胡说八道！’老人生气地叫道，‘如果这就是你的发明所能告诉我的一切，那就再见吧。你告诉我你能造金子，相反，你做出了愚蠢的预言。我不会把钱投在这种蠢事上。我是个讲求实际的人。’说着，他跺着脚走出了实验室。

“哎，那天晚上，大约凌晨一点钟的时候，在那幢孤零零的老房子里，寂静无声的地方，上了年纪的护理人简——他把女儿赶出自己的生活后雇来的——听到有人疯狂地喊‘来人！来人！’，哈斯韦尔独自在他二楼的房间里，在黑暗中摸索着。

“‘简，’他命令道，‘掌灯——掌灯。’

“‘我已经点上煤气灯了，哈斯韦尔先生。’她喊道。

“接下来一声呻吟。他自己找到了一根火柴，划着了，甚至还用它烧伤了自己的手指，但他什么也看不见。

“那一击落下了。几乎就在普雷斯科特通过那封奇怪的电报所预言的同一时刻，老哈斯韦尔受灾了。

“‘我眼睛瞎了，’他倒抽一口气说，‘叫伯纳姆医生来。’

“当女仆叫醒我的时候，我立刻去了他家，但是我没有别的办法，只能让他的眼睛完全休息，把他关在黑暗的房间里，希望他的视力能像失去时那样突然奇迹般地恢复过来。

“第二天早晨，他还是什么也看不见，于是用自己的手，颤抖着，在一张纸上潦草地写道：

格蕾丝·马丁夫人——我们想知道格蕾丝·马丁夫人目前的行踪，她以前是家住布鲁克林的格蕾丝·哈斯韦尔。

布鲁克林皮尔庞特大街——斯蒂芬·哈斯韦尔

“他把这则广告刊登在纽约所有的报纸上，并致电西方主流报纸。哈斯韦尔自己在有了这段经历后也改变了。他愤怒地谈到普雷斯科特，但他对女儿的态度却完全相反。我不知道他是否承认自己相信发明者的预言。当然，他在告诉我这件事时，想到了这个主意。

“广告刊登后一两天，老人收到了一封来自印第安纳州一个小镇的电报。上面简单地写着：

亲爱的父亲：我今天动身去布鲁克林。格蕾丝。

“结果是格蕾丝·哈斯韦尔，或者更确切地说格蕾丝·马丁第二天出现了，她得到了原谅，并哭了很多次，尽管老人仍然坚决地拒绝与她的丈夫和解，拒绝接受她的丈夫。马丁太太开始打扫旧房子。一台真空吸尘器从里面吸出一两吨灰尘。一切都改变了。简牢骚满腹，可是毫无疑问，情况大有好转。一日三餐定时供应。这位老人得到了前所未有的照顾。对他来说，什么都不过分。在这所房子里，到处都可以看到女人的痕迹。不知不觉中发生了改变，变化甚至延伸到我身上。有个朋友告诉她，有一位订婚的眼科和耳科医生叫斯科特。据我所知，自那以后，一份新的遗嘱被立了下来，这让计划中的那个学校的理事们非常懊恼。当然，至少从曾经吸引过我的那个女人的情况来看，我被排除在新的遗嘱之外了，但这并不影响我来向您求助。”

“后来发生了什么事引起了怀疑？”肯尼迪问道，偷偷地看着医生。

“哎呀，事实是，尽管有这些额外的照料，那老人还是比以前衰弱得更快了。除非有人看护，他从不外出，即使外出也不多。前几天我碰巧在街上遇见简。这个忠实的老人滔滔不绝地讲了一个很长的故事，说他越来越依赖别人，最后提到他的脸上和手上似乎突然出现了奇怪的红色斑点。与其说是她这样讲，倒不如说是她说话的方式使我产生了一种印象，觉得有什么事情正在发生，应该加以调查。”

“那么你也许认为普雷斯科特和马丁太太在这件案子上有某种联系？”我冒险猜测道。

我刚把问题框定下来，他就断然否定了。“恰恰相反，在我看来，如果他们真的了解对方，那也是充满敌意的。除了第一次失明之外，”说到这里，他认真地压低了声音，“自从这位新的斯科特医生出现以来，几乎所有的不幸都发生在哈斯韦尔先生身上了。注意，马丁太太做了一个女儿该做的事，除此之外，我一点也不想说。我认为她向自己展示了宽仁之心和奉献精神，堪称典范。然而，在这种新疗法下，事态的变化是如此奇怪，几乎使人相信它可能有什么神秘之处——或者是新医生出了问题。”

“你觉得我们能见见哈斯韦尔先生吗？”当伯纳姆医生滔滔不绝地说出他的怀疑后，肯尼迪问道，“我想见见这位斯科特医生。但首先，我想在不引起敌意的情况下进入那栋老房子。”

医生若有所思。“您得自己去安排，”他回答道，“您就不能想出个办法吗？比如，您可以向他提出一项提议，就像他以前资助的那些计划一样。他对电气发明很感兴趣。他早年靠做电报和电话投机赚钱，那时候这些生意多少有点像梦想。我想，无线电视系统至少会使他感兴趣，并为进入房子提供一个借口，尽管有人告诉我说，他的女儿不赞成一切有形的投资，而这些投资原本是他活跃的头脑所热衷的。”

“好主意，”肯尼迪大声说道，“无论如何，这都值得一试。时间还早，我们和你一起去布鲁克林吧。你可以带我们去那所房子，我们去看看他。”

当我们登上桥对面那所神秘房子的高台阶时，天还亮着。马丁太太在客厅里迎接我们，她留着一头棕色的头发，长有一双美丽的黑眼睛，真是个迷人的女人。就我们所能看到的，这所老房子清楚地表明发生了变化。家具和装饰品都是旧时的东西，但一切都一丝不苟，井井有条。在旧的大理石壁炉架上方悬挂着一幅画，很明显是已经故去很久的哈斯韦尔太太的肖像。哈斯韦尔太太是格蕾丝的母亲。尽管在战后时期，她的衣着式样很难看，但显然她是个非常漂亮的女人，长着一头浅栗色的浓密秀发，一双蓝眼睛，画家几乎把她画得栩栩如生。

肯尼迪只花了几分钟时间，就以他最动人、最貌似可信的方式，陈述了我们来访的假设的原因。尽管从一开始就很清楚马丁太太会对任何需要花钱的事情泼冷水，克雷格还是达到了与哈斯韦尔先生面谈的目的。病人躺靠在床上，当我们进去时，他听见了声音，就把他那失明的眼睛转向我们，仿佛他看见了一样。

肯尼迪还没有开始重复和详述他已经讲过的关于他那位神话般的朋友的故事，这位朋友终于有了一台商用无线“电视”，他一时兴起这样称呼它，就在这一刻，年迈的守护者简报告说斯科特医生到了。新来的医生穿着年轻，胡子刮得干干净净，但是一种说不清的神情使他比他那张光滑的脸所表现出来的要老得多。他说，由于他有很多事要做，他请我们原谅，但不会花太长时间。

不需要非凡的观察力就能看出，这位老人非常信赖他的新医生，而且这次拜访既有职业性质，也有社交性质。尽管他们说话声音很低，我们还是能不时听到个别词或短语。斯科特医生弯下腰，漫不经心地检查了病人的眼睛。很难相信这双眼睛什么也看不见，因为虹膜是那么的蓝。

“暂时好好休息一下，”医生指示说，与其说是对老人说，倒不如说是对马丁太太说，“好好休息一下，等他的身体好了，我们再看看怎样治疗白内障吧。”

他正要离开，老人伸手拦住了他，紧紧地抓住医生的手腕，仿佛要把他拉得更近些，以便对他说几句悄悄话，而不让人听见。肯尼迪坐在床头附近的一张椅子上，离他只有几英尺远。医生弯下腰来，哈斯韦尔还握着他的手腕，把他拉得更近了。我听不见他们说了些什么，尽管我有一种感觉，他们在谈论普雷斯科特，因为如果老人对这位炼金术士印象深刻的话，这一点也不奇怪。

我注意到，肯尼迪从口袋里掏出一个旧信封，显然正忙着匆匆记下一些笔记，不时地看看医生，再看看哈斯韦尔先生。

医生笔直地站了一会儿，若有所思地用另一只手揉了揉手腕，好像手腕很疼的样子。同时他对马丁太太笑了笑。“你父亲的力气还蛮大的，马丁太太，”他说道，“他的体质很好。我相信我们能把他从这个困境中解救出来，他还能活很多很多年。”

哈斯韦尔先生显然听到了这几句话，脸色明显地亮了许多。医生从肯尼迪面前走了出去，肯尼迪继续描述所谓的无线图像设备，说它将彻底改变报纸、剧院和日常生活。而这位老人似乎并不热衷，转向女儿说了几句话。

“目前，”女儿带着一种不容置疑的神情说，“我父亲唯一感兴趣的是不动手术就能恢复视力的方法。他刚刚和一位发明家有过一段不愉快的经历。我想，他还需要一段时间，才会着手进行其他类似的计划。”

肯尼迪和我以此为借口，适当地表示了失望。从克雷格心不在焉的样子，我不可能猜出他是否达到了自己的目的。

“既然我们到这里了，那就顺便去看看伯纳姆医生吧，”我们走到街上时，他说道，“我有一些问题要问问他。”

哈斯韦尔先生的前任医生住在离我们刚离开的房子不远的地方。看到我们这么快，他显得有点惊讶，但对发生的事情很感兴趣。

“这位斯科特医生是谁？”当我们坐在老式诊室舒适的皮椅上时，克雷格问道。

“说真的，我对他的了解不比你多，”伯纳姆回答道，我想我在他的语气中发现了一点职业上的嫉妒，尽管他说得很坦率，“我打听过了，我只知道他应该是某个西医学校的毕业生，不久前才来到这个城市。他在一座专门为医生服务的新大楼里租了一间小办公室。他们告诉我，他是一位眼科和耳科专家，但我看不出他有任何执业经验。除此之外，我对他一无所知。”

“你的朋友普雷斯科特也引起了我的兴趣。”肯尼迪说道，很快改变了话题。

“哦，他不是我的朋友，”医生在书桌的抽屉里摸索着，回答道，“不过我这儿有一张他的名片，这是不久前我们在哈斯韦尔先生家认识时他送给我的。我认为他值得一见。虽然他对我没用，因为我既没钱又没势，但你还是可以收下这张卡。告诉他你是从大学里来的，告诉他我使你对他产生了兴趣，告诉他你认识一个有钱投资的受托人——任何你喜欢的东西都是可信的。你什么时候去见他？”

“明天上午首先做这件事，”肯尼迪回答道，“我见过他之后，再来和你聊聊天。你会在这里吗？”

医生答应了，我们跟他道别离开。

第二天，我们根据卡片上的地址找到了普雷斯科特的实验室，原来，它位于靠近海滨的一条街道上，桥下工厂和仓库密集。心怀极大期待，我们在迷宫般的街道中穿行。我们头顶之上，高高的立交桥如蛛网般交织在一起，上面的车辆川流不息。我们快到那个地方时，肯尼迪停了下来，掏出两副又大又圆的玳瑁眼镜。

“你不必介意这些，沃尔特，”他解释道，“这种眼镜只是普通的玻璃做的，就是说，没有研磨过。你可以透过眼镜看，也可以透过空气看。我们必须小心不要引起怀疑。也许伪装一下会更好，但我想这样就行了。对了——它至少使你看上去年龄增加了十岁。如果你能看见自己，你就不会有任何反对意见了。你看起来像中国的官老爷。记住，让我来说话，我怎么做，你就怎么做。”

这时，我们走进店里，跌跌撞撞地走上黑暗的楼梯，拿出伯纳姆医生给的名片，并根据他的建议，解释了几句话。普雷斯科特被他的曲颈瓶、坩埚、滴定管和冷凝器包围着。他接待了我们，比我预想的要客气得多。只见他四十多岁，脸上留着浓密的胡子，他的眼睛似乎有点弱视，戴着一副几乎和我们一样的眼镜，一副学者的模样。

我不禁想到，在普雷斯科特密室昏暗的光线下，我们这三个戴眼镜的人，如果再加上飘逸的长袍，让人以为我们穿越回了几个世纪之前，是一群中世纪的炼金术士。虽然他表面上接受了我们的看法，并开始谈论他的奇怪发现，但他却不再像以前那样喋喋不休地谈论矩阵和流变、灵丹妙药、权威学说、巨著、控制力量和第五元素，这些名字都是巴拉塞尔苏斯、西蒙·福曼、杰罗姆·卡丹和其他中世纪显要人物所津津乐道的。这种经历至少和居里夫妇、贝克勒尔夫妇、拉姆塞夫妇以及其他人一样与时俱进。

"如你们所知，嬗变，"普雷斯科特说道，"最终在十八世纪被宣布为科学上的谬论。但我可以说，人们不再那么重视它了。我不要求你们相信任何事，除非你们亲眼所见。我所要求的只是你们在这个问题上保持当今最进步的科学家所表现出的那种开放的思想。"

肯尼迪坐在离普雷斯科特工作的一件奇怪的物品或者说是一组仪器很远的地方。它由许多线圈和管子组成。

"先生们，你们可能觉得很奇怪，"普雷斯科特继续说道，"一个能从铜中提炼出黄金的人，却要从别人那里寻求资本。对于这个老问题，我最好的回答是，我并不寻求资本本身。我的情况很简单，我已经两次向专利局申请了我的发明专利。他们不仅拒绝批准，而且拒绝考虑我的申请，甚至拒绝给我一个向他们展示提炼过程的机会。另一方面，假设我偷偷地尝试这个东西，我怎么能阻止别人知道我的商业秘密，离开我，自己去提炼黄金呢？只要我教会他们，他们就会弃我而去。想想这带来的经济后果；这种方法会把世界搅得天翻地覆。我正在寻找一个完全可以信赖的人，在我提供智慧和发明的同时，他能与我并肩作战，提供影响力和地位。要么我们必须让政府感兴趣并把发明卖给它；要么我们必须得到政府的保护和专门的立法。我不寻求资本；我在寻求保护。首先让我给你们看样东西。”

他拧了一下开关，一部分仪器开始震动起来。

“毫无疑问，你们都熟悉现代物质理论，”他开始解释他的过程，“从原子开始，我们不再相信它是不可分割的。原子是由成千上万的离子组成的，就像他们所说的——非常小的电荷。我们发现所有的元素都是分组的。每一组元素都有某些相关的原子量和性质，在发现组中缺失的元素之前，这些原子量和性质可以而且已经被预测到了。我从一个合理的假设开始，一组元素中的一个原子可以被修改，从而成为组中另一个元素的原子，一个组可以被转换到另一个，等等，要是我知道能改变组成不同原子的离子的数量或振动的力就好了。

“多年来，我一直在寻找这种力量或力量的组合，使我能够在元素中产生这种变化——可以这么说，在程度上提高或降低它们。我找到了。

我不会把这个秘密告诉你们或任何你们感兴趣的人，除非我找到一个我可以像信任自己一样信任的人。但我仍然希望你们能看到结果。如果它们不能令人信服，那么一切都不可能。”

他似乎在犹豫是否要作进一步的解释，最后继续说：“因此，物质实际上是力的一种表现形式，或者是运动中的物质，有必要改变和控制这种力和运动。这里的这组机器就是为了这个目的而装配的。现在谈谈我的理论吧。”

他拿起一支铅笔在桌子上猛击了一下。“你只击了一声，”他说，“只是一种孤立的声音。现在，如果我敲击这个音叉，你会听到一个振动的音符。换句话说，一系列的击打或某种波的振动影响耳朵，我们称之为声音，就像一系列其他波的振动影响视网膜和我们的视力一样。如果一分钟内一幅移动的图片比某一特定数量的图片移动得慢，你就会看到独立的图片；更快点，则是一幅移动的画面。

“现在我们提高了声波振动的速度，减少了声波转化为热波的波长，也就是我们所知的红外线波，即光谱中红色以下的那些波。接下来我们来看看光，它是由七种颜色组成的，正如你在棱镜中看到的那样。在那之后就是我们所知的紫外线，它位于白光的紫色之外。我们也有电波，交流电的波，更短的是被用于无线通信的赫兹波。我们对 X 射线、α 射线、β 射线、γ 射线的认识、对镭的认识、对放射性的认识，以及对我所发现并称之为‘原生力’的这种新力量的认识，都才刚刚开始。

“简而言之，我们在宇宙中发现了物质、力和以太。物质只是运动中的以太，由微粒、带电离子或电子组成，移动的负电单位大约是氢原子的千分之一。物质是由电组成的，除了电什么都不是。让我们看看这会导致什么。你熟悉门捷列夫的元素周期表吧？”

他画了一张巨大的图表，上面排列了大约八十种元素，分为八族和十二系。他选了一个，把手指放在字母“Au”上，字母下面写着数字 197.2。我想知道那些神秘的字母和数字是什么意思。

“这个，”他解释道，“是元素金的学名，这个数字是它的原子量。你们会看到，”他指着图表上的第二个竖栏补充说，“金属于氢族——氢、锂、钠、钾、铜、铷、银、铯，然后是两个空白的空格，表示尚未被科学发现的元素，然后是金，最后是另一种未知元素。”

他的手指沿着第十一横系继续说：“黄金系——不是族——读作金、汞、铊、铅、铋和其他只有我自己知道的元素。然而，对于已知的元素，这些族和系，现在已被所有科学家完全认识；它们是由原子的固定重量决定的，并且具有近似的规律性。

“第十二系很有趣。到目前为止，人们一般只知道镭、钍和铀。我们知道放射性元素在不断地分解，例如，人们经常听到铀被称为镭的‘母体’。镭也发出射线，在它的产物中有另一种元素氦。因此，在一定范围内，所有像您这样的当代科学家，都知道物质的嬗变，肯尼迪教授。甚至有传言说铜已经转化为锂，但从未被证实——你会发现，两者都是氢－金族的成员。可以这么说，铜到锂的反应是逆向的。我还需要设计出这个原始装置，通过这个装置，我可以逆转衰变的过程，在表格中继续，这样就可以把锂变成铜，把铜变成金。我可以通过原始力来创造和毁灭物质。”

他说话时一直在用手指触摸一个开关。现在他得意洋洋地打开了它。接着是一种奇怪的噼啪声，声音越来越快，随着声音越来越大，我闻到一种刺鼻的臭氧气味，这说明有一种放电现象。机器继续运转，直到我们感到有热量从里面散发出来。接着，从一根长管中射出一束刺眼的蓝绿色光，看起来像一盏奇怪的水银蒸汽灯。

过了几分钟，普雷斯科特拿了一个黑铅的小坩埚。“现在我们准备试一试，”他激动地喊道，“我这里有一个装有铜的坩埚。族里的任何物质都可以，即使是氢气，如果我有办法处理气体的话。我把它放在机器里。现在，如果你能观察其内部，你会看到它的变化；现在是铷，现在是银，现在是铯。迄今为止，它是一种未知的元素，我以自己的名字命名，‘普雷斯金’，还有另一种未知元素，‘科特金’——啊！——瞧我们得到了金子。”

他拿出坩埚，里面闪着一颗镕铸而成的金珠。

“我可以用铅或汞，通过改变过程，对金系和金族做同样的事情，”他说着，带着明显的自豪看着那个球状物，“我可以把黄金放回去，生成铜或氢，或者更好的是，可以让它发展，而不是让它衰变，并得到一种放射性元素，我以我的名字——摩根·普雷斯科特——来命名它，称之为‘摩根金’。‘摩根金’是镭系中的一种放射性元素，它的活性比镭强得多。过来看看这些金子。”

肯尼迪摇了摇头，似乎对这个结果非常满意。

至于我，我不知道该怎么想。这一切似乎都是真的，而且还有一颗金珠子，于是我向克雷格寻求暗示。

他相信吗？他的脸色不可捉摸。

但当我看他的时候，我看到肯尼迪的手掌里藏着一点可能是矿物的东西。从我所处的位置，我可以看到那块发光的矿物，但普雷斯科特看不见。

“我能不能问一下，”肯尼迪打断了他的话，“管子里那奇怪的绿色或蓝色的光是怎么来的？”

普雷斯科特透过厚厚的眼镜片敏锐地打量了他一会儿。克雷格把目光从手中的那块矿物上移开，但没有看那光。他似乎漫不经心地凝视着普雷斯科特放在开关上的手。

“这个嘛，先生，”普雷斯科特慢条斯理地回答道，“是我使用的一种新的力量，原始力释放出来的。它是能量的一种表现，先生，它不仅可以在所有的元素中发生变化，而且能够将以太本身转化为物质，物质转化为生命，生命转化为精神。它是自然统一的外在标志，是——”

“你是用什么办法弄到我所听说的那些稀奇古怪的电报的？”肯尼迪急切地问道。

普雷斯科特严厉地看着他，有那么一会儿，我觉得他的脸似乎从灰白色变成了中风般的红色，尽管这可能只是奇怪的光线造成的。他说话的时候，丝毫没有表现出抑制不住的惊讶。

“是的，”他平静地回答道，“我想你一定听说过他们的事。几天前我经历过一件奇怪的事情。我本想引起这个城市里某个有名望的资本家的兴趣。我给他看的正是给你看的，我想他对此印象深刻。于是我想发个电报来解决这件事，但是由于这样或那样的原因，我没有参考我所能控制的力量，不知道这样做是否明智。我要是那样做了，我就会了解得更好了。但我满怀自信和热情，勇往直前。我跟他说他有一个长期在外不被他待见的女儿。实际上，他真心希望跟她和好，但由于太骄傲了，说不出口。他讨厌这样做。他曳着沉重的步子走出这间屋子，但就在这时，我收到了另一份电报，说有一件不幸的事很快就要降临到他身上。如果他给我一个机会，我也许会救他，至少我将发一封电报给他那个女儿，但他没有给我机会。他走了。

"我不知道后来发生了什么事，但不知怎么回事，这个人找到了他的女儿，现在她跟他住在一起。我想，自从我犯了最初的错误，把一些不愉快的事情告诉了他以后，我就失去了从他那里得到帮助的希望。他的女儿讨厌我，我也讨厌她。我了解到，她从来没有停止建议老人反对一切投资计划，除了那些有适度的收益和容易实现的计划。伯纳姆医生——看来你认识他——我想他已经被另一位医生取代了。好了，好了，我受够那件事了。我必须得到其他来源的帮助。我想，那个老人无论如何也会骗走我的发明成果的。也许我是幸运的。谁知道呢？"

敲门声打断了他。普雷斯科特打开门，一个送信的男孩站在那里。"肯尼迪教授在这儿吗？"他问道。

克雷格向男孩示意，签收了那封信，然后拆开来看。

"是伯纳姆医生写来的。"他大声说道，把信递给我。

"哈斯韦尔先生死了，"我读道，"在我看来，像是死于因煤气或别的什么毒药造成的窒息。马上到他家去。伯纳姆。"

"请原谅我，"克雷格对正在注视着我们的普雷斯科特插嘴说，"但是哈斯韦尔先生，你提到的那个老人，已经死了，伯纳姆医生希望我马上见他。就在昨天我还见到了哈斯韦尔先生，他看上去身体和精神都很好。普雷斯科特，虽然你和那个老人之间没有感情，但如果你能陪我去一趟，我将感激不尽。你不需要承担任何责任，除非你愿意。"

言辞很有礼貌，但克雷格说话时带着一种平静而权威的口吻，普雷斯科特发现这无法拒绝。肯尼迪已经开始给他自己的实验室打电话，向他的一个学生描述了某个手提箱并告诉他怎么做。只过了一会儿，我们气喘吁吁地走上了从河边通向倾斜的街道。在兴奋中，我几乎注意不到我们要去哪里，直到我们匆匆走上哈斯韦尔家的台阶。

年老的守护者在门口迎接我们。她泪流满面。在楼上我们第一次见到那位老人的前屋，我们看到伯纳姆医生在他身上紧张忙乱地工作。只花了一小会儿时间就知道发生了什么事。原来，忠实的简注意到大厅里有一股煤气味，循着气味追踪到哈斯韦尔先生的房间，发现他失去了知觉，便本能地冲去找伯纳姆医生，忘记了新来的斯科特医生。格蕾丝·马丁站在床边，脸色苍白，焦急地看着医生努力使躺在床上的脸色发青的人苏醒过来。

我们进来时，伯纳姆医生停止了努力。"没错，他死了。"他在一旁低声说道，"我用尽了我所知道的一切办法来救他，但无济于事。"

尽管窗户都开着，但房间里仍有一股令人作呕的照明煤气的气味。

肯尼迪显得格外镇定，转过身去不理伯纳姆医生。"你把斯科特医生叫来了吗？"他问马丁太太。

"没有，"她惊讶地回答道，"我应该这么做吗？"

"是的，立即派詹姆士去。普雷斯科特先生，请您坐一会儿。"

肯尼迪脱下外套，走到床前。哈斯韦尔先生躺在床上，瘦弱不堪，浑身冰冷，一动也不动。克雷格跪在他的头前，抓住他那毫无生气的手臂，把它们举起来，直到伸直，然后他把它们放下来，在手肘处向上折叠。他一次又一次地试着用希尔维斯特的方法来诱导呼吸，但是没有产生比伯纳姆医生更好的效果。他把老人的身体朝上翻过来，并尝试了新的谢弗法。老人似乎一点生命的火花也没有了。

“斯科特医生不在家，”女仆上气不接下气地报告说，“不过他们正试图从他的办公室找到他，如果找到了，他们会立即送他过去的。”

门铃响了，我们以为找到他了，却是肯尼迪打电话呼叫的那个在他自己的实验室里的学生。他提着一个沉重的手提箱和一个小油箱。

肯尼迪急忙打开衣箱，露出一个小马达、几根插在小橡皮帽上的长橡胶管、镊子和其他一些用具。学生迅速将一根管子连接到小油箱上，而肯尼迪用镊子抓住死者的舌头，将它从软腭上拉下来，并将橡胶帽舒适地盖在他的嘴和鼻子上。

“这是德雷格呼吸器，”他一边工作一边解释道，“设计用来使那些死于电击的人苏醒，但实际上在窒息的情况下更有价值。启动发动机。”

呼吸器开始泵动。在手风琴样风箱的推动下，氧气从氧气罐通过其中一根管子进入肺部，人们可以看到死者的胸部在充气时上升了；然后，随着氧气和有毒气体通过另一根管子慢慢被吸出，它就下降了。

这个过程一遍又一遍地重复，大约每分钟十次。

伯纳姆医生毫不掩饰惊奇地看着。他早就放弃了一切希望。这个人已经死了，从医学上讲已经死了，就像任何在这个阶段的煤气中毒者一样死了，所有常用的复苏方法都试过了，但都失败了。

然而，一分钟又一分钟，肯尼迪还在满怀希望地工作着，试图发现生命的火花，并把它煽成火焰。最后，似乎经过半小时的不懈努力，氧气早已耗尽，只能把新鲜空气泵进肺里，从肺里呼出，死者心脏终于有了一丝微弱的生命迹象，两颊上也有了一点血色。哈斯韦尔快要醒过来了。又过了半个小时，他开始虚弱地嘟囔，但不知所云。

“信——信——”他呻吟着，呆滞的眼睛转来转去。

“信在哪儿？把格蕾丝叫来。”

那呻吟声如此响亮，令人吃惊，就像从坟墓里发出的声音。这一切意味着什么？马丁太太一会儿就到了他身边。

“父亲，父亲，我来了——格蕾丝。你想要什么？”

老人焦躁不安地挪动着身子，把颤抖的手按在前额上，仿佛要集中思想似的。他很虚弱，但很明显他已经得救了。

呼吸器已经停止了工作。克雷格把呼吸罩扔给他的学生打包，他一边这么做，一边平静地说道：“我真希望斯科特医生已经找到了。这里有些事情可能会引起他的兴趣。”

他停了下来，慢慢地看了看躺在床上昏昏沉沉的被救老人，又看了看马丁太太。很明显，即使在我看来，她不想见到斯科特医生，至少当时不想。她激动得满脸通红，浑身发抖，匆匆穿过房间，她猛地打开了通向大厅的门。

“我可以肯定，”她一边大声说，一边艰难地控制住自己，仿佛是抓住了一根稻草，“你们这些先生们，即使你们救了我父亲，也不是他或我的朋友。你来这里只是为了见伯纳姆医生，他来是因为简激动得昏了头，忘了斯科特医生现在是我们的医生了。”

“可是斯科特医生没能及时找到，夫人。”伯纳姆医生带着明显的得意神情插嘴道。

她没有理会他的话，继续把门开着。

“现在，”她恳求道，“你，伯纳姆医生，你，普雷斯科特先生，你，肯尼迪教授，还有你的朋友詹姆士先生，不管你们是谁，都走吧。”

她现在变得冷酷而平静。在扑朔迷离的变化中，我们忘记了床上那个面色苍白的老人仍然在喘着粗气。我不禁对这个女人毫无感激之情感到奇怪，一个想法在我脑海中闪过。这件事是不是变成了各派之间的一场较量——斯科特和马丁太太也许是同普雷斯科特和伯纳姆医生对着干？没有人动。我们似乎在等肯尼迪的反应。普雷斯科特和马丁太太现在互相怒目而视。

老人在床上不安地移动着，我能听到他在我身后微弱地喘息道："格蕾丝呢？把格蕾丝叫来。"

马丁太太没有理会，似乎没有听见，只是傲慢地站在我们面前，好像在等着我们服从她的命令离开这房子。伯纳姆向门口走去，但普雷斯科特却带着一种奇特的蔑视的神气站在那里。然后他猛地抓住我的胳膊，我想他是急匆匆地要走了。

"好了，好了，"我们后面的一个人说道，"别闹了。"

原来是肯尼迪，他正弯下腰来，听老人嘀咕。

"看看哈斯韦尔先生的眼睛，"他说道，"它们是什么颜色的？"

我们望过去，是蓝色的。

"在楼下的客厅里，"肯尼迪悠闲地继续说道，"你会发现一幅已故已久的哈斯韦尔太太的画像。如果你仔细观察这幅画，你会发现她的眼睛也是特别清澈的蓝色。没有一对蓝眼睛的夫妇生过黑眼睛的孩子。至少，如果是这样的话，卡内基研究所的研究人员听到这个消息会很高兴，因为这与他们在研究优生学多年后在这个问题上所发现的一切相反。黑眼睛的夫妇可能生出浅色眼睛的孩子，但反之则永远不会。您有什么意见，夫人？"

"你撒谎，"那个女人尖叫着，疯狂地从我们身边跑过，"我是他的女儿，谁也不能把我们分开。爸爸！"

老人无力地从她身边移开。

“再去请斯科特医生，”她要求道，“看能不能找到他。必须得找到他。你们都是敌人，恶棍。”

她对肯尼迪讲话，但在她的谴责中包括了整个房间的人。

“别一竿子打翻一船人，”肯尼迪毫不留情地插话道，“好的，夫人，请派人去请斯科特医生。他为什么不在这儿？”

普雷斯科特一只手扶着我的胳膊，另一只手扶着伯纳姆医生的胳膊，正朝门口走去。

“等一下，普雷斯科特，”肯尼迪看了他一眼，阻止了他，“我正想说些什么，这时伯纳姆医生的紧急消息阻止了我，我甚至没有费心去问你是怎么从所谓的铜坩埚里弄到那一小块熔铸成的金子的。要想在恰当的时机‘加盐’并取出黄金，有很多方法，所以根本不值得一试。而且，我确信我最初的怀疑是正确的。看到了吗？”

他把我在炼金术实验室里见过的那一小块矿石拿了出来。

“那是一块硅锌矿石，它具有在某种光线下发光或发出荧光的特性，而这种光线本身是肉眼不可见的。普雷斯科特，你关于元素嬗变的故事很巧妙，但并不比你的真实故事高明。让我们把它拼凑起来。我已经听伯纳姆医生说过，哈斯韦尔先生是如何被他的渴望所驱使而来见你的，以及你是如何神秘地预言他会失明的。现在，没有心灵感应这种东西，至少在这个案子中。那我该怎么解释呢？是什么导致了这样的自然灾难？啊，只有那些肉眼看不见的光线，但能使这片硅锌矿石发光的紫外线。”

肯尼迪讲话语速很快，他小心地避免停顿太久，以免普雷斯科特打断他。

“这些紫外线，”他继续说，“总是存在于电弧光中，不过强度不大，除非碳原子是金属芯。它们比光谱中的紫色高出两个八度，而且它们太短，不能像光一样影响眼睛，尽管它们能影响照相底片。当人类适度使用它们时，它们是人类的朋友，就像芬森在著名的蓝光治疗中所做的那样。但它们不容忍亲近。让它们——尤其是较短的光线——进入眼睛会招来麻烦。没有任何不适感的警告，但在接触它们六到十八个小时后，受害者会感到眼睛剧烈疼痛和头痛，视力可能会严重受损，而且可能需要数年时间才能恢复。通常长时间暴露于这种光下会导致失明，尽管适度的暴露可以起到补药的作用。这种双重效应可与马钱子碱等药物相比较。接触过多甚至可能对生命本身造成破坏。”

普雷斯科特这时停了下来，轻蔑地打量着肯尼迪。肯尼迪没有理会，继续说：“不过，也许这些神秘的光芒可以照亮我们的思想。首先，紫外线很容易通过石英，但普通玻璃会阻隔紫外线，尤其是镀了铬的玻璃。上了年纪的哈斯韦尔先生不戴眼镜，因此，他受到了光线的影响——因为他是金发，所以更受光线的影响。我认为，调查人员已经证明，金发比黑发更容易受到光线的影响。

“你有，作为你的机器的一部分，一个形状奇特的石英水银蒸汽灯，我看到的那种设计，就是为了大量产生紫外线而发明的。你的机器里也有感应线圈，目的是发出令人印象深刻的噪音，还有一个小电炉来加热腌制的黄金。我不知道你还加了什么巧妙的赝品。我想，从管子里发出的蓝色可见光是为了欺骗那些轻信的人而设计的，但危险的是伴随这些光的不可见的光线。普雷斯科特，哈斯韦尔先生坐在那些看不见的光线下，从来不知道这些光线对自己这位老人有多致命。

“你知道那些咒语在几个小时内是不会生效的，因此你大胆地预测他会在午夜左右患病。即使它是局部的或暂时的，在你的预言中你仍然是安全的。你计划的那一部分比你所希望的成功得多。你已经准备好了通过伯纳姆医生寄给哈斯韦尔先生的信。但哈斯韦尔先生的轻信和恐惧起了错误的作用。他不但不讨好你，反而恨你。在困境中，他只想到他那被冷落的女儿，本能地向她求助。这就必要迅速改变计划。”

普雷斯科特非但没有失去勇气，反而狠狠地攻击了我们。“我一看见你们就知道你们俩是间谍，”他喊道，“我好像在某种程度上知道你们是什么人，好像我知道你们来找我之前已经见过哈斯韦尔先生。你们也会敲诈一个发明家，因为我相信他会的。但你们俩都小心点。你们也可能因为口是心非而受到惩罚，变成瞎子。谁知道呢？”

看到他嘲笑中包含的可怕思想，我浑身打了个寒颤，难道我们也注定要失明吗？我惊恐地看着床上的盲人。

“我知道你会认出我们的，”肯尼迪平静地反驳道，“所以我们各自戴了一副埃福斯玻璃眼镜来，跟你戴的一模一样。不，普雷斯科特，我们很安全，尽管我们可能会有一些灼伤，就像哈斯韦尔先生身上的那些红斑，轻度灼伤。”

普雷斯科特往后退了一步，马丁太太竭力装出一副庄严的样子，想结束这次谈话。“不，”克雷格继续说，他突然转过身来，让我们吃惊的是，他披露了下一个雷，“是你和你的妻子在这里。是普雷斯科特太太，不是马丁太太，她一定有毛病。别再互相怒视了，再跟敌人耍花招，企图摆脱我们是没有用的。你们做过头了。游戏结束了。”

普雷斯科特向肯尼迪冲去，肯尼迪一把抓住他的手腕，钢铁般紧紧握住了他，他手背上的血管像鞭绳一样突出来。

“这个阴谋策划得很巧妙，”他平静地继续说道，仍然抱着普雷斯科特，而我退到门边，拦住了他的妻子，“但要看穿它毕竟不是那么困难。你的任务是毁掉那老人的视力，使他不得不去召唤自己的女儿。你妻子的角色是扮演马丁太太，他多年没见过她了，现在也见不到她。她要用她的孝心来感化他，让自己成为他遗嘱的受益人，以确保他的钱随时可以兑换成现金。

“然后，当那个老人终于离开尘世时，你们俩就可以在真正的女儿听到她父亲的死讯之前，带着你们所能拿到的钱潜逃。这是一个极好的计划。但哈斯韦尔先生做的普通的报纸广告对你的目的而言，普雷斯科特，并没有像你所说的更具艺术性的‘电报’那么有效，虽然你们两个先回应了广告，但最终正确的人还是看到了那则广告。你跑得还不够快。

“你没有想到真正的女儿会看到那则广告，这么快就会出现。但她已经看到。她住在加利福尼亚。哈斯韦尔先生刚刚说他收到了一份电报，我猜你，普雷斯科特太太，读了，销毁了，然后采取了行动。电报加快了你的计划，但你还是应付得了紧急情况。此外，占有者在诉讼中通常占上风。你用了煤气，伪装成自杀。简激动得把事情弄糟了，伯纳姆医生碰巧知道我在哪儿，便立刻叫我来。情况从一开始就对你不利，普雷斯科特。”

克雷格慢慢地把这位发明者的手拧上去，他仍然握着那只手。他用另一只手从口袋里掏出一张纸。那是一个旧信封，是我们第一次拜访哈斯韦尔先生时他写的，当时我们被斯科特医生的来访毫不客气地打断了。

“我昨天就坐在这里，就在这张床旁边，”克雷格继续说，我记得他指了指他坐过的椅子，“哈斯韦尔先生正在低声对斯科特医生说着什么。我听不见。但老人抓住医生的手腕，把他拉得更近，对他耳语。医生的手朝着我，我注意到静脉上特有的纹路。

“你也许不了解这个事实，但手背上的纹路对每个人来说都是独一无二的——就像指纹或耳朵的形状一样，永远不会错，不会被毁，也无法抹去。这个系统是由意大利帕多瓦大学的塔玛西亚教授发明和开发的。一个肤浅的观察者会说，所有的静脉模式本质上都是相似的，许多人也这么说，但塔玛西亚发现每一种都是有其特点的，有着几乎令人难以置信的差异。一般有六种类型——在我们面前的这个例子中，两条大静脉与几条次静脉交叉，形成一个V形，其基部在手腕附近。

“我已经产生了怀疑。我画出了那只手上的静脉分布。我刚刚注意到在实验室里操纵假仪器的那只手上也有同样的东西。尽管斯科特和普雷斯科特的化妆不同，但它们是一样的。

“看不见的紫外线可能让哈斯韦尔先生失明了，甚至让他认不出自己的女儿，但你可以放心，普雷斯科特，正义女神即使被蒙住眼睛，也会识破你的阴谋诡计。伯纳姆，如果你肯行行好报警的话，我将为逮捕这些人承担全部责任。”

竞选贪污者

“等这次选举结束，报纸又开始刊登新闻时，那将是多么大的安慰啊！”我怒吼着翻开《星报》的第一页，只瞥了一眼标题。

“是的，”肯尼迪说，他正在琢磨上午收到的一封信，“这是多年来最激烈的竞选活动。现在，你认为他们是在以专业的方式追捕我呢，还是想把我作为一个独立选民来围捕？”

引起这番话的那封信的页眉处写着：“改革联盟特拉维斯竞选委员会”。肯尼迪显然打算让我对这封信发表意见，于是我把它拿了起来。信上只有几行字，请他早上打电话给韦斯利·特拉维斯和迪恩·班尼特，如果方便的话。韦斯利·特拉维斯是州长候选人，迪恩·班尼特是他竞选委员会的财务主管。这封信显然是头天晚上匆匆写成的。

“专业的（方式），”我斗胆说道，“竞选活动中一定有什么丑闻，他们需要你帮忙。”

“我想是的，”克雷格同意道，“嗯，如果它是生意而不是政治，它至少有这个优点——它当前是生意。我想你不会反对和我一起去吧？”

于是，上午没过多久，我们就来到了竞选总部，两位身穿长礼服、头戴丝绸帽、神情紧张而高傲的绅士出现在我们面前。即使不看周围的环境，也不需要费脑筋，就能立即推断出，他们正在为某件事进行一年一度的争取同胞进行投票的努力，而且在这一艰苦的过程中几乎精疲力竭。

他们的总部在一座摩天大楼里，从那里以书面和口头的形式向选民发出巨大的呼吁，以唤起道德感。然而，这个地方的气氛与我在以前竞选活动中通常与政治总部联系起来的气氛有所不同。这里没有老式的政客，也没有烟草业勾心斗角的气氛。相反，这里的气氛认真而高效，这无疑很讨人喜欢。墙上挂着本州的地图，有些墙上钉满了各种颜色的大头针，表示拉选票的状况。一张被划分成各种不同区域的彩色城市地图，告诉我们在老板比利·麦克洛克林的大本营竞选的进展如何。这里有大型的卡片索引系统、活页装置以及在短时间内能够把大量的竞选“刊物”制作出来的节省劳力的装置。总之，到处可见一个完美的系统，就像一个管理良好的大企业可能会引以为傲的那样。

韦斯利·特拉维斯比较年轻，是一名律师，他很早就在政治上留下了印记，在民众起义反对老板们之前，他足够精明地摆脱了老板们的束缚。现在他是改革联盟竞选州长的候选人，正在发起一场声势浩大的竞选活动。

他的竞选经理迪恩·班尼特是个商人，其经济利益与比利·麦克洛克林背后通常被理解的利益相抵触。在过去，特拉维斯和班尼特本来应该属于一个常规政党。事实上，改革联盟的存在应归功于要求进步的道德条件和经济条件的幸运结合。

“到目前为止，事情一直在朝着我们的方向发展，”特拉维斯秘密地说道，这时我们已经民主地坐在那里，点燃了竞选雪茄，“我们当然没有对手那么大的‘桶’，因为我们不从各大公司榨取油水。但人民慷慨地支持我们，我认为既得利益集团的反对对我们有很大帮助。我们似乎要赢了，我说‘似乎’，只是因为人们永远无法确定当今政治游戏的进展如何。

“您还记得吗，肯尼迪先生，有一天在报纸上看到我在长岛的乡间别墅被抢了？一些记者对此大肆渲染。说实在的，我想他们太过满足于感觉了，以至于他们确信这件事是由一些揭丑者揭露出来的，而且肯定会有某种形式的曝光。因为小偷，不管他是谁，似乎只从我的藏书室里拿走了一本剪贴簿或相册。这是一桩奇特的抢劫案，但由于我没有什么要隐瞒的，所以我并不担心。哦，昨天我差点忘了，有个家伙来到班尼特的办公室。告诉我们那是谁，班尼特，你见过他。”

班尼特清了清嗓子：“您看，是这样的。他自称是哈里斯·汉福德，并自称是一名摄影师。我想他给比利·麦克洛克林干过活。不管怎么说，他提议要卖给我们几张照片，而他对这些照片的叙述是非常间接的。他暗示说，这些东西显然是从特拉维斯先生那里偷来的赃物之一，而且几经辗转落入了他的一个朋友手中，而他却不知道是谁偷的。他说这些照片不是他自己拍的，但他知道是谁拍的，原版已经被毁了，但拍照片的人发誓说这些照片是在今年秋天提名特拉维斯的大会之后拍的。不管怎么说，照片已经流出来了，想得到它们得花两万五千美元。”

“那是什么东西，他竟会给它们出这么高的价钱？”肯尼迪问道，目光迅速地从班尼特移到特拉维斯。

特拉维斯毫不畏惧地面对他的目光。“应该是我的照片，”他慢条斯理地回答道，“在位于岛南岸麦克洛克林的农场门廊上，有一个人声称代表我参加了一个小组，那里离我住的地方大约有二十英里。正如汉福德描述的那样，我站在麦克洛克林和J.卡德瓦拉德·布朗之间。布朗是信托公司的发起人，他支持麦克洛克林是为了挽救他的投资。布朗的手放在我的肩膀上，我们亲切地交谈着。另一张是布朗、麦克洛克林和我坐在布朗的车里的照片，照片中，我和布朗显然相处得很好。哦，有好几张，都是同一种风格。现在，”他激动地提高了嗓音，仿佛他是在一个车尾会议上讲话，必须使人们相信，乘坐汽车并不是犯罪，“我毫不犹豫地承认，大约一年前，我和这些人关系并不亲密，但至少认识他们。在不同的时间里，甚至在去年春天，我出席了关于该州的州长展望的会议，有一次我想我确实和他们一起乘车回到了这个城市。但我所知没有照片，即使有照片，我也不在乎他们说的是不是真的。我在演讲中坦率地承认，我认识这些人，我了解他们，并与他们断绝关系，这是我当选后对他们发动有效战争的主要条件。他们真心讨厌我，这一点你们都知道。我真正关心的是现在伴随这些——这些赝品的宣誓指控。它们不是，也不可能是在提名我的独立大会之后拍摄的。如果照片是真的，我可真成了卖国贼了。但从去年春天开始，我就没见过麦克洛克林和布朗。整件事就是——”

“从头到尾都在撒谎。”班尼特强调道，“是的，特拉维斯，我们都知道。如果我不相信你，我现在就退出。但让我们面对现实吧。下面是这个故事，按照汉福德的誓言，比利·麦克洛克林和布朗显然也默许了。只要对你不利，他们又在乎什么？而且，照片本身也在那里——至少它们会被印出来或禁止发表，这取决于我们的行动。现在，你知道，没有什么比在这个时候提出这样的问题更伤害改革的选票了。

“我们至少应该坦诚对待这件事，没有什么可以辩解的。可能有足够多的人相信，这种怀疑是有根据的，从而使形势对我们不利。如果是在竞选的早期，我会说接受这个问题，争取到最后，随着事情的发展，我们真应该有最好的竞选材料。但是现在，要在选举前的星期五揭露他们的这种无赖伎俩已经太晚了。坦率地说，我相信在这种情况下，谨慎比勇敢更重要，而且我对你的信心丝毫不减，特拉维斯，好吧，我会先付钱，然后在选举之后，从容地揭露这个骗局。”

“不，我不会，”特拉维斯顽强地咬紧牙关，“我不会被耽误的。”

一位年轻的女士穿着非常漂亮的街头服装，戴着一顶大帽子和撩人的面纱，在门口站了一会儿，犹豫了一下，然后准备关上门，为打扰了会议而道歉。

“如果这件事拿走我最后一块钱，我就和它抗争，”特拉维斯宣称，“但他们勒索不出我一分钱。上午好，阿什顿小姐。我一会儿就有空，马上去你办公室见你。”

那个姑娘手里拿着一叠纸，微笑着。特拉维斯迅速穿过房间，恭敬地把门打开，小声说了一两句话。她消失后，他又回来说道：“肯尼迪先生，我想您听说过那位妇女参政领袖，玛格丽特·阿什顿小姐吧？她是我们新闻局的局长。”接着，一种坚定的神色在他那张漂亮的脸上划出了几道皱纹，他把拳头放在了桌子上。“没错，一分钱也不给！”

他大发雷霆。

班尼特无可奈何地耸了耸肩，假装听天由命地看着肯尼迪，仿佛在说："你能拿这样一个人怎么办？"特拉维斯兴奋地在地板上踱来踱去，挥舞着双臂，好像在敌人国家的一个会议上发表讲话。"汉福德就是这样向我们走来的，"他继续说道，一边踱来踱去，一边变得更加兴奋，"他明明白白地说，这些照片当然会被认为是从我这儿偷走的，在这一点上，我想他是对的。公众会接受的。当班尼特告诉他我会起诉他时，他笑了笑说：'请便。我没有偷照片。想从他所批评的法院寻求赔偿，这对特拉维斯来说是个天大的笑话，我猜，如果判决对他不利，他会想要收回判决——嘿？'汉福德说每张照片都洗了一百份，并且这个我们不认识的人，已经准备好把这些稿子寄给该州的一百家主要报纸，以便这些稿子在选举日之前出现在周一的报纸上。他说，我们再怎么否认也无法破坏这种效果，或者至少他进一步说，'动摇它们的有效性'。

"但我重复一下，那些照片都是假的。据我所知，这是麦克洛克林的一个阴谋，一个被逼入绝境的老板进行的最后一场战斗，这比他伪造一封信还要卑鄙。图片比信件更能吸引人的眼睛和心灵，所以这东西才这么危险。比利·麦克洛克林知道如何在选举前夕最好地利用这样的中伤性谣言，即使我不仅否认而且证明它们是假的，恐怕也会造成伤害。我不能及时联系到所有的选民，看到谣言的人数与看到辟谣声明的人数是十比一。

“就是这样，”班尼特冷冷地坚持道，“你承认我们实际上是无能为力的。我一直都是这么说的。看在上帝的分上，特拉维斯，先控制好这些照片。那就在选举前或选举后，随便你怎么叫嚷吧。就像我说的，如果我们有一两个星期，也许我们可以打一架。但在周一，作为竞选活动的最后一件大事公布之前，我们不能采取任何行动，否则就会出丑。剩下的周一和周二早上的报纸不给我们回复的时间。即使今天出版，我们也几乎没有时间揭露阴谋，把它硬塞进去，使此事成为资产而不是负债。没错，你必须自己承认，没有时间，我们必须完成我们精心计划的工作，为这场战役画上句号。如果我们被这件事转移了注意力，那就意味着我们最后的努力都化为泡影了，而这正是麦克洛克林所希望的。肯尼迪，您不同意我的看法吗？现在不惜任何代价抹掉这些照片，然后继续追查下去，如果可以的话，选举后再进行起诉？”

到目前为止，肯尼迪和我只不过是作为旁观者对此感兴趣，并没有冒昧地打断他们的话。最后克雷格问道：“你有洗出来的照片吗？”

“没有，”班尼特说道，“这个汉福德是个厚颜无耻的家伙，但他太精明了，那些照片寸步不离身。那些照片我看过一眼，看起来很糟糕。与之相配的宣誓书看起来更糟糕。”

“嗯，”肯尼迪思忖着，在心里反复考虑着这场危机，“我们以前也接手过被盗和伪造信件的指控案件，但被盗和伪造照片的指控还是第一次。班尼特，你为此惊慌失措，我一点也不感到奇怪；特拉维斯，你想决一死战的心情我也能理解。”

“那您愿意接手这个案子吗？”特拉维斯急切地催促道，忘记了他的竞选经理人身份和风度，身体前倾，几乎像一个在被告席上的囚犯，想听陪审团团长的言辞，“趁还来得及，您会把那些照片的伪造者揪出来吗？”

“我还没说我要这么做呢——还没说呢。”克雷格有分寸地回答道，“我甚至还没说要接手这个案子呢。政治对我来说是个新游戏，特拉维斯先生。如果我要做这件事，我就想继续做下去——好吧，你知道你们律师怎么说的，干净利落。我接受这件事有一个条件，只有一个条件。”

“什么条件，您说吧！”特拉维斯焦急地大声说道。

“当然，既然被你留下来了，”克雷格故意以令人生气的缓慢的口气继续说道，“如果我发现——我该怎么说呢——说白了，是吗？——如果我发现汉福德的故事有些——呃——根据的话，我要抛弃你，帮另一边，是不合理的。也不要以为我将继续为你们完成这件事而不顾事实。我所要求的是自由办案，能在我不能为自己伸张正义的时候放下这个案子，放下它，并闭口不谈此事。你明白吗？这就是我的条件。”

“你认为你能成功吗？”班尼特颇为怀疑地问道，“你愿意冒这个险？你不认为等到选举获胜后会更好吗？”

“你已经听到了我的条件。”克雷格重申道。

“就这么定了，”特拉维斯打断他，“我要决一死战，班尼特。如果我们一开始就跟他们讨价还价，结果可能会更糟。付钱等于认罪。”

班尼特疑惑地摇了摇头：“恐怕这也符合麦克洛克林的目的。照片就像统计数据。照片不会说谎，除非是别人让它们撒谎。但很难判断一个说谎者能在选举中通过这两种手段取得什么成就。”

“迪恩，你不会抛弃我吧？”特拉维斯责备道，“我不甘心受约束，你不会生气吧？”

班尼特站起来，一只手放在特拉维斯的肩膀上，并抓住他的另一只手。“韦斯利，”他恳切地说道，“即使照片是真的，我也不会抛弃你的。”

“我就知道，”特拉维斯热情地回答道，“那么，给肯尼迪先生一天时间，看看他能做些什么。如果毫无进展，我们会接受你的建议，迪恩。我想，我们会付钱的，请肯尼迪先生在下星期二以后继续办案。”

“我还有附带条件。”克雷格插嘴道。

“还有附带条件，肯尼迪，”特拉维斯重复道，“请把你的手放在那上面。自从我被提名以来，我想我已经和这个州一半的男性握手了，但这对我来说，比任何一个都重要。你需要帮助的时候就来找我们，找班尼特或者找我。不惜一切代价，把货拿回来，不管你是谁，哪怕是卡德瓦拉德·布朗本人。再见，万分感谢，对了，等等，让我带你四处转转，认识一下阿什顿小姐。她也许能帮助你。”

班尼特和特拉维斯的办公室在套房的中央。一边是出纳和办事员的办公室,还有发言人办公室。各种层次的演讲者都正在这里接受指导，参观活动也正在这里安排，并从已经举行的会议上收到报告。

另一边是阿什顿小姐负责的强大而活跃的新闻办公室，她支持特拉维斯，因为后者极其坚定地宣称支持“为女性投票”，并坚持他的政党将这点纳入其纲领。阿什顿小姐是个聪明的姑娘，毕业于一所著名的女子大学，在成为争取选举权事业的领袖之前，她有多年的报社工作经验。我记得曾经读过很多关于她的书，也听过很多关于她的事，尽管我从未见过她。阿什顿一家在纽约社会上很有名，然而，她拒绝跨入她的保守派朋友所认为的适合女性的领域，这让他们感到愤怒。据我所知，这些朋友中就有卡德瓦拉德·布朗本人。

特拉维斯刚刚介绍了我们，但我已经嗅到了竞选新闻机构平淡无奇的行为背后的浪漫气息。我绝不打算减少新闻办公室领导者的工作或降低其能力，但无论在当时还是后来，我都震惊了，这位候选人对报纸竞选活动有着异乎寻常的兴趣，远远超过了对发言人办公室的兴趣，我敢肯定，这不仅仅是因为宣传在政治竞选中起着越来越重要的作用。

然而，她的“全州选区卡片索引系统”，反映了各报社编辑的态度和地方政治领导人的态度，以及情绪的变化，这非常有价值。肯尼迪对事实的思维一向是固定的，显然对阿什顿小姐建立起来的巨大机械记忆印象深刻。虽然他没有对我说什么，但我知道他也在观察改革派候选人和参选领袖之间的关系。

肯尼迪一直在用明显的赞许的目光打量着阿什顿小姐，就在特拉维斯被叫回办公室的那一刻，他俯下身，低声说：“阿什顿小姐，我想我可以信任你。你想帮特拉维斯先生一个大忙吗？”

她脸上的表情一闪而过，没有流露出其真实感情，尽管我猜想，她的欣然表示同意也许比她简单地说一声“是的”更有意义。

“我想，你知道有人企图敲诈特拉维斯先生吧？”肯尼迪很快又补充道。

“我了解一些。”她回答的语气使我们理所当然地认为特拉维斯在叫我们来之前就已经告诉她了。我觉得特拉维斯下定决心要战斗很可能是因为听了她的意见或者至少听了她对他的看法。

“我想，在这样一支庞大的队伍中，你的政敌可能会有一两个间谍，这不是不可能的。”肯尼迪说着，向那二十多名职员扫视了一眼，他们正忙着制作竞选“刊物”。

“我自己有时也这样想过，”她表示同意，“当然，我不知道。不过，我还是得非常小心。总是有人经过我的桌子旁边，或者往我这边看。像这样的大房间里没什么秘密可言。我从不把重要的东西放在别人能看到的地方。”

“对，”肯尼迪沉思道，“办公室什么时候关门？”

“我想，我们今晚九点左右结束。明天也许要晚一些。”

“那么，如果我今晚，比方说，九点半钟到这儿来，你会在这儿吗？不用说，你这样做对——对竞选活动，可能具有不可估量的价值。”

“我会在这儿的。”她答应了，伸出一只笔直的胳膊，握着他的手，坦率地看着他的脸，就连立法机关里的保守派也承认她的眼睛能赢得选票。

肯尼迪还没有准备好离开，但他找到了特拉维斯，并获得了许可去查看竞选资金。特拉维斯的基金捐款很少有大额，但有很多小额捐款，从十美元到二十五美元，从十美分到五美分不等。它确实显示了大众对改革的热情呼声。肯尼迪还匆匆看了一下费用项目——租金、薪金、速记员和办公室人员、广告、印刷和文具、邮费、电话费、电报费、汽车费和差旅费，以及其他杂项。

正如肯尼迪后来所说的那样，与投入的小笔钱相比，大笔的钱被一笔一笔地花出去了。如今的竞选活动是要花钱的，即使是在诚实的情况下。杂项账目上有一些数额很大的不确定项目，肯尼迪匆忙计算后得出结论，如果所有的债务都必须立即偿还，委员会就会有几千美元的亏空。

“简而言之，”我们离开时，我说，“这要么会让特拉维斯私下破产，要么会让他的基金陷入绝望。还是说他预见到了失败，所以在有人打劫的掩护下用这种方式来弥补自己？”

肯尼迪没有对我的怀疑作出任何回应，尽管我可以看出在他脑子里没有留下任何不被注意的线索。

这里离哈里斯·汉福德的工作室只有几个街区的距离，肯尼迪现在一心要见他。我们在三十年代生意兴隆的一条小街上的一幢旧房子里找到了他，他住在顶楼的一个小房间里，有三层楼梯。我们上楼时，我注意到他隔壁的房间空着。

我们对汉福德的采访时间很短，而且不令人满意。他要么是第三方，要么至少是装成了第三方的代表，绝不让我们看一眼那些照片。

“我的交易，”他轻浮地断言，“一定是和班尼特先生或特拉维斯先生进行，直接交易，而不是和使者进行交易。我对这件事没有任何隐瞒。那些照片不在这里。它们是安全的，随时可以在适当的时候赶制出来，要么是为了钱，要么是刊登在报纸上。我们已经把他们的情况都弄清楚了；我们很满意，尽管底片都被毁了。至于他们是否已被特拉维斯偷走，你可以根据事实推断。它们已经出版了，已经被复制了，进行了很好的复制。如果特拉维斯先生想否认，就让他等着吃官司吧。我都跟班尼特说了。明天是最后一天了，那时候我必须得到班尼特的回应，不能让任何人闯进来。如果答应，那很好；如果不答应，他们知道会发生什么。再见。”

时间还早，肯尼迪的下一步行动是到长岛去查看特拉维斯家的书房，据说照片就是从那里被盗的。在实验室里，肯尼迪和我拿了一个长方形的黑色大箱子，里面装着照相机和三脚架。

他对被洗劫一空的书房进行了细致的检查，从那扇显然是窃贼进来的窗户，到被强行撬开的柜子，再到一般的情况，无一遗漏。最后，克雷格非常小心地安装好相机，从各个角度拍摄了几张照片，包括窗户、橱柜、门，甚至房间。在外面，他拍下了书房所在的房子的两边墙角。我们一段路乘电车，一段路坐马车，穿过小岛到南岸，最后找到了麦克洛克林的农场，在那里我们毫不费力地拍下了六张门廊和房子的照片。总的来说，这些程序对我来说似乎平淡无奇，但根据以往的经验，我知道肯尼迪这样做有深层的目的。

我们在城里分手，约好去拜访阿什顿小姐之前再见面。肯尼迪显然是利用这段时间来冲洗了他的底片，因为他现在有十来张大小完全一样的照片，都印在硬纸板上，四周都有刻度和数字。他看见我面对照片苦苦思索。

“这些都跟巴黎的贝迪永拍摄的公制照片相似，”他耐心地解释道，“通过计算出的比例尺、表格和其他方法，我们可以从这些照片中确定距离和许多其他东西，就像我们当时在现场一样。贝迪永利用这种技术侦破了许多案件，比如奥赛码头酒店的神秘枪击事件和其他案件。我相信，公制照片到时候将与人物肖像描述法、指纹等并列。例如，为了解开一个犯罪之谜，侦探的第一个任务就是对现场进行地形研究，画出房间或房子的平面图和立体图。每个物体的位置都被煞费苦心地记录下来。此外，相机的全视眼功能被征用了。被抢劫的房间被拍了下来，就像这个案子一样。我本可以把脚尺放在桌子上，然后把它拍下来，但贝迪永发明了一种更科学、更准确的方法。他的相机镜头总是在离地面固定的高度使用，并在一个精确的焦点上在底片上形成图像。由底片洗出的照片被固定在一张卡片上有一定大小的空间中，沿着这个空间的边缘印上公制比例尺。根据他的计算方法，可以确定图中任意两点之间的距离。有了地形图和度量标准的照片，人们就可以像研究陌生国家的地图一样研究犯罪。今天我看到了几件特别的事情，我这里有一份不可磨灭的犯罪现场的记录。以这种方式保存它是不容置疑的。

“请注意，照片在这个柜子里。还有其他的柜子，但没有一个被动过。所以小偷一定知道他要找的是什么。开锁时留下的痕迹表明用的不是撬棍，而是螺丝刀。到目前为止，还不需要对科学资源有惊人的掌握，只需要一点科学常识，沃尔特。

“那么，强盗是怎么进来的呢？所有的门窗都应该是锁着的。据说这扇窗户侧面的一块玻璃被割掉了。的确如此，而这些作品就是用来展示它的。但看看这张从外面拍的照片。要够到那扇窗户，即使是高个子也得站在梯子或别的什么东西上。窗户下的软土上没有梯子的痕迹，也没有人的痕迹。更重要的是，那扇窗户玻璃是从里面被切开的。切割它的钻石留下的痕迹清楚地表明了这一点。这又是科学常识。”

“那么一定是房子里的什么人，或者至少是一个熟悉这个房子的人？”我惊叹道。

肯尼迪点点头。“有一件事，被警察极大地忽视了，”他接着说道，“那就是记录。我们在重建犯罪过程中取得了一些进展，正如贝迪永所说。要是我们有汉福德的那些照片就好了。”

我们现在正在去总部见阿什顿小姐的路上，在车里，我试图对这个案子进行推理。这真的是一场骗局吗？特拉维斯自己是在装假吗？这次抢劫是一种“诡计”吗？通过这种诡计，他可以事先阻止已经成为公共财产的东西落入他人之手，而不再打算隐瞒它？还是麦克洛克林最后一次绝望的打击？

整个事情在我心中开始呈现出一种可疑的样子。虽然肯尼迪似乎没有取得什么实质性的进展，但我觉得，这非但没有帮助特拉维斯，反而让事情变得更糟。在提名大会之后，他没有去拜访麦克洛克林，他说的这话未经证实。他承认在改革联盟成立之前这样做过。此外，大家似乎都心照不宣地知道，麦克洛克林和卡德瓦拉德·布朗都默许了那个人的宣誓证词，那人自称是他拍了这些照片。再加上，仅仅是真实图片本身的存在就为这个故事提供了一个生动的证据。就我个人而言，如果我站在肯尼迪的立场上，我想我应该利用特拉维斯协议中的附带条款，优雅地退出。然而，肯尼迪现在正在着手这个案子，并坚持不懈。

阿什顿小姐在新闻处等我们。她的办公桌在房间一端的中间，如果她能盯着办公室里的人，办公室里的人也能盯着她。

肯尼迪显然已经考虑好了如何利用我们上午访问的时间，因为他立即开始工作了。房间朝向特拉维斯和班尼特办公室的一侧是一大片空白的墙。他用木槌迅速地在粗糙的灰泥上敲出一个洞，就在房间的踢脚板上方。这个洞并没有完全穿过另一边。他在里面放了一个圆形的硫化橡胶盘，绝缘电线从踢脚板后面穿过，然后从它下面穿出，再到地毯下面。一些灰泥很快就把墙上的洞补上了，他让它晾干。

接着，他把电线从地毯下面引到阿什顿小姐的办公桌前。电线就这样到头了，在地毯下面，形成了十八个或二十个直径几英尺的大线圈，摆成这样，脚踩在地毯上的人再好奇也不会注意。

“就这样，阿什顿小姐，”当我们注视着他的下一步行动时，他说道，“我明天一早就想见到你，而且——我可以请你戴上你那顶帽子吗？”

这顶帽子非常得体，但肯尼迪的语气清楚地表明，他提出这个要求的原因并不是出于他对倒篮式女帽的喜好。她微笑着答应，因为即使是女性参政者也可能喜欢漂亮的帽子。

克雷格还得去见特拉维斯并汇报他的工作。在纽约东区举行的一场大型政治集会结束后，这位候选人焦急地在自己的酒店里等待。在这场集会上，资本主义和老板们可能被嘘声淹没。

“可取得什么成功？”特拉维斯急切地问道。

“恐怕……”肯尼迪回答道，听了这口气，这位候选人的脸沉了下来。“恐怕你目前得见见他们。期限明天就到了，我知道汉福德正在等待最后的答复。我们必须得拿到那些照片，即使要付钱。似乎没有别的办法了。”

特拉维斯倒在椅子上，绝望地望着肯尼迪。他脸色很苍白：“你——你的意思是说，没有别的办法了，我将不得不在班尼特和其他人面前承认我处境堪忧？”

“我可不这么想。”肯尼迪毫不留情地说。

“就是这样，”特拉维斯近乎激烈地断言，“啊，我们本来可以那样做的。不，不——我不是那个意思。原谅我。我对此感到不安。请继续。”他叹了口气。

“你要指导班尼特尽可能地给汉福德开出最好的条件，让他安排好付款的细节，然后把最好的照片赶快拿给我。”

特拉维斯似乎全完了。

第二天上午，我们去阿什顿小姐的办公室见她。肯尼迪递给她一个包裹，用几句话（我没听见）解释了他的要求，并答应以后再来。

我们去拜访时，姑娘们和其他职员已经到了，办公室里一片忙乱，忙着结束竞选活动。打字机在咔哒咔哒地响着，从一大堆报纸上剪下的剪报贴在大剪贴簿上，传单被折叠起来，准备邮寄进行终审。房间里确实挤满了人，我觉得，正如肯尼迪所说的那样，毫无疑问，在那里发生的事情是不可能不被那些对它感兴趣的人所注意到的。

阿什顿小姐正戴着帽子坐在桌旁指导工作。“这招管用。”她神秘地对肯尼迪说。

“好，”他回答道，“我只是顺便来确认一下。如果有什么有趣的事发生，阿什顿小姐，我希望你能立即通知我。我不能在这里被人看见，但我会在楼下走廊里等着。我的下一步行动完全取决于你要报告什么。”

克雷格在楼下等着，越来越不耐烦了。我们站在一个可以看得见别人却不容易被别人看见的角落，看到汉福德进了电梯，我们的不耐烦并没有因此而减轻。

我认为阿什顿小姐会成为一名出色的女警探，也就是说，在这个案子里，她的个人感情没有像现在这样牵涉其中。她在走廊里出现时，脸色苍白，神情激动，肯尼迪急忙向她走过去。

“我简直不敢相信。我不相信。”她努力说道。

“告诉我，发生了什么事？”肯尼迪安慰她说。

“唔，肯尼迪先生，你为什么要我这样做呢？”她责备道，“我宁愿自己根本不知道。”

“相信我，阿什顿小姐，”肯尼迪说道，“你应该知道。你是我最信赖的人。我们看到汉福德乘电梯上去了。发生了什么事？”

她的脸色仍然苍白，她紧张地回答说：“班尼特先生大约十点差一刻进来了。他停下来和我说话，好奇地四下打量着房间。你知道吗，有一段时间我觉得很不舒服。然后，他锁上了从新闻处通往他办公室的门，并留下一句话，说不要打扰他。几分钟后，一个男人打来电话。

“是的，没错，”肯尼迪提示道，“毫无疑问，是汉福德。”

她上气不接下气地说着，几乎不让人有机会问她是怎么知道这么多的。

“为什么，”她带着一种挑衅的语气喊道，“特拉维斯先生最终还是要买那些照片。最糟糕的是，当我下楼来的时候，我在大厅里遇到了他，他试图用老样子对待我——这是我现在对他的全部了解。他们都安排好了，班尼特先生代表特拉维斯先生和这位汉福德先生进行交易。他们甚至要我把钱装在信封里，密封好，送到汉福德这个家伙的工作室去，交给第三个人，今天下午两点钟到那儿去。”

“派你去，阿什顿小姐？”肯尼迪问道，脸色一亮，仿佛终于看到了什么似的。

“没错，派我去。”她重复道，“汉福德坚称这是协议的一部分。他们——他们还没有公开要求我成为他们肮脏交易的媒介，但当他们这样做时，我——我不会——”

“阿什顿小姐，”肯尼迪劝道，“我求你冷静下来。我完全不知道你会这样理解，完全不知道。听我说，听我说。沃尔特，请原谅我们在走廊上转个弯，然后到外面呼吸下空气。这太不寻常了。”

有五到十分钟的时间，肯尼迪和阿什顿小姐似乎在认真地讨论事态的新变化，而我则不耐烦地等待着。当他们再次走近时，她似乎平静了一些，但我听到她说：“我希望你是对的。我都快崩溃了，我准备辞职了。我对人性的信念动摇了。不，我不会为了韦斯利·特拉维斯而揭发他。我不得不承认这一点，但卡德瓦拉德常说‘人非圣贤，孰能无过’，我担心这将对改革事业造成极大的伤害，并由此对妇女选举权事业造成极大的伤害，而妇女选举权事业与这个政党有着共同的命运。我简直不敢相信——"

肯尼迪仍然热切地望着她。"阿什顿小姐，"他恳求道，"什么都不要相信。记住，政治的首要原则之一就是忠诚。等到——"

"等？"她回应道，"我怎样等？我讨厌韦斯利·特拉维斯的让步——比起我讨厌卡德拉瓦德·布朗对他人诚实的玩世不恭态度更甚。"

她咬着嘴唇，这样流露出了自己的感情，但是她听到的那些话显然深深地打动了她。顷刻之间，她的偶像的脚好像一下子变成了泥做的。不过，很明显，她对这件事的看法越来越像一个外人看待这件事的态度了。

"考虑一下吧，"肯尼迪催促道，"他们不会马上让你去。不要鲁莽行事。暂停你的判断，你不会后悔的。"

克雷格的下一个问题似乎是把他的工作地点转移到汉福德的工作室。离开阿什顿小姐后，我们往住宅区走的时候，他显然在快速思考，我没有冒险问他发生了什么，因为很明显，一切都取决于是否为即将发生的事情做好准备。

汉福德出去了，这似乎令肯尼迪很高兴，因为他的脸色为之一亮，这比言语更确切地表明，他对自己的方向看得越来越清楚了，他让我去经纪人那里，租一间工作室旁边的空办公室，而他则去住宅区完成最后一步的安排。

当他回来时，我已经完成了我的任务，正在空房间里等着。他马不停蹄，开始工作。在我沉默而好奇地看着他的时候，我觉得他在重复他在特拉维斯总部已经做过的事情。他在墙上钻洞，不过这一次他钻得更仔细了。很明显，如果他要往洞里放什么东西，那洞一定要足够大。那个洞是方的，我弯下身来，看到他已经把灰泥和板条都钻穿了，一直钻到另一边的墙纸，不过他很小心地保持着洞口处完好无损。然后，他在洞里放了一个方形的黑盒子，小心地调整它，并根据隔板和墙壁的位置来测量它中心的确切位置。

一把万能钥匙把我们带进了汉福德灯火通明但现在空无一人的工作室。为了阿什顿小姐，我真希望照片在这里。我敢肯定，如果是这样的话，肯尼迪一定会对盗窃照片的行为感到轻微的内疚。不过，他现在想的是完全不同的东西，他忙得不可开交，生怕被人发现。根据他的测量结果，我猜想他是在尽可能接近地计算出他放在黑色壁纸另一边墙洞里的盒子的中心。当他心满意足时，从口袋里掏出一支细铅笔，在纸上轻轻画了一个十字来表示它。小点落在挂在墙上的一本大日历的左边。

肯尼迪向玛格丽特·阿什顿发出的呼吁显然起了作用，因为经过这些神秘的准备后不久，我们见到她时，她已经克制住了自己的感情。

“他们让我带一张便条来汉福德先生的工作室，”她平静地说道，“我同意这样做，却不让他们知道我知道这件事。”

“阿什顿小姐，”肯尼迪如释重负地说道，“你真是一把好手。”

“不，”她回答道，淡淡一笑，“我只是足够女人，有好奇心而已。”

克雷格摇了摇头，但没有对这一点表示异议。“在你把信封交给汉福德工作室里的人之后，不管他是谁，都要等他做点什么——呃——可疑的事。与此同时,看一看隔壁空办公室那边的墙。在大日历的左边，你会看到一个很轻的铅笔记号，一个十字。你必须设法接近它，但不要站在它前面。如果有什么意外的话，把这根十号的针插在墙上十字的交叉点上。赶快把它收回来，数到十五，然后把这张小纸条贴在十字上，然后尽快跑出去，不过如果你需要我们，我们离你不远。切记切记！”

因为怕被人看见，我们没有陪她去工作室，而是在隔壁的办公室里不耐烦地等着。我们听不见他们说了什么，但当一扇门关上，很明显她已经走了，肯尼迪迅速地从墙上用黑布盖着的盒子里取出了什么东西。

等到安全了，肯尼迪就派我去找阿什顿小姐，要她把那些证明有罪的照片从工作室里拿出来，他则留在那里看谁出来。当她把包裹递给我的时候，要求我把包裹交给班尼特先生，从他那里拿到包裹。我以为她有点变心了。

第二天晚上，我才第一次感觉到肯尼迪终于能够追查到过去两天的神秘事件，当时克雷格漫不经心地说，如果我没有别的安排，他想让我去拜访比利·麦克洛克林。我回答说我没有，并设法摆脱了我真正做好的安排。

这位老板的办公室里坐满了政客，因为这是“发钱日”的前夜，在这一天，钱袋的绳子松开了，令人心服的论据如洪水般涌来，以扭转选举的趋势。汉福德和其他依附政客的人都在那里。

“麦克洛克林先生，”当我们和汉福德单独坐在“老板”的小圣堂里时，肯尼迪平静地说道，“今晚我来这儿谈正事，如果显得有些慢吞吞的，请原谅。首先，我要说，汉福德，作为一个摄影师，你会喜欢的，从达盖尔时代开始，摄影就被认为是忠实地描绘任何物体、场景或动作的一种可靠的方法。事实上，照片在法庭上是作为无可辩驳的证据而被承认的。因为当一切都失败时，通过摄影镜头拍摄的照片几乎总是能扭转潮流。然而，这样一幅可能决定一个重要案件命运的照片应该受到批判性的审查，因为这是一个既定的事实，照片可能被认为是不真实的，就像它可能是可靠的一样。组合照片完全改变了最初底片的性质，并在过去的五十年里被制作出来。最早、最简单、最无害的摄影骗术能将云层打印到裸露的天空。但是今天的修图师用铅笔和蚀刻工具非常熟练地修图，一个技术一般的工人都可以把在摄影棚里拍摄的人融入一个完全和谐的露天场景中，而不露出一丝伪造的痕迹。

“我不必多说如何在一张照片中把一颗脑袋放在另一个人的身体上,也不必多说双重曝光的效果。在形式和特征上的变化几乎没有限制。它可以让一个人穿过百老汇或走在河畔大街，也可以让他出现在任何没有去过的地方。因此，一个被指控犯罪的人可以通过一张精心准备的组合照片来证明他不在犯罪现场。

“那么,摄影在哪里可以被视为无可辩驳的证据呢？经过认真研究，现实主义可以说服所有人，也将说服所有人，除专家和开创者外。一个精明的法官会坚持在每一个案件中，都要提交底片，并由一个聪明的操纵者检查可能的修改。”

肯尼迪把目光转向麦克洛克林。“先生，我并没有指责你什么，但特拉维斯先生收到了一张照片，照片上他站在你家的台阶上和你，还有卡德瓦拉德·布朗先生在一起。他和布朗先生所摆的姿势显示出极其友好的关系。我可以毫不犹豫地说，那原本是你、布朗先生和你的候选人的照片。这笔交易相当不公平，特拉维斯被非常出色的伪造照片所替代。”

麦克洛克林示意汉福德回答。“伪造的？”后者轻蔑地重复了一遍，“那宣誓书呢？没有底片。你必须证明从特拉维斯那里偷来的原始照片是假的。你做不到。”

“我想是九月十九日吧？”肯尼迪平静地问道，放下了一包公制单位的照片和指控特拉维斯的照片。他指着在公制照片和其他照片上显示的房子的一个山墙的影子。

“你看见山墙的影子了吗？汉福德，也许你从未听说过，但通过对阴影的研究，我们可以知道照片拍摄的确切时间。它在原则上和实践上是可能的，是可以信赖的。如今，几乎任何一个科学家都可能被要求在法庭上作证，但你会说，天文学家是最不可能的。这张照片里的影子可以证明某人不在场。

“注意，它在右边非常显眼，确定它在房子的位置很容易。你几乎可以用公制照片来做到这一点。很容易识别山墙投射的阴影。确切地说，它有 19.62 英尺高。阴影向下 14.23 英尺，向东 13.10 英尺，向北 3.43 英尺。你看，我很精确。我必须这么做。在一分钟内，它向上移动了 0.080 英尺，向右移动了 0.053 英尺，在其明显的路径上移动了 0.096 英尺。它经过檐板 0.37 英尺宽，用了四分三十七秒。”

肯尼迪正在飞快地谈论着他从测量用的照片中得到的数据，这些数据来自铅垂线、水准仪、罗盘和卷尺、天文三角形、顶点、天顶、极点和太阳、磁偏角、方位角、太阳时、视差角、折射，以及十几个令人费解的术语。

“在球面三角学中，”他总结道，“要解决这个问题，必须知道三个要素。我知道四个。因此，我可以取每一个已知的，将其视为未知的，有四种方法来检验结果。我发现时间可能是下午的 3：21：12（3 点 21 分 12 秒），或 3：21：31，或 3：21：29，或 3：21：33。平均值是 3：21：26，因此除了几秒钟之外不会有明显的误差。因为那一天必须是两天中的一天，要么是 5 月 22 日，要么是 7 月 22 日。在这两个日期之间，我们必须根据影子以外的证据来决定。从枝叶未成熟的情况来看，那一定是在五月。但即使是在七月，也远不是九月。今年的事我也解决了。我发现除了九月的那一天外，所有这些日子的天气都很好。对于真实的日期，我可以以一种比摄影师本人更有把握、更准确的态度回答——即使他是诚实的。真正的照片，除了被篡改，实际上是去年五月拍的。科学不会犯错，但在这个问题上是精确的。”

肯尼迪击中了一个明显的要害。麦克洛克林和汉福德哑口无言。

克雷格继续说下去。

“但是，你可能会问，那汽车照片呢？这也是一个厚颜无耻的骗局。当然我必须证明这一点。首先，你知道，公众已经认识到照片失真表示速度。人们拒绝看到不倾斜的赛车照片——人们要求看到速度，甚至在图片中看到更多的速度。失真的确能显示速度，但也可以伪造速度。

“汉福德知道，图像是通过镜头倒过来投射到底片上的，而且照片的底部是在顶部之前拍摄的。该相机机制允许光线以一种滚动遮光窗帘的方式进入，从而拍摄出相片。狭缝从上到下移动，感光板上的图像被倒置投影，物体的底部出现在感光板的顶部。例如，车轮被置于驾驶员头部之前。如果汽车在快速移动，图像就会在感光板上移动，每个连续的部分都比最后的部分提前一点拍摄。整个身体向前倾。通过扩大狭缝和减慢快门速度，会有更多的失真。

“嗯，事情是这样的。有人拍下了卡德瓦拉德·布朗的汽车照片，布朗很可能在车里休息。在他身边假装是特拉维斯或其他人很简单。如果用一个放大的提灯把这张伪造的图片像一张幻灯片一样投在纸上，如果右边比左边远一点，顶部比底部远一点，你就可以冲印出一张伪造的高速向前的图片。的确，照片中的其他一切，即使静止不动，也会失真，而这种伪造和快门造成的失真之间的区别专家能看得出来，但它会通过。然而，在这件事上，装模作样者太确定了，以至于粗心大意。他没有把感光板放在离纸右边更远的地方，而是放在了左边。它在底部的距离比顶部的距离远。他得到的失真是对的，足以满足外行。但这是一种错误的失真！轮子的顶端本来是最不显眼的，但在假照片中，轮子却和其他部分一样清晰。这是一个小错误，但却是致命的。那张照片显示的车速真很快——向后开！太粗糙了，太粗糙了。”

“你认为人们不会吞下所有这些东西，是吗？”汉福德冷冷地问道，尽管已经曝光。

肯尼迪没有理会。他看着麦克洛克林。这位老板阴沉地看着他。“好吧，”他终于说道，“这一切又怎么样呢？我跟这事一点关系都没有。你为什么来找我？把它给合适的当事人。”

“要我这样做吗？”肯尼迪平静地问道。

他小心地揭开了另一张图片。我们看不见，但麦克洛克林看着它时，他惊呆了。

“你——你从哪儿弄来的？”他倒抽了一口气说道。

“从能弄到的地方弄来的，而且不是假的。”肯尼迪谜一般地回答道。后来他似乎改变了主意。他解释说：“这就是所谓的针孔照片。三百年前，黛拉·波尔塔知道了暗箱，要是有感光板，就能拍出照片来。一个完全不透光的盒子，在里面开一个槽来接收底片，盖上黑色，然后粘紧，用十号针在一张薄纸上打一个针孔，然后就有了一个无镜头摄影设备。它具有透镜成像方法所不能比拟的正确性。它简直就是复制，不需要聚焦，它的角度很宽，效果很好。在光线充足的地方，即使是针孔快照也可以拍摄，曝光时间为十到十五秒。

“这张照片，麦克洛克林，是昨天在汉福德的工作室拍的。阿什顿小姐离开后，我看到谁出来了，但这张照片显示了之前发生的事情。在关键时刻，阿什顿小姐在工作室的墙上扎了一根针，数了十五下，合上针孔，就有了记录。沃尔特、汉福德，请让我们单独谈一会儿。”

当肯尼迪走出这位老板的办公室时，他脸上露出一种我无法揣摩的平静的满意神情。那天晚上和第二天，也就是选举前的最后一天，我都没能从他嘴里问出一句话来。

然而，我必须说，我对事态的缺乏进展深感失望。我觉得整件事一团糟。每个人都参与进来。阿什顿小姐听到了什么，肯尼迪对麦克洛克林说了什么？最重要的是，他的猎物是什么？他是为了不伤害那姑娘的感情才让特拉维斯的选举顺利进行的吗？

最后一个选举之夜到来了。我们都在特拉维斯总部，有肯尼迪、特拉维斯、班尼特和我。阿什顿小姐并不在场，但第一批回来的人刚一进来，克雷格就悄悄告诉我出去找她，她要么在家，要么在俱乐部。我发现她在家。她显然对选举失去了兴趣，我费了好大劲才说服她陪我去。在此之前，一年中任何一个夜晚的兴奋都已变得无足轻重。分散了注意力的人群到处欢呼，吹响号角。这时，在一个报纸布告栏前的人群中，爆发出一阵狂呼乱叫的声音。现在传来了沉闷的呻吟声、嘶嘶声和嘘声，或者，当竞选结果报告转向另一个方向时，所有人一起欢呼。即使是棒球也不能吸引这么多观众。到处都灯光闪耀，汽车的喇叭声，齿轮换挡发出的嘎吱声不绝于耳。连吃龙虾的多个高档餐馆也都挤满了人。到处都有警察。人们拿着喇叭、铃铛和各种制造噪音的装置，从大道的一边挤到另一边。他们如饥似渴地反复读着那寥寥无几的新闻简报。

然而，在所有的噪音和人类的能量背后，我只能想到无声的、系统的新闻收集和编辑。我们返回时，在联盟总部的高层，一群办事员正在统计报表，比较官方和半官方的报告。随着该州先是向一个方向摇摆，然后又向另一个方向摇摆，我们的希望时起时伏。阿什顿小姐看起来很冷淡，很不自在，而特拉维斯看起来更担心，对选举结果报告的关注比看起来更少。她躲着他，而他似乎犹豫着要不要去找她。

我一开始就在想，北部的选票是否足够多，足以战胜敌对城市的选票？我现在很惊讶地看到这个城市是多么强烈地支持特拉维斯。

“麦克洛克林信守了他的诺言。”肯尼迪惊呼道，一个又一个的选区表明，这位“老大”的多数席位正受到严重削弱。

“他的诺言？你这是什么意思？”我们几乎同时问道。

“我的意思是，他遵守了在一次会议上对我说的话，詹姆士先生看到了，但没有听到。我跟他说，如果他对特拉维斯不松手，我就会把整篇文章都发表，不管谁，在哪里，在什么时候。我建议他再读一遍他的《修订后的章程》，内容是关于选举中的金钱问题，最后我威胁道：‘不会有赚钱的日子了，麦克洛克林，否则就会被起诉。’没有发钱的日子，你可以看到选举结果报告的影响。”

“可是你是怎么做到的呢？”我问道，并不理解，“我看得出，那些假照片并没有打动他。”

“假照片”这几个字让阿什顿小姐迅速抬起头来。我发现肯尼迪还没有告诉她，也没有告诉任何人，直到老板作出了交代。他只是安排了一出他的小话剧。

“阿什顿小姐，要我说吗？”他问道，并补充道，“在我完成我那份契约，把整件事抹掉之前？”

“我没有权利说不。”她回答时声音有些颤抖，但脸上露出了自我们初次见面以来从未见过的幸福表情。

肯尼迪把一张冲印的照片放在桌子上。这是一张针孔照片，有点模糊，但很有说服力。照片中的一张桌子上放着一堆钞票。麦克洛克林把钞票推开，朝班尼特走去。画中有个人脸朝前，正在跟一个没有出现在照片中的人恳切地说话，甚至在肯尼迪说之前，我就凭直觉觉得，那个人就是阿什顿小姐自己，她把针扎进了墙里。那个男子就是卡德瓦拉德·布朗。

“特拉维斯，”肯尼迪要求道，“把你的竞选账簿带来。我特别要杂项账。”

账簿拿来了，他翻着书页继续说道 ：“那天我觉得缺了将近两万美元。这是编造出来的。什么情况，班尼特？”

班尼特一时无语。“我来告诉你，”克雷格毫不留情地说道，“班尼特，你为了你的生意挪用了那笔钱。为了不被发现，你去找比利·麦克洛克林提出要出卖改革运动的资金来取代它。在麦克洛克林的工具——骗子汉福德的帮助下，你想出了一个通过伪造照片向特拉维斯勒索钱财的计划。你对特拉维斯的宅子和书房了如指掌，有天晚上你和他住在一起的时候,你就策划了一起抢劫案。我一眼就看出这是内部人作案。特拉维斯，我很抱歉地告诉你，你的信心放错地方了，是班尼特抢劫了你，还有更糟的事。

“但是卡德瓦拉德·布朗，一直跟他的朋友比利·麦克洛克林很亲近，他听说了这件事。对他来说，有了另一种想法，这是一个为阿什顿小姐推翻政敌和可恨对手的机会。也许这样做会让她对政治感到厌恶，使她的幻想破灭，动摇她对他所认为的她的一些‘激进’理念的信心。一切都可以一蹴而就。他们说支票簿不懂政治，但我敢说，班尼特学到了一些，为了保全他的名誉，他将对他曾经试图贪污的东西进行报复。”

特拉维斯简直不敢相信。“你是怎么得到第一个暗示的？”他倒抽了一口气说道。

肯尼迪正在墙上埋那块小小的硫化盘的地方用一个锉刀挖洞。我已经猜到这是一个窃听器，虽然我不知道它是怎么用的，也不知道是谁用的。它就在那儿，端端正正地嵌在灰泥里。地毯下面也有电线。

当他掀起阿什顿小姐桌子下面的地毯时，那里也有巨大的线圈。原来如此。

这时，阿什顿小姐走上前来。“上星期五，”她低声说，“我系了一条腰带，腰带上有一圈铁丝绕在腰间。一根电线从我的外套下面穿过，连接着口袋里的一块小干电池。在我的头上，我做了一个安排，比如，女电话接线员戴着耳机，耳机在一只耳朵上与电池相连。没有人看见它，因为我戴了一顶大帽子，把它完全遮住了。如果有人知道，又有许多眼睛在看，整个事情就会泡汤了。我可以四处走走，没有人会怀疑什么，但当我站在或坐在我的办公桌前时，我能听到班尼特先生办公室里说的每一句话。”

“通过电磁感应，”肯尼迪解释说，“隐藏的窃听器上产生的脉冲在藏于地毯下面的线圈中产生电流。然后，通过感应，无线复制到阿什顿小姐腰部的线圈上，从而影响到她帽子下面的接收器。告诉我们剩下的事吧，阿什顿小姐。”

“我听到汉福德的交易，”她补充道，几乎像是在坦白什么，“但我不像肯尼迪先生那样理解这一点，我急忙谴责了特拉维斯先生。我听到有人说要把两万元存入竞选账户，其中五千元给汉福德，以酬谢他的摄影工作，还说不管特拉维斯先生给不给钱，他都会被击败。我听他们说，有一个条件，就是我得拿着那笔购买照片用的钱。我听到的许多话在某种程度上证实了肯尼迪先生的怀疑，另一方面也证实了我自己的怀疑，但现在我知道这种怀疑是错误的。然后卡德瓦拉德·布朗在工作室嘲笑我，这让我很受伤，因为他似乎是对的。我希望特拉维斯先生能原谅我，因为我认为班尼特先生的背叛是他的——”

外面办公室里的职员们爆发出一阵可怕的欢呼声。一个男孩冲了进来，手里拿着一份还没被玷污的报告。肯尼迪抓住它，读道："麦克洛克林承认特拉维斯以微弱的优势当选，估计有十五个选区。这意味着改革联盟在本州的胜利。”

我把头转向特拉维斯，除了玛格丽特·阿什顿漂亮的道歉外，他对其他一切都不在意。

肯尼迪把我拉到门口。“我们不妨把阿什顿小姐让给特拉维斯，”他说道，并愉快地补充说，“用一只胳膊搂住她的腰。我们出去看看人群吧。”

图书在版编目（CIP）数据

毒笔 /（美）阿瑟 · 里夫著 ；马庆军译 . —— 上海 ：
上海文艺出版社 , 2022
（域外故事会推理小说系列）
ISBN 978-7-5321-8413-2

Ⅰ . ①毒… Ⅱ . ①阿… ②马… Ⅲ . ①推理小说－美
国－现代 Ⅳ . ① I712.45

中国版本图书馆 CIP 数据核字（2022）第 153068 号

毒笔

著　　者：[美] 阿瑟 · 里夫
译　　者：马庆军
责任编辑：高　健
装帧设计：周艳梅
责任督印：张　凯

出　版：上海文艺出版社
出　品：上海故事会文化传媒有限公司
（201101 上海市闵行区号景路159弄A座3楼 www.storychina.cn）
发　行：上海文艺出版社发行中心
（上海市闵行区号景路159弄A座2楼206室）
印　刷：上海中华印刷有限公司
开　本：889毫米x1194毫米　1/32　印张12.125
版　次：2022年11月第1版　2022年11月第1次印刷
I S B N：978-7-5321-8413-2/I · 6641
定　价：45.00元